道

# 戸剣花帳

上



『みずの姓』の幕臣《ばくしん》を次次と狙い討ちする凶悪な連続事件は、城郭《じょうかく》の荘重《そうちょう》な威厳《いげん》が隅隅へと浸透する市中で先ず血飛沫《ちしぶき》を噴きあげた。

写真・文／編集部

将軍家光の信頼みじんも揺るがなかった江戸幕府の最初の大老**酒井讃岐守《さぬきのかみ》忠勝**。その酒井の『隠し妻』の子**宗重**は、紅葉《もみじ》屋敷と称されている『駿河屋《するがや》』屋敷で何不自由なく育ち荘厳にして高貴さ満ちる庭園を修行道場として『人格』と『剣』に研《みが》きをかけてきた。

宗重の心の中には常に大和国柳生《やまとのくにやぎゅう》が敬《うやま》いの対象として存在する。宗重の名付け親は、将軍家軍師・総目付として諸大名に睨みを利かせてきた剣聖、従五位下但馬守柳生宗矩であり、宗重の宗は、宗矩の宗を与えられたものであった。

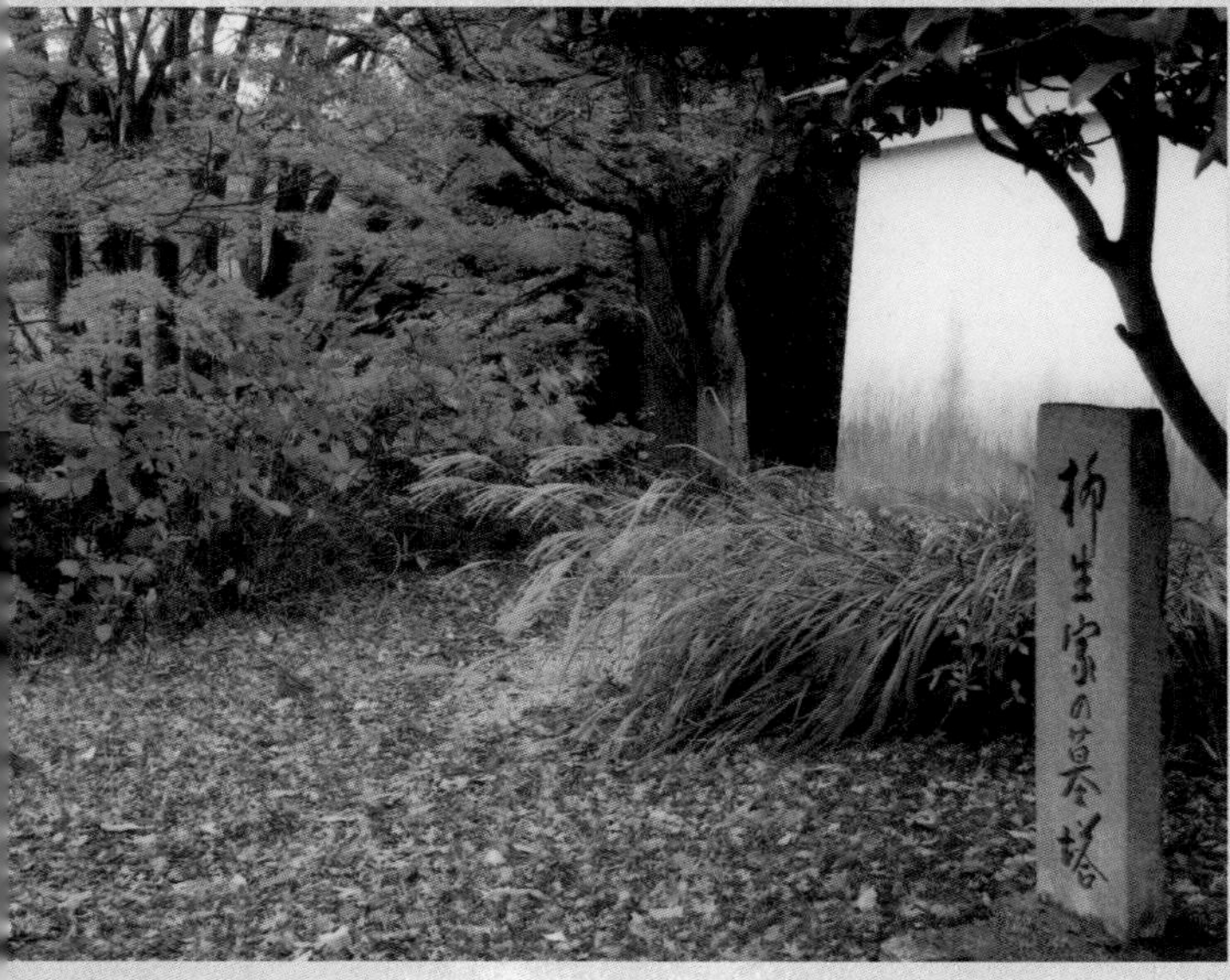

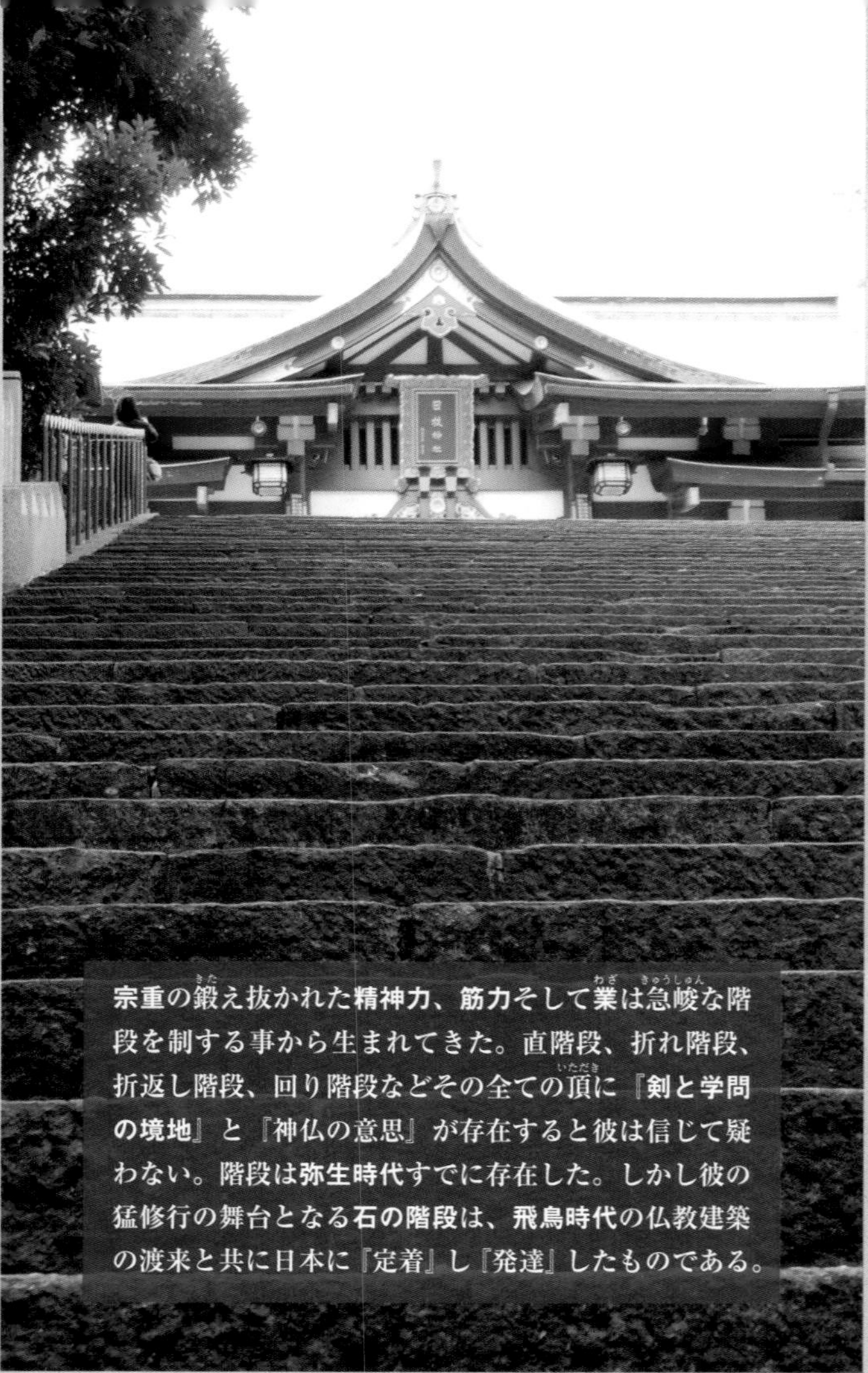

宗重の鍛《きた》え抜かれた**精神力**、**筋力**そして**業**《わざ》は急峻《きゅうしゅん》な階段を制する事から生まれてきた。直階段、折れ階段、折返し階段、回り階段などその全ての頂《いただき》に『**剣と学問の境地**』と『神仏の意思』が存在すると彼は信じて疑わない。階段は**弥生時代**すでに存在した。しかし彼の猛修行の舞台となる**石の階段**は、**飛鳥時代**の仏教建築の渡来と共に日本に『定着』し『発達』したものである。

徳 間 文 庫

ひぐらし武士道

# 大江戸剣花帳 上

門 田 泰 明

徳 間 書 店

目次

第一章 5
第二章 66
第三章 127
第四章 207
第五章 245
第六章 297

# 第一章

## 一

甲州流兵学塾『至誠館』を出た御家人《ごけにん》水野善蔵は、今日もまた新たな知恵と技を授けてくれた学舎《まなびや》の堂々たる四脚門に向かって軽く頭《こうべ》を垂れ、軍学書や講義録の入った小袋を左手に、ゆっくりと歩き出した。至誠館の門を潜《くぐ》った時は灰色の雲に覆われていた空が、一面美しい茜色《あかね》に変わっている。地の上の何もかもがその色に染まって、熱心な学びでやや疲れている善蔵の心身を癒《いや》した。

武家屋敷と寺院が混在するこの界隈《かいわい》は、昨年正月十八日に生じた俗に〝振袖《ふりそで》火事〟と呼ばれる空前の大火《たいか》（明暦《めいれき》の大火）から免れ、江戸開府以来の静謐《せいひつ》さをそのまま保っていた。

善蔵が行くひっそりとした道の向こう正面に、寺院境内の森が見えてきた。至誠館からの帰り彼はいつもその鬱蒼《うっそう》たる境内を通り抜けて、わが家への近道を取る。

目付《めつけ》の下役である徒目付《かちめつけ》の職にある善蔵は非番の日に通う至誠館で、徳川幕府の兵制の基本となっている甲州流兵学の他に館内の道場で小野派一刀流の剣法を学び、免許皆伝の二段階手前、初伝を授けられていた。四十をこえた彼の年齢《とし》を考えると、「ようやく……」と言ったところであろうか。

甲州流兵学の開祖である大軍学者小幡勘兵衛景憲《おばたかんべえかげのり》は当年八十六歳。高齢のため、すでに一線から退いて至誠館の日常を、兵学にも剣法にも優れた高弟達の合議制に委ねてはいたが、未だ矍鑠《かくしゃく》として学問と剣の修練からいささかも遠ざかってはいない。

小幡景憲が小野派一刀流の祖小野次郎右衛門忠明《おのじろうえもんただあき》より「まこと恐ろしいほどの天才剣士……」と免許皆伝を許されたのは、三十五歳の時。天才剣士と評されたにしては遅い皆伝に見えるが、これは景憲が十五歳の頃より小野忠明の家族の一人とも言える身近な立場で修業し続けてきたことにもよるのだろう。

徒目付水野善蔵は、茜色の空の下で薄闇《うすやみ》を広げている人影なき寺の境内へと入っていった。ときおり吹き抜ける西風が、木立の葉や枝々を揺らし擦《こす》らせてザワザワと鳴らした。善蔵の耳には、馴《な》れた音だ。

本堂の灯明を右手の木立のずっと向こうに見て、善蔵の足は境内の森の奥へと更に進んだ。さすが名刹《めいさつ》で知られたここの寺領は広大であったが、彼の足はその広さにも馴染んでいる。

頭上の野鳥たちの囀《さえず》りが、ふと鎮まった。まるで申し合わせたような、その一斉の沈黙に、足を止めた善蔵は頭上を仰いだ。

びっしりと重なり合った枝々の数知れぬ小さな隙間《すきま》から赤い空が覗《のぞ》いていて、星屑《ほしくず》が燃えているかのようだった。再び一陣の西風が吹き抜けて、木立がざわつく。

「卒爾《そつじ》ながら……」

背後から不意に声を掛けられ、善蔵は振り向いた。いつの間に近付いて来たのか、それともはじめから其処《そこ》にいたのを彼が気付かなかっただけなのか、三、四間《けん》はなれて菅笠《すげがさ》をかぶった着流しの浪人態《てい》がひとり懐手で佇《たたず》んでいた。顔を隠すようにして前下げ気味にかぶっている菅笠も、着ているものも、見るからに傷みがひどい。

だが善蔵は思わず一歩退《さ》がっていた。その貧しそうな浪人態の五体から放たれる雰囲気が、何やら普通でないのだ。

「徒目付、水野善蔵どの……ですな」

「いかにも、水野だが……」

相手の不快に淀《よど》んだ声の問い掛けに、善蔵は油断なく、だが物静かな言葉で答えた。御目見《おめみえ》以下にあって百俵そこその小禄者《しょうろくもの》と言えども、幕府司法の職にある者として自覚も誇りも人一倍な善蔵であった。いかにも怪し気な浪人態が薄闇の境内に不意に現われたからといって、声《こえ》・躰《からだ》を硬直させる訳にはいかなかった。

だが、彼のその心得も、浪人態の陰《いん》に籠《こも》った次のひと言で吹き飛んだ。

「お命頂戴《ちょうだい》……」

「なんと」

善蔵は左手にしていた小袋を足元に落とし、更に一歩退がって刀の柄《つか》に手をかけた。この時には、懐手の相手はもう懐手のまま善蔵との間を詰めていた。

「至誠館では兵学だけを学ばれていたか、それとも小野派一刀流にも打ち込んでおられたか」

淀み声で訊《たず》ねる相手はようやく懐から両手を出し、善蔵は答えず左足を少し引いて軽く腰を下げた。

至誠館道場での稽古《けいこ》で今日、小幡景憲の一番高弟から「中伝もそう遠くありませんね。この調子で頑張ってください」と励まされたばかりの善蔵であった。

小野派一刀流は、初伝から中伝へは容易には上がれない。それだけに至誠館をあとにした今日の善蔵の自信と誇りは、いつになく膨らんでいたのだが。

浪人態が静かにするりと抜刀したので、善蔵も抜き放ち正眼に構えた。

相手は格別に身構えず、切っ先を両脚の間へ、ほぼ真っ直《す》ぐにダラリと下げたままであった。それを見て、善蔵は相手に知られぬよう生唾《なまつば》を飲み込んだ。胃の腑《ふ》のあたりから、冷たいものが湧き上がってきた。恐《おそ》れだった。

相手の刀身が、夕焼け空からの木洩れ色で、染まっている。

善蔵にはそれが、血塗られた刃のように見えた。

「どうした百俵侍。来ぬか」

ぼろ菅笠で顔半分ほどを隠した相手が、鼻先をフンと鳴らした。

「貴様……」

明らかに下《した》に見られている、嘲笑《あざわら》われている、と解して善蔵の血気は泡立った。

正眼の構えのまま、彼は相手にジリッと躙《にじ》り寄った。自分の身分素姓どころか扶持《ふち》まで知られていることから、これは単なる物盗《と》りなどではなく周到に用意された襲撃である、と悟《さと》った。

「臆したか徒目付の小禄者……」

今度は喉《のど》を軋《きし》ませて、相手が笑う。

善蔵は落葉を散らして地を蹴《け》り、無言で浪人態に挑みかかった。まだ皆伝の域に達していないとはいえ、小野派一刀流の初伝と言えばかなりの力量である。

浪人態が善蔵の初太刀を下から跳ね上げざま、真っ向うから斬《き》り降ろした。善蔵が危うくそれを受け、鋼と鋼が激しく打ち鳴って薄闇に青い火花が散る。

凶刃を辛うじて右へ流し小さくよろめいた彼が、低目に踏み込んで相手の胴を狙《ねら》い刃を走らせた。

だが彼は、同時に名状し難い恐怖に見舞われていた。必死で右へ流した筈《はず》の相手の刀身が、信じられないほどの速さで自分の右首筋に迫ってくる。右目視野の端に、はっきりとそれが捉えられていた。

善蔵はひと声にもならぬ絶望的な叫びを放ちながら、夢中で相手の胴を横に斬り払った。しかし、この時すでに、彼は右首筋に冷やりとしたものが触れるのを感じていた。

朽ち木が倒れるように、水野善蔵が地に沈む。悲鳴一つあげない。

「許せ……」

呟《つぶや》きながら血脂を吸った刃を懐紙で清めた浪人態は、物盗る様子もなく太刀を鞘《さや》に収め、ゆったりとした足どりで遺骸《いがい》から離れていった。ほとんど勝負にならぬ勝負であった。

善蔵の躰からは夥《おびただ》しい勢いで血が失われているのだろうが、薄闇の中では落葉が赤黒く染まっていく様《さま》がわからない。

また野鳥たちが、囀り出した。

幕府徒目付の亡骸《なきがら》は、ぴくりとも動かなかった。
吹き抜ける西風に煽《あお》られた落葉が二葉三葉、息をとめている彼の顔にふりかかる。

二

若い僧侶《そうりょ》と寺男《てらおとこ》が徒目付の死体に気付いて大騒ぎとなったのは、翌日の午《うま》ノ刻（正午）少し前ごろだった。荘厳なばかりの静寂が当たり前なこの名刹に、先《ま》ず寺社奉行所の役人たちが慌ただしく駈けつけ、余りにも無残な遺体に誰もが息を飲んで立ち尽くした。数ある奉行の中で、寺社奉行・町奉行・勘定奉行（勘定頭）は〝三奉行〟と称されて幕府から重要視され、なかでも最上位の格にある寺社奉行の権限は相当なものであったが、いかんせん殺人、傷害、強盗といった凶悪事件には馴れていない。
悲惨な光景を前に躊躇《ちゅうちょ》しつつ、顔をしかめて囁《ささや》き合うしかない寺社奉行所の役人たちだった。そこへ山門の方角から急ぎ足でやって来た中年の僧侶が遺体に短く合掌してから、役人の一人に耳打ちをした。

役人が「お、そうか……」という顔つきになって大きく頷《うなず》いた。

僧侶も控え目に頷き返し、また山門の方角へ忙《せわ》しげに戻っていく。

やや経《た》ってその僧侶が三、四人の侍を伴ない小走りに戻って来ると、さきほど「お、そうか……」という顔つきで頷いた役人が、自分から彼等の方へ早足に歩み寄った。

中年の僧侶が伴なって来た侍たちは、一目で町奉行所の役人とわかる身なり風《ふう》貌《ぼう》であった。寺社奉行所の役人たちに比べると、明らかに目のきつさが違う。

「や、秋元さん。よく来てくれました、助かります。それにしても、どうして斯《か》くも早々と事件をお知りになったのです?」

「市中見回りの最中だったうちの者が、血相を変えて駈けていく本田さんたちを偶然見かけまして、こいつあ只事でないと」

「なるほど、それで……斬り合った末に殺《や》られたようなんですが、ま、見てくれますか」

「身元は?」

「まだ、そこまでは……」

体を横に開いて促した寺社奉行所の役人は〝寺社役〟筆頭の職にある本田忠春で、彼が親し気に言葉を交わした相手は切れ者で江戸庶民に少しは知られた町奉行所与力秋元重信だった。

寺社奉行所が神社仏閣に絡む凶悪事件に出くわした時、探索に欠くべからざる与力・同心などを全く擁していない組織的特徴があることから、町奉行所に支援を求めることが少なくなかった。こうした場合、双方の間には縄張り意識などは、ほとんどない。

寺社奉行所の探索方である寺社役本田忠春と、町奉行所与力秋元重信が親し気なのも、その辺りに理由があった。

徒目付の亡骸を、町奉行所の役人たちが取り囲んで腰を下げ、検察が始まった。

「こいつあ酷《むご》い。相当な手練《てだれ》に殺《や》られたようだな」

「刀の刃毀《はこぼ》れもひどいです。思い切り打ち下ろされたか、相手が振り回した太刀を必死で受け止めた、ってとこでしょうか」

「秋元さん、刀身の血を拭《ぬぐ》ったらしい、この懐紙を見てください。相手の懐紙でしょうが、香り付きのかなり上物ですよ、これ」

「ふむ。すると素浪人や町奴《まちやっこ》相手のいざこざではなく、それなりの身分素姓を持った侍と斬り合った、てえことかな」

「そうかも知れません」

「おい。お前の後ろに落ちている小袋は何だ。中を改めてみろ」

「あ、これですね」

しゃがんだまま上体をねじって小袋を拾い上げた若い同心が、それの口を開いた。

彼等の背後に立ってその会話や動きを見守る本田忠春たち寺社奉行所の役人たちは、体を硬くして身じろぎ一つしない。

小袋から取り出したものを手早く見た若い同心が、チラリと亡骸に視線をやり「この侍《ひと》、どうやら直ぐそこの至誠館に通っていたようですよ」と、それを与力の秋元重信に手渡した。

大兵学者小幡勘兵衛景憲の至誠館と聞いて、寺社奉行所の役人たちは思わず顔を見合わせ、寺社役筆頭の本田忠春が秋元の脇にしゃがみ込んだ。

二人は兵学書と講義録を眺めながら、お互い厳しい表情で何事かを囁き合った。

双方の意思が一致するのに、たいして時間は要《い》らなかった。

本田忠春が配下の役人に兵学書と講義録を手渡し、至誠館へ走らせた。

兵学書と講義録の裏表紙には至誠館と大文字で刷られてはいたが、個人の名つまり斬殺《ざんさつ》された者が誰であるかを示すものはどこにも記されていなかった。

もし、それが記されていたなら、町奉行所の役人たちは即座に大きな衝撃に見舞われていた筈である。

いや、その時刻は、間もなくのところに迫りつつあった。

至誠館へ向かった寺社奉行所の役人が、大柄な二人の武士を伴なって駈け戻った。

役人は顔をしかめ苦し気に息を弾ませたが、彼の後ろに控える身なり正しい大柄な二人の武士の呼吸にはいささかの乱れもない。

立ち上がって彼等を迎えた秋元与力は、息荒い寺社奉行所の役人と目を合わせ「ご苦労様でした」と伝えてから、つっと進んで大柄な二人の武士と向き合った。

「私、町奉行所の事件取締方（のちの非常取締方）の与力秋元重信です」

「あ、お名前は常々……私、至誠館小野派一刀流道場首席師範瑞野《みずの》四十郎です」

みずの、と聞いて何故か与力秋元の眉《まゆ》が、ぴくりとなった。

もう一人も、名乗った。

「私は、瑞野の同輩で次席師範の大屋新之助です」

瑞野、大屋とも、よく通る耳あたりのよい声であった。凄惨《せいさん》な場が待ち構えて
いると判っていながら、落ち着いてもいた。

が、さすがに表情だけは、強張《こわば》っている。

「さ、見てやってくれますか」

至誠館、いや大兵学者小幡景憲の二人の高弟に対する秋元与力の態度は、目つ
き険しいものの物腰やわらかく慇懃《いんぎん》だった。

彼に対する二人の高弟の態度も、また然《しか》りであった。

徒目付の亡骸を、高弟たちが左右から挟《はさ》むかたちでしゃがみ、秋元与力は瑞野
四十郎と対する位置に腰を下げた。

「み、水野さん……」

「水野殿、一体誰が……」

高弟たちは、至誠館で学問、剣術を学ぶ水野善蔵に間違いないと確認し、絶句して背筋を反らせた。大変な驚きようであった。

同時に、与力秋元の双眸《そうぼう》が鋭く光った。彼だけではなかった。町奉行所の役人たちの誰もの目つき顔つきが、変わっていた。

与力秋元は、真っ直ぐに瑞野四十郎を見つめて問い掛けた。

「いま亡骸に向かって、みずの、と申されましたが、もしや御貴殿のお血筋では……」

「いいえ。同じ、みずの、という家名でも私とは字体が違います。この方《かた》は徒目付の職にあって至誠館で学問・剣術を熱心に学ぶ水野善蔵殿で……」

瑞野は家名の字体の違いと、水野が就いていた職務《しごと》や住居《すまい》について手短に与力秋元に説明した。

与力秋元は「徒目付が、こうも無残に殺られるとは……」と、下唇を噛《か》んで眉をひそめた。

「殺された水野さんの剣の腕は初伝の上、と言ったところですが、真面目な性格でしたから何事にも一生懸命で、最近では次席師範の私と十本打ち合って一本は取るところまで、上達していました」

そう言って大屋新之助も肩を落とし、歯を小さく嚙み鳴らした。

「この斬り口ですが首席師範の瑞野さんなら、どう見ますか」

「防ぐ間もなく右から左へ一気に斬り払われた、と見ます。首と胴が薄皮一枚でつながっているのは偶然そうなったのではなく、相手の読みによるもの、つまり剣の腕を示すものと言ってよろしいでしょう」

「恐ろしいほどの手練《てだれ》？」

「はい。間違いなく並はずれた」

「薄皮一枚を残して斬ることで知られた流派は、あるのでしょうか大屋さん」

秋元与力は隣にしゃがんでいる大屋新之助の横顔に訊ねた。

彼は首を横に振った。

「私の知る範囲で、そのような流派はありません。首席師範である瑞野が申しましたように、この斬り様《よう》は個人の並はずれた技量の程を示すものであって、流派に直接つながるものではないと確信します」

「そうですか。なんだか背中が薄ら寒くなってきました」

「ご存知のこととは思いますが、甲州流兵学小幡景憲先生の門下生は、諸大名、諸士に至るまで二千名に達します。その誇り高き甲州流兵学への挑戦ともとれるこの事件、このままには出来ません」

「勿論《もちろん》です。このままには、しませんよ。ところで亡くなった水野さんの御妻女なんですが」

「今日《こんにち》まで仕事一筋で来たらしい水野さんは、まだ独《ひと》り身《み》と伺《うかが》っています」

「ほ、独り身でしたか」

どういう訳か僅《わず》かにホッとした顔つきになって、与力秋元はゆっくりと腰を上げた。

「本田さん、ちょっと……」

彼は後ろに控えるようにして立ち尽くしていた、寺社役筆頭の本田忠春を促した。

二人はその場から四、五間ばかり離れて、大きな椎《しい》の樹の陰に回り込み足を止めた。

与力秋元が、囁くような低い声で切り出した。

「本田さん。実は、我々の恐れていたことが、また起きてしまいました」

「恐れていたことが、また?」

「このひと月の間に水野、という名の侍が斬り殺されたのは、徒目付水野善蔵殿で四人目となります」

「な、なんですって」

本田忠春が、大きく目を見開いた。

「しっ。声を抑《おさ》えてください。町奉行所が密かに水野事件と呼ぶこの一連の殺人事件。御老中稲葉正則《いなばまさのり》様の厳命を受けた南町奉行神尾元勝《かんおもとかつ》様の特命により、非常事件を扱う我ら事件取締方与力同心ならびに吟味方与力同心が中心となって目下、秘密裏に探索中なのです」

「そうでしたか。で、殺された水野なにがし殿とは、一体どのような顔ぶれなのですか」

「一番はじめに殺られたのが大番《おおばん》与力水野九太郎殿、次いで鷹匠《たかじょう》同心水野弥介殿、そして評定所《ひょうじょうしょ》番水野鉄平殿と続きました」

「加えて徒目付水野善蔵殿となれば、これはもう幕臣《ばくしん》狙い討《う》ちではありませんか」

「ええ。幕府は、そのように捉えてかなり深刻になっているようです」

「先に殺された三人の方がたの間に、つながりは？」

「今までのところ、窺《うかが》えません。同姓ですが血族でもありませんし、何らかのいざこざを抱えているという様子も見られません」

「すると無差別な殺し、という見方もできますね」

「それだけに四人の御老中がたの中でも、一本筋が通った清廉なご気性と伝えられている稲葉正則様のお怒りは相当に激しいようです」

「それは、そうでしょう秋元さん」

四代将軍・徳川家綱十七歳を頂点に置くこの頃（万治元年、一六五八年）の幕府の組織は、寛永十五年（一六三八年）に実施された機構改革のほとんどを、まだ維持し続けており、とりわけ老中は三奉行、大目付、小姓組番、大番、奏者番及び京都・伏見・大坂・駿府町奉行など主要組織の大方を支配下に置いて、強大な権限を手にしていた。また、この老中職は大老の下に位置していたのではなく、将軍直属であったから、その指揮命令にはまさに〝鶴の一声〟の重い力があった。

「ともかく本田さん。あなたは寺社奉行所へお戻りになって、寺院境内で生じたこの事件を水野事件としてではなく、徒目付殺害事件という単独事件扱いで、御上席へ報告して戴《いただ》けませんか。なにぶん秘密裏に探索中なものですから」

「承知しました。単独事件として報告しておきましょう。任せてください」

「よろしく御願いします」

与力秋元重信は、本田忠春に向かって丁寧に腰を折った。非番の日など町中《まちなか》で出会ったりすると、「やりませんか」と盃を口先で傾ける仕草をして見せる仲だ。信頼していた。

「それでは御免」と言い残して配下と共に小駈けに遠ざかっていく本田忠春を見送って、秋元与力は大きな息を一つ吐いた。

懸命な探索にもかかわらず、事件の手がかりは未だ何一つ摑《つか》めていない。

それに彼は本田忠春に対して、ある重要なことを打ち明けていなかった。

殺害された水野姓三人の妻女が、事件後にいずれも何者かによって凌辱《りょうじょく》され、うち一人が悲嘆のあまり自害していたことである。

四人目の犠牲者となった徒目付水野善蔵が独り身と知った秋元与力が、先程ホッとした表情を覗かせた原因《わけ》がそこにあった。

三

その日の昼八ツ半過ぎ（午後三時過ぎ）、江戸城大手門をあとにした打揚腰網代駕籠《うちあげこしあじろかご》は、その前後左右を供侍に警護され、やや急ぎ気味に再建されて真新しい大名屋敷の間を抜けて、神田橋御門《かんだばし》を渡った所で止まった。

そこには格の下《お》ちる権門駕籠《けんもん》が二人の担ぎ手と共に待ち構えており、打揚腰網代駕籠から出た身なりの立派な三十半ばと思える武士が辺りを一瞥《いちべつ》さえもせず、それに乗り移った。また供の侍をも一気に減らし、権門駕籠の前後に各一名だけとなって、やはり急ぎ気味に進み出した。

この時代、誰もが自分好みの駕籠を造ったり選んだりして乗れる訳ではなく、幕府によって厳しく規制されていた。

大名に限って言えば、参勤交代などの道中乗物としては黒塗惣網代《くろぬりそうあじろ》棒黒塗と称する高い格式の駕籠が認められていたが、江戸市中においては将軍家に遠慮して一段格下の打揚腰網代を用いるのが普通だった。

権門駕籠というのはかなり格下のもので、たとえば大名の家臣で駕籠を持っていない者が主《あるじ》から借りて用いたりするのが、これであった。造り、様式も格段に質素である。

その質素な駕籠に、江戸城大手門を打揚腰網代で出た武士が、何故か供の数を減らして乗り移ったのであるから、これはもう只事ではなかった。

神田橋御門から先は、昨年一月の大火で焼けたり焼け残ったりした中小の武家屋敷が多くなる。

権門駕籠は復興の槌音《つちおと》が絶えないその中を、右へ縫い左に折れて進んだ。が、速さは打揚腰網代の時に比べ、明らかに落ちていた。無理もない。打揚腰網代と権門では担ぎ手の人数も、また呼び方すらも違ってくる。格式の高い駕籠の担ぎ手は陸尺《ろくしゃく》と呼ばれ、長い袖に肩から模様のある〝陸尺看板〟と称する法被《はっぴ》を着ていた。権門のような格の低い駕籠の担ぎ手は陸尺とは言わず、轎夫《きょうふ》とか手代と呼ばれ身なりも劣った。

担ぎ手の人数も、将軍駕籠（溜塗《ためぬり》惣網代棒黒塗）だと交代の者を加えて二十人もいる。老中で十人、国持大名で八人、大目付・寺社奉行で六人、町奉行は四人などと決められ、権門駕籠は手代二人で担いだ。

「ここでよい」

権門駕籠の中から声がして手代二人の足が揃《そろ》って止まり、駕籠が静かに下ろされた。

「恐れながら、もう少し先へお駕籠のまま進まれてからの方が、よくはございませぬか。この辺りでお姿をお見せになりますのは……」

駕籠の後ろに従っていた三十過ぎに見える武士が、素早く簾窓《すだれまど》に近付き小声を掛けたが、彼に皆まで言わせず「よい」という返事が駕籠の中から返ってきた。

声の主が、どことなく品格のある姿を現わし、大火のあと火除《ひよけ》御用地に定められ既《すで》に若樹《わかぎ》の植え込みが終っている周囲《まわり》一帯を、涼し気な目で見回した。大火で焼失する前は中小の武家屋敷が鼻先を触れ合うかのようにして建ち並んでいたが、江戸地の所有権を有する幕府の方針でそれらのかなりの部分は新たな地へ移されている。

「うむ。実によく考えて造られた火除地だ。江戸は更に立派な町になりそうだな」

　地に片膝ついて控えている二人の供侍に「はい」と頷かせたこの武士。姓名称呼を稲葉美濃守《みののかみ》正則といった。昨年つまり明暦三年（一六五七年）九月に、明晰《めいせき》な頭脳と親《しん》徳川の毛並の良さを買われて老中に就いた三十五歳。亡き先代（三代）将軍徳川家光の乳母《めのと》で大奥の最高権力者として三千石を領し幕政にも絶大な影響力を及ぼした故春日局《かすがのつぼね》の孫である。そして早世した父正勝《まさかつ》の遺領八万五千石小田《おだ》原《わら》藩を継ぐ藩主でもあった。

　三人の武士は肩を並べ、空の駕籠を従えて歩き出した。広大な火除御用地に挟まれた通りへ入り込んでいるためか、復興の槌音は彼方に遠ざかっていた。

　老中稲葉正則を左右から警護する二人の供侍は、何か事情があるのか目配りに妙に落ち着きがなかった。

「二人とも、そう肩を怒らせて歩くな。出来あがった火除御用地を検《み》るのを恐れていては、老中稲葉正則が笑われようぞ」

　若い老中が、供侍二人の気配を察知して苦笑した。

「ですが、人気の無いここを御忍びで歩くのは大切なお体にとって矢張り危険かと……」

「危険な目に遭うのも、老中の仕事の内の一つだ」

「と申されましても万が一……」

供侍の言葉が不意にそこで切れ、何という事か、まさしく万が一の事態が突発し彼等を見舞った。すぐ先、火除御用地の中に再建された稲荷《いなり》の赤い社《やしろ》の陰から、ばらばらと六、七人の浪人態《てい》が飛び出し立ち塞《ふさ》がったのだ。

いずれも身なり貧しく、ぼろ雑巾のような覆面で顔を隠している。

「何者っ」

抜刀の構えを見せつつ老中の二、三歩前に出た供侍のうち、背の高い方が大声で誰何《すいか》した。

だが相手の返答はなく、申し合わせたように一斉に刀を抜き放った。

老中の御忍びの供をするだけあって二人の侍は、それなりに腕に自信があるのか、まだ抜刀しない。ただ、顔からは血の気が失《う》せ、蒼白《そうはく》となっていた。

二人とも「御老中稲葉正則様と知っての狼藉《ろうぜき》か」とは口にしなかった。それを口にすれば、幕府要人であることを相手に証明することになる。

けれども供侍二人のその用心深さは、役には立たなかった。浪人態の一人が「覚悟されよ、稲葉正則」と、曇り声で口走ったのである。ということは、計画された暗殺目的の襲撃だ。

当の老中はと言えば、かなり緊張の面《おも》もちではあったが、恐れおののいている風でもなかった。取り乱すことなく、刀の柄に手をやって狼藉者ひとりひとりを順次真っ直ぐに見つめていく。

「殺《や》れっ」

覚悟されよ稲葉正則、と曇り声で口走った浪人が暗殺集団の中心人物であったのか、激越な調子で顎《あご》を振った。

老中も供侍も抜刀し、権門駕籠の手代二人は為《な》す術《すべ》もなくおろおろしながら後退《あとずさ》った。

浪人たちと老中を護ろうとする供侍の剣が激しく打ち合って、その音が静かな火除御用地に響く。

浪人たちの攻めは、巧みに組み立てられた波状襲撃であった。ある者が供侍と二、三合打ち合うと素早く退がり、寸隙《すんげき》を置かずに代わった次の浪人が猛然と斬りかかった。

その連続攻撃に、なんとか老中を護《まも》ろうと懸命な供侍二人の息はたちまち乱れ出し、老中の盾となりつつ火除御用地内へと追い込まれた。

「待ていっ」という鋭い一喝が、先ほど浪人たちが飛び出した赤い稲荷社《いなりやしろ》の陰で生じたのは、この時である。一糸乱れぬ状態であった暗殺集団の態勢がそこで崩れ、彼等は背後に現われた相手に憤怒の目つきで向き直った。

日焼けしてはいるが眉目《びもく》秀麗という言葉はこの男のためにあるのでは、と思わせるような着流しの侍が、狼藉集団と間近に向き合って足を止めた。年は三十前後といったところか。

何処《どこ》やらから早駈けで駈けつけたにしては息一つ乱しておらず、地の中から湧き出たにしては亡霊に見えず、しかも老中と目が合うと小さく頭《こうべ》を垂れ会釈をした。

それまで緊張していた老中稲葉正則の表情がその会釈を受けて緩み、手にしていた太刀を鞘《さや》に収めた。

「何だ、お前は」

曇り声の浪人が、着流しの侍を威嚇した。

「私はただの通りすがりだ」

「なら直《す》ぐに消えろ。痛い目を見ることになるぞ」

「痛い目は、お断わりだな」

「なら立ち去れい」

「そうもいかぬ」

「なにい……」

「そうもいかぬ、と言うておる」

居丈高な曇り声の浪人と物静かな着流しの侍との間で交わされた、この遣《や》り取りが、他の暗殺者たちを激昂《げっこう》させた。

着流し侍の左右と正面から、無言のままいきなり三人が豪快に斬り込む。

直後、襲撃者たちはまるで蓮《はす》の花びらが弾け開いたかのように、同時に後ろへ大きくのけぞり、太刀を取り落としていた。「うおっ」という低い呻《うめ》きが彼等三人の口から漏れてしゃがみ込んだのは、そのあとである。

剣と剣が打ち合う音など微塵《みじん》もせぬ内の、〝音無し〟の勝負であった。襲撃者たちは一様に手の甲を押さえて覆面の下の顔を歪《ゆが》め、鮮血が膝《ひざ》の上にしたたり落ちた。

「早く医者へ連れてってやれ。でないと手首から先が腐り落ちるぞ」

穏やかに言い切った着流しの侍は、いつの間に抜き放ったのか午後の日を浴びて眩《まぶ》しい太刀を懐紙で清め、鞘へ戻した。カチリと鞘口と鍔《つば》が触れ合う僅《わず》かな音。

「おのれ、小癪《こしゃく》な」

憤怒頭を突き抜けたか、曇り声の浪人が左脚を引き腰を落として、抜刀の構えを見せた。

居合《いあい》か？

「もう止《よ》せ」

「ならぬわ」

「次は手の甲では済まぬ」

「うぬ……き、貴様」

着流し侍の物静かな口調が、かえって名状し難い重圧を相手に与えて抜刀の構えが次第に萎《しぼ》んだ。

その相手を眼中から捨て去った着流しの侍は、老中稲葉正則の前にゆっくりと歩み寄り今度は丁重に頭を下げた。

「間《ま》に合ってようございました。父が、御老中に途中で何事かあってはならぬからと、わたくしにお迎えを命じまして……」

「どうも有難う宗重《むねしげ》殿、助かった。お父上に、お変わりはありませんか」

「はい。御蔭様にて息災に過ごしております」

「それは何より」

刺客たちが傷ついた仲間に手を貸し促して、捨て台詞《ぜりふ》もなく小駈けに消え去った。

# 四

小さな侍屋敷と比較的裕福な町民の住居《すまい》が入《い》り組《く》むようにして混在する、大火から辛うじて免れた一角。なだらかな大外濠川（神田川）の流れを望める其処《そこ》に、冠木門《かぶきもん》を構える小屋敷、入母屋《いりもや》造りがあった。冠木門も入母屋造りも多少古いが構えはどっしりとして見え、それなりに腕の良い大工が時間をかけて手がけたものと思われた。冠木門を入ると苔《こけ》むした石畳が玄関に向かって続き、また途中で右に折れて手入れの行き届いた庭の中へも伸びていた。柿の木の大きさが目立つその庭へ苔石を踏んで入っていくと、母屋と渡り廊下でつながっている離れの縁側の前に出る。

その離れ座敷で、老中稲葉美濃守正則が只者には見えぬ老武士と向き合っていた。

老武士の脇には、あの着流しの侍が凜《りん》としたまなざしで姿勢正しく控えている。老中の供侍の姿は見当たらなかった。権門駕籠も担ぎ手も、庭内に控えている様子はない。帰してしまったのであろうか。

西日が離れ座敷の奥まで差し込み、その中にあって話し合う稲葉正則と老武士の表情はお互いに深刻であった。

「なるほど……ついに美濃《みの》殿（美濃守）の下城の頃を見計らって襲う不埒者《ふらちもの》が現われたか。が、これについては、ひょっとして、と予感していた事でもあり、重大事ではあるがさほど驚きは致さぬ。見逃せぬは幕臣の水野なにがしが物盗りとは思えぬ何者かによって次々に斬殺され、またその妻女の体が汚《けが》される奇っ怪な事件。ようやく大火の痛手から立ち直らんとする江戸にあって、一体何が狙いの狼藉集団なのであろうか」

「町奉行に命じました秘密裏の探索も、本日までのところ何らの手掛かりも摑《つか》めておりませず、老中四人ほとほと困り果て、わたくしの判断でこうして御相談に参りました。徳川将軍家に対する謀叛《むほん》、と読むには狼藉集団の動きは余りにも荒々し過ぎ、かえって腑に落ちませぬ」

「うむ。美濃殿の話を聞いた限りでは、私もそう思うしかない」

「この稲葉正則が襲われたことにつきましては、あくまでわたくし個人の問題として対応し、老中合議の席では明かさぬつもりでおります。しかしながら小禄を食《は》んで仕事に邁進《まいしん》する役人たち、とくに水野なにがしの間にこれ以上謎めいた酷い被害が続発しますと、幕府の足元で動揺が拡大いたします」

「美濃殿が襲われた件については、私も真剣に対応の仕方を練り上げてみよう。奇っ怪な水野事件に如何《いか》に対処すべきかは、慎重に考える時間を暫《しばら》く頂戴せねばなるまい。場合によっては、これを町中《まちなか》に放《はな》ってあれこれ調べさせれば、肩怒らせた町奉行所の役人では摑めない何かを場末から拾い上げてくるやもしれぬ」

老武士はそう言って、傍《かたわ》らに控えている着流しの侍に目をやった。

老中稲葉も、自分とたいして年齢《とし》の違わぬ彼に視線を移すと、ひと膝にじり寄る動作を見せた。それまでの厳しい表情を緩め、口元に親しみを覗かせた笑みを浮かべている。

「宗重殿は文武を究めようとなさる時を除いては、相変わらず自由奔放を楽しんでおられるのか」

「は、はあ。自由奔放と言えば自由奔放です」

「それにしても狼藉者を追い払い私を救ってくれた今日の凄腕《すごうで》は、さすが念流《ねんりゅう》(流祖・念阿弥慈恩《ねんあみじおん》)免許皆伝。目の前で初めて宗重殿の真剣勝負を見せて貰った訳だが、いやはや心底から舌を巻いてしまった」

「恐れ入ります」

「ここを訪れる度《たび》、これ迄にも幾度か申したと思うが、そろそろ自由奔放に別れを告げ、幕臣として私の力になってはくれまいか。念流を極めた剣客であって文武に通じ、また血筋正しい身である宗重殿が、今のままの状態では余り感心いたしませぬぞ」

「はあ……」

「そろそろ城中より御召しの声が掛かるやも知れぬ、と覚悟しておいた方がよろしかろ。それと、もう一つ……妻を娶《めと》ることにも本気になって戴かねば」

二人の遣り取りを、老武士は縁側の向こうに望める川面を眺めながら、目を細め黙って聞いていた。

この老武士こそ、一昨年（一六五六年）の五月二十六日に幕閣の頂点・大老の職を辞し非常勤の『相談役』となった酒井《さかい》讃岐守《さぬきのかみ》忠勝《ただかつ》七十一歳であった。若狭国《わかさのくに》小《お》浜《ばま》藩十一万三千五百石の藩主でもある。先代将軍徳川家光の時代《とき》、老中の地位から矢張り同職の土井《どい》利勝《としかつ》と共に寛永十五年（一六三八年）十一月七日、江戸幕府最初の大老に登りつめた。もっとも土井利勝は周囲から非情、老獪《ろうかい》、強引、策謀家と見られて敬遠された結果、酒井忠勝よりも遥《はる》かに早く大老の職から離れている。

一方の酒井忠勝と言えば儒学への造詣《ぞうけい》深く謹直で人望があり、加えて将軍家光の幼少の頃から身近に付いていたこともあって、彼に対する家光の信頼には揺るぎないものがあった。他の重臣たちには時として気さくに寝巻姿で対面し話を聞くことのある家光であったが、酒井忠勝と向き合う時には必ず着衣を整え威儀を正して畏敬《いけい》の念を表に出した。

それほどの酒井忠勝であったから、四代将軍徳川家綱の治世《ちせい》になっても彼の〝幕府最高の地位〟には何らの変化もなかったのだった。

ただ『大老』という言葉が頻繁に用いられるようになったのは貞享《じょうきょう》・元禄年間（一六八四年～一七〇四年）で、それ以前は時に将軍家の『御家老』と呼ばれたりもしていた。

「よろしいな。文武を究めることは勿論大事であるが、良妻を得ることもそれに劣らぬほど大事ですぞ」

「ですが、今しばらくは……」

「まあた逃げ腰ときましたか。それとも誰か意中の女性《ひと》があって、私の言葉を重荷と受け止めておられるのかな。それならそれで、私も考えを改めねば」

「い、いや。意中の女性など、おりませぬ。また関心もありませぬ」

「関心がないなど、これは尚の事いかぬ。矢張り私が何とか役立たねば」

「今は何かと忙しいのです」

「自由奔放だからこそ身の回りが整頓《せいとん》できなくて、雑事が増え忙しくなってしまう。幕臣となってきちんと上様の御役に立ち、妻を娶って一家を構えれば自《おの》ずから生活の形が正しく定まってくる。そういうものです」

「そういうものですか」

目を細めて川面を眺めていた酒井忠勝が若い二人の話に、つい苦笑を漏らして口をはさんだ。

「まるで仲の良い兄弟の遣り取りじゃな。が、美濃殿、誠に忝《かたじけ》ない。この不器用な倅《せがれ》の面倒をひとつ、私に代わってこれからも末長く見てやってくだされ」

「もとより、付き合いを絶やさぬ積もりでおりまする。今日《こんにち》の稲葉は、酒井様の御引き立てあってこそ、と感謝の気持をいささかも忘れてはおりませぬ。これからは私が宗重殿の御役に立たねばと」

「私は美濃殿を毛ほども贔屓《ひいき》した積もりはない。若くとも見識優れた人物であると確信して老中へ推したのだ」

昨年、三十四歳だった稲葉美濃守正則を、老中の地位へ強力に推挙したのはこの酒井忠勝であった。「まだ早過ぎる」という猛反発が生じることを覚悟しての、酒井忠勝の〝幕閣若返り策〟であった。だからこそ六十九歳になっていた彼は、稲葉正則推挙の前に自ら大老の職を辞したのである。

　酒井忠勝の尽力によって、なんと稲葉正則は先任老中である松平信綱《まつだいらのぶつな》、阿部《あべ》忠秋《ただあき》らと同列の位置付け、という待遇になった。

　何としても老中に就きたい、と願っていた〝自称実力者〟の誰彼の間から、予想されたように手厳しい異論・反発が生じ今日《こんにち》に至っている。その異論・反発は酒井忠勝が盾となって陰に陽に抑《おさ》えてきた。

　まさに老中稲葉にとって酒井忠勝は、大恩人なのであった。

　縁側にそそたる摺《す》り足の音がして、開いている障子の端から優しい顔立ちを覗かせた婦人《にょしょう》が酒井に遠慮がちに声をかけた。五十に少し前、というところか。

「お殿様。夕餉《ゆうげ》と呼ぶには早過ぎますけれど、お膳の用意が整いましたので、そろそろ御運びして宜《よろ》しゅう御坐いましょうか」

「うむ。難しい話は粗方《あらかた》済んだ。運んでくれるか」

「承知いたしました」

　稲葉が「煩多をおかけ致し恐縮です」と婦人に向かって軽く頭を下げると、

は退がった。

「ごゆるりとなさいませ」と親しみを込めたやわらかな笑顔が返って、婦人の姿

川の方から離れ座敷に流れ込む、ふわりとした心地良い風が、婦人の残したご
く僅かな紅《べに》の香りと共に武士《もののふ》たちの頰を撫でた。

婦人の名を阿季《あき》と言い、宗重の生みの母であった。けれども阿季は酒井忠勝の
正妻ではなく、円熟した血気満ちる頃の彼が商家の娘を見初《みそ》めて共に想い合う仲
となり、そして宗重が生まれたのだった。阿季の立場は隠し妾。敷地二百坪余り
のこの少しばかり古くてしっかりと造られた入母屋造りは、阿季と宗重のために
酒井忠勝が整え与えたものであり、元は呉服商『駿河屋《するが》』の寮(別荘)だった。阿
季はその駿河屋の一人娘であり、父親の善左衛門《よしざえもん》と一緒に商い先である酒井家へ
しばしば出入りしていたのである。

その後も変わらず〝駿河屋寮〟と呼ばれているこの入母屋造りの小屋敷へ酒井
忠勝は、幕府の要職にある間は月に一度か二度密かに訪れる程度であった。さす
がに自分の地位立場を考えて、自重していたのであろう。その自重がようやく緩
んだのは、大老を辞した一昨年の五月からである。

「ところで……」

老中稲葉が脇に置いてあった風呂敷包みを手元に寄せ、開いた。

出てきたのは薄い綴《つづ》りで、秘、という表書きがあるのみだった。

「これは水野姓の幕臣及びその役職と住居《すまい》を控えたものにございます。ご参考までに御目通し戴ければ、との願いを込めて持参いたしました」

「水野姓なる旗本、御家人の全てが一覧になされていると？」

「はい」

差し出された名簿を酒井忠勝は受け取って目を通し、「水野姓がこれほどいたとはな……」と呟《つぶや》いた。

「そなたも後で見ておくがよい」

ひと通り目を通し終えたそれを、酒井忠勝は宗重に手渡した。

そこへ阿季が、女中二人を従えて膳を運んできた。空は西日色に黄色く染まり始め、静かな大外濠川の流れがその色を眩しく映している。

宗重と言えば運ばれてきた膳には見向きもせず、名簿を見続けた。

一心に真剣な表情であった。その宗重の表情に、老中稲葉は満足そうに酒井忠勝と目を見合わせた。

実は宗重には酒井忠勝の隠し妾の子という重々しい事実の他に、もう一つ重要な秘密が隠されていた。

五

昨夜、老中稲葉を屋敷まで警護して送った宗重は、勧められるままに泊まって朝餉《あさげ》を済ませると五ツ頃（午前八時頃）に稲葉家を出た。町中《まちなか》には朝早くから槌音や職人たちの声が響いて活気にあふれ、十万余の人命を奪ったとされる昨年正月十八日の空前の大火からの回復を確かなものとしていた。

この大火により焼失した、江戸城西の丸の西向かいにあった尾張、紀伊、水戸のいわゆる徳川御三家の上屋敷や、大手門前にあった大藩加賀前田家の上屋敷などは、その地での再建を取りやめ城域から離れた地へ移されている。火除御用地を優先して定めるための措置であった。たとえば徳川御三家の尾張、紀伊、及び水戸は大外濠川の向こうへといった具合だ。加賀前田家の上屋敷は本郷にあった下屋敷（現、東京大学）へ、それまで上屋敷でなされていた『藩江戸公務処』として の役割の他全てを移し、そこを上屋敷としている。

宗重は自宅である駿河屋寮へゆっくりと足を向けながら、懐から取り出した例の水野姓の幕臣名簿に目を通した。斬殺された大番与力水野九太郎、鷹匠同心水野弥介、評定所番水野鉄平、徒目付水野善蔵の四人の名の上には、稲葉正則の手によってすでに墨線が引かれている。

「それにしても幕臣の中に、水野姓がこれほど大勢いるとは……」

呟いたとき宗重の耳は、はっきりと伝わってくるざわめきを捉えた。

幕臣名簿を閉じて彼が顔を上げると、江戸再建に取り組んでいた大工や左官たちが道具を手にしたまま、仕事を放り出して次々に何処やらへ駈けていく。

何事かが起こった模様だ。

もしや……と不吉な感じに襲われた宗重が、幕臣名簿を懐にしまって彼等の後を追うと、通りを左へ折れて直ぐの小さな竹林の前に人だかりがあった。

「誰か早く御奉行所の旦那へ知らせろい」

「もう足の速い大工の留吉《とめきち》が走ってったよ」

「ひでえもんだ。とても傍《そば》へ近寄れねえや」

「くわばら、くわばら。朝っぱらから嫌《いや》だねえ」

町衆の大騒ぎを避けるようにして、宗重は反対側の辻へ回って竹林に踏み込んだ。

小さな竹林だから向こうに人だかりが見えたが、宗重《こちら》の動きにはまだ気付いていない。

手入れの行き届いていない竹林は、竹葉が降り積った上を蔓草《つるくさ》が縦横に走り、宗重の足に絡んだ。瘦《や》せた小さな蛇が、宗重に驚いて素早く逃げ去る。

ようやく宗重の動きに気付いて、町衆の間に警戒するような驚きが広がった。一体誰？　と恐れを感じて竹林から遠ざかる者もいた。

人だかりから一歩竹林へ入ったところに横たわっている無残な死体を目の前にして、宗重の足は止まった。きちんとした衣服から見て、登城途中ではないかと察せられる侍の死体で、左肩から右脇腹にかけて凄まじい斬り口が走っていた。刀が死体のそばに落ちていることから、襲い掛かってきた何者かに反撃を試みようとはしたのであろう。

だが余りにも鋭い斬り口の様子から、全く役立たぬ反撃であったに相違ないことが想像できた。少なくとも宗重は、そう思った。

彼は三十七、八歳と見られる死体の周囲《まわり》を見まわした。左手の直ぐそこの蔓草の下に、何かの書物《かきもの》と覚《おぼ》しき白いものが潜り込むようにしてあった。厚いものではなかった。

宗重は蔓草を踏んで歩み寄り、それを拾い上げて丁寧に折り畳まれている外包みを開いてみた。

「これは……」

それに目を通した宗重の表情、目つきが険しくなった。出てきたのは将軍家の台所賄之頭《まかないのかしら》の職にある水野正利から、勘定方の岩手佐五右衛門に差し出される文書で、今月《このつき》の間に賄方へ納められる魚、肉、野菜などの量や新たに必要となる膳・椀の数及びそれに要する勘定（予算）が、きめ細かに記されていた。

この時代の幕府の財政管理組織は、勘定頭↓勘定組頭↓勘定方↓支配勘定の流れで構成されており、勘定頭がいわゆる勘定奉行に相当するが、元禄の頃に至るまでは「勘定頭」と呼ばれることの方が多かった。

また台所賄之頭、勘定方ともに禄は低かったが御目見以上の職であって、旗本だった。ほぼ同格同列の地位、と眺めて大きな間違いはない。

「水野事件の犠牲者が、とうとう将軍家の台所にまで及んでしまった……」

今に取り返しのつかぬ事態になるのでは、と宗重は下唇を嚙んだ。

勘定方への文書を着流しの袖にしまった彼は、「嫌な予感が当たってしまうとは……」と呟きながら竹林から元の辻へ出た。水野事件の五人目の犠牲者が出た、と判った以上、長居は無用であった。駈けつけた町奉行所の役人と顔を合わせれば、あれこれうるさく身分素姓を訊かれかねない。宗重にとって、それはいささか面倒であった。

彼は竹林から落ち着いた足取りで離れつつ、懐から幕臣名簿を取り出して台所賄之頭水野正利の名を調べた。

あった。住居《すまい》は小禄旗本の割には四谷《よつや》御門内・麴町《こうじまち》八丁目と江戸城からは近い。将軍家の賄を司どるだけに、城から遠くに住まわせると何かと不便、ということか。

宗重は不意に走り出した。駿河屋寮へ戻る方角ではなかった。

だが幾らも駈けぬうち、辻を二度折れた所で彼の足は止まった。すぐ前から供侍を従えた駕籠がやってくる。刻限からして登城途中の大名か要職にある旗本なのであろうが、誰も乗っていない真新しい鞍《くら》付きの見事な栗毛を伴なっているところが、何やら普通ではない。

道は一本道であったので、宗重は端に寄って、やや視線を落とし表情を静めて威儀を正した。

が、彼の気持は駈け続けていた。駈け続けねばならぬ理由《わけ》があった。

駕籠が宗重の前に差しかかった時、簾窓の向こうで「とめよ……」という声がした。

駕籠は、地に下ろされた。

視線を上げた宗重は、駕籠屋根に印《しる》された家紋を見て、目に僅かな動きを覗かせた。

「宗重殿。駕籠のそばへ」

簾窓の向こうから促され、宗重は「はっ」と歩を進めた。むろん、誰が乗った駕籠であるか、誰の声であったかを解した上でのことだった。

供侍が駕籠の簾を上げて退がり、眼光この上もなく鋭い、しかし柔和な四十半ばと思える武士の顔が現われて、地に片膝ついた宗重が「お久し振りでございまする」と丁重に上体を曲げた。

「ほんに久しいのう。達者であったか」

「はい。変わりなく」

「自由奔放さも、変わりないのであろうが」

「それを言われまするると、返答に窮します」

「幕臣となって様々な面から上様をお助けし、妻女を娶ってきちんと一家を構えねばならぬ。文武に長《た》けたる剣客として、そろそろ真剣に考えられよ。嫁についてては私に心当たりが、ないでもない」

老中稲葉と同じようなことを言う、駕籠の中の人物であった。

無言のまま苦笑を返した宗重の気持は、表情穏やかであったがまだ駈け続けていた。急がねば、とも思った。

「それにしても、このような刻限に、何をそれほど急いでおる宗重殿。何処へ行くのじゃ」

駕籠の中の人物が、宗重のそこをグサリと突いた。恐るべき眼力、直感であった。

宗重は一瞬、愕然《がくぜん》となったが、すぐさま「さすが……」と思い直した。

この駕籠の中の人物こそ、徳川将軍家の剣術・兵法師範として幕閣に目立たぬ睨《にら》みを利《き》かせている柳生新陰流《やぎゅうしんかげりゅう》三代目宗家柳生飛驒守宗冬《ひだのかみむねふゆ》であった。

柳生新陰流には、柳生宗矩《むねのり》、三厳《みつよし》（十兵衛）、宗冬を流れとする『江戸柳生』と、柳生利厳《としよし》（兵庫助《ひょうごのすけ》）、利方、厳包《としかね》（連也《れんや》）を流れとする『尾張《おわり》柳生』の二派があって確執なくはなかったが、両派とも柳生宗厳《むねよし》を祖としており、いわば同門親族つまり身内であった。宗矩は宗厳の五男、利厳（兵庫助）は宗厳の長男の子である。

ただ、『江戸柳生』は徳川将軍家の剣術・兵法師範でしかも宗矩の代で総目付（後の大目付）、一万石の大名の地位を築いており、一方の『尾張柳生』は尾張藩剣術師範五百石の家柄に過ぎず、そこに両者の繁栄の決定的な差と、確執の原因が存在した。

宗重は、駕籠から退がっている供侍との隔たりを視野の端で捉え、柳生宗冬にひと膝近寄った。

「実は小父上《おじうえ》……」

なんと宗重は、天下の柳生飛騨守宗冬に対し、「小父上……」と囁いたではないか。

囁かれた宗冬もこれまた「うむ……」と、ごく当たり前の様子で、聞く身構えをとった。

若狭国小浜藩十一万三千石の藩主で前大老の酒井讃岐守忠勝が町娘の愛妾に生ませた子宗重と、柳生飛騨守宗冬との間に血のつながりが無いことは、はっきりとしている。

ではなぜ「小父上……」なのか？

因《ちなみ》に、幕府の要職に就《つ》いている上級武士の姓と名の間に見られる『讃岐守』『飛騨守』『出羽守』『美濃守』……といった名称は朝廷官位を指している。本来は朝廷内の身分的官職をあらわすものであったが、朝廷から武士に与えられたものについては実体を持たない形式的な名誉位階と言えた。朝廷内の官職については公家《くげ》が司どっており、元和《げんな》元年（一六一五年）の禁中並《ならびに》公家諸法度の第七条にも『武家の官位は、公家当官の外たるべき事』と定められている。

宗重は小声で、台所賄之頭水野正利が殺られたことを柳生宗冬に伝え、これから自分が急ぎ駈けつけようとしていた先について明かした。

宗冬は、さほどの驚きを表に出さず、こう答えた。

「水野事件については南町奉行神尾備前守《びぜんのかみ》元勝殿より説明を受け深刻に思うておったが、ついに五人目の犠牲者が出たか。竹林の遺体から血が流れ出しつつあったということは、宗重殿の推量の通り斬られてさほど経っていないのであろう。犠牲者の妻女までが毒牙に犯されていると聞いておるから、宗重殿の言うように水野正利の住居《すまい》へ急ぎ駈けつけてやらねばならぬ。宗重殿、駕籠の後ろに従っている栗毛を使われよ」

「ですが、わたくしは公儀の許しなく江戸市中を馬で早駈けできる身分ではありません」

「構わぬ。緊急の時じゃ。私が然るべき先へ、然るべき手を打つ」

「それに、あの栗毛と鞍は余りに素晴らしくお見事。何か余程の御事情ある馬と鞍だと思いますが」

「よくぞ見られた。誰ぞ飛竜をこれへ……」

　宗冬に命ぜられ、供侍の一人が素早く動いて、栗毛を宗重の横へ引いてきた。優しい目をした大人しい馬であったが、全身ひきしまって四肢には美しく発達した筋肉が走り、毛並に何とも言えぬ輝きがあった。

「飛竜と名付けたこの栗毛はな、大和《やまと》の柳生屋敷で生まれ丹念に育てられて十日ほど前に芝《しば》（港区）の江戸屋敷へ連れてこられたのだ。眩しいほどの育ちようなので何気なく上様にお話しすると、ぜひに見たいと所望され、こうして城へ連れて参ることとなった」

「そのような大事な馬、到底お借りする訳にはいきません」

「構わぬと申しておる。将軍家の日々の食事を預かる、台所賄之頭が殺られ、その妻女の身が危ない大事件ではないか。この場で話を長びかせている場合ではない。飛竜で駈けつけられよ宗重殿」

「ですが……」

「柳生宗冬の言葉ぞ。躊躇《ちゅうちょ》している場合か」

　宗冬の声が厳しく大きくなった。宗重を睨みつけている。

「はっ……それでは」

宗重が身を翻すようにしてヒラリ馬上の人となり、飛竜が首を振ってひと声いなないた。

供侍が手綱を、素早く宗重に預ける。

「ご免」

飛竜は宗重に軽く腹を蹴られると、もうひと声いなないて、それこそ人馬一体となって駈け出した。

たちまちのうちに遠ざかる人馬を見送ることもなく、駕籠は再び動き出した。

## 六

宗重は用心のため、四谷御門内・麴町八丁目の少し手前で鞍から降り、小さな寺院に飛竜を預けて歩いた。大切な馬であるから、住職には念を押した。

四谷、赤坂界隈《あかさかかいわい》は幸いにも明暦の大火から免れており、また四谷御門内・麴町八丁目あたりも焼け残った中小の武家屋敷が数多くあった。不幸にして類焼した屋敷も、火除御用地に定められた地域を除いては着実に復旧しつつある。

宗重は、再建され綺麗《きれい》になった屋敷町を直ぐ間近にある筈の水野正利邸を目指して急いだ。

小禄旗本である台所賄之頭の小さな拝領屋敷は、焼け残っていた。拝領屋敷とは、幕府から「ここへ住め」と与えられた、いわば官舎である。

宗重は家格をあらわしている貧相な門の扉を、押してみた。

閂《かんぬき》はなされておらず、扉は僅かに軋んで開いた。そっと門を潜ってみると左右に百坪見当の庭の広がりがあって、畑として耕されていた。大根や葱《ねぎ》など色々な野菜が植え付けられている。さながら〝見本植え〟のような植え方だった。

右回りで庭先に入っていった宗重が、「ん?」という表情をつくった。

居間と覚しき部屋の縁側の雨戸が、閉じられていた。不自然である。主人の台所賄之頭水野正利は登城しようとして屋敷を出ているのだ。彼を送り出す妻女が、幾ら怠惰な性格であったとしても雨戸を閉じたままにしておく筈がない。それだと武士の妻たる者として基本的な作法を失していることになる。

宗重は、雨戸に近付いてみた。足音を立てない。

聴き耳を立てると、微《かす》かに女の呻きらしい声が伝わってきた。微かにだ。ただ、雨戸の向こうの状況を、その呻きから想像するのは困難だった。それほど聞き取り難い。

宗重は門まで引き返すと、閂《かんぬき》をしっかりと掛けた。

彼は今度は、庭先を左へ回った。風呂場、台所、物置と判る櫺子窓《れんじまど》が続いている。

宗重は、裏庭へ回った。残酷な光景が待ち構えていた。手前に身なりのひどく質素な下働きらしい老爺《ろうや》が、その向こうに飯炊きらしい若い女が、虚空を摑むようにして朱に染まっている。

(遅かった……)

宗重は声を殺して呟き、腰に差した相州伝《そうしゅうでん》・五郎入道正宗《ごろうにゅうどうまさむね》二尺二寸二分の鯉《こい》口《ぐち》に手を触れた。

その手が、鞘をスウッと二寸ばかり腰帯から引き上げる。

一昨年、父酒井忠勝より「年老いてきた父の形見と思うて大事にせよ」と譲られた刀である。そこいらに転がっているような刀ではない。なにしろ相州伝・五郎入道正宗の作だ。天下一の名刀と評されている。

死体二つの脇を過ぎて、宗重は裏庭の中ほど付近に立った。

居間と覚しき部屋の、裏庭に面した雨戸も矢張り閉じられていた。

聴き耳を立てるまでもなく、雨戸の向こうから女性の呻きが、はっきりと聞こえてきた。

苦悶《くもん》の呻きではなかった。明らかに自分を見失った善《よ》がりの唸《うな》りであった。高く低く波打って震《ふる》えるそれは、白い女体がのたうつ様を連想させた。

しかし、宗重は捉えた。しぼり出すようなその淫々たる呻きの裏に、どうしようもない自分の善がりを拒まんとする女の悲しみが込められていることを。

「外道めが」

眦《まなじり》を吊り上げた宗重は、雨戸に近付き思い切り蹴り上げざま退がった。

衝撃で吹っ飛ぶが如く敷居から外れた雨戸二枚が、大音と共に奥へではなく手前庭先へ倒れる。

目を逸《そ》らしたい光景が、そこにあった。座敷には三人の無頼浪人がいて、一人は全裸の白い女体を背後から犯し、もう一人は前に回って胸をいたぶり、残る一人は床柱に凭《もた》れた姿勢で胡座《あぐら》を組み徳利を手にしていた。

異様なのは、三人とも古く傷んだ菅笠を深目にかぶっていたことである。雨戸を閉じ行灯《あんどん》の明りだけの薄暗い座敷内で、か弱い女に狼藉《ろうぜき》を働いているというのにだ。

「何者かッ」

三人の浪人は跳ね上がるが如く立ち上がった。女体を背後から犯していた浪人の醜く赤黒いものから、汚《けが》れた水がしたたり落ちる。小禄旗本水野正利の妻女であろう、犯されて泣くことさえ忘れたのか着物を手に、ふらふらと隣座敷へ消え去った。

「名乗れっ」

今度は徳利の男が、宗重に向かってそれを投げつけた。

宗重は体を僅かに横に開き苦もなくそれを避けたが、この時すでに彼の左足は半歩後ろへ退がって軽く腰を落とし、鯉口に左手を触れていた。

ただ、右手はまだ腰の辺りで静かであった。

「さては貴様、我らの動きを追って此処へ来たな」

汚れ水をしたたり落とした背の高い浪人が言い、慌てない動作で身繕いをして腰帯に大小を差した。

　宗重は答えなかった。

「用心しろ。こやつ、相当肝《はら》がすわっておる」

　背丈のある浪人は、ゆっくりと縁側から庭先へ下り、宗重は抗《あらが》わず流れるように、するりと後ろへ退がった。続いて二人の浪人が庭先に出て、宗重は三方から包囲された。だが、それまで怒りでぐいっと吊り上がっていた彼の眦は、次第に深い静穏の中へと沈み、端整な表情にも力み恐れは針の先程も見られず、さながら夢想の如くであった。

　背丈のある浪人の視線が、宗重の腰の辺りでふっと止まる。

「その鞘その柄《つか》、生半《なまなか》な業物《わざもの》ではないと見た。さり気なく着流している白衣《びゃくえ》は絹か……お前さん、もしや幕閣にゆかりある者では」

　その言葉に、あとの浪人二人が思わず顔を見合わせた。菅笠の中で。

　宗重は矢張り無言。

「どうやら、生かしては帰せぬな」

　背丈のある浪人のその言葉が合図であった。浪人三人は、ほとんど同時に抜刀した。

宗重の右手は、まだ腰の辺りで微動だにしない。ただ手首から先が、内側へ少し捩《ねじ》るかたちになっていた。左手は鯉口に軽く触れたまま。

浪人三人が申し合わせたように一呼吸《ひと》ごと宗重との間を詰めにかかった。しかし、宗重の手首から先が内側へ捩れているのに気付いたのか、その動きは直ぐに止まった。居合い、とでも思って警戒したのであろうか。

と、宗重の口から「二殺《にさつ》……一生《いっしょう》」と野太く低い声が漏れ、一瞬ギラリと目が光った。二人を斬り一人を生かす、という意味なのか？　その言葉の凄みある不気味さに、浪人たちはかえって怒りを爆発させた。宗重に徳利を投げつけた浪人が、いきなり右側から斬りかかった。酒を呑んでいた筈であったにもかかわらず、飛燕《ひえん》の如き太刀筋だった。

宗重の右足が半弧を描いて上体を右へ靡《なび》かせ、相手の凶刃は空《くう》を切り左肩先を流れた。仕損じたと知った相手の引きは閃光《せんこう》の如く、またその引きを逆発条《ぎゃくばね》として、面、突き、面、突き、と激しく打ち込んできた。

皆伝者を思わせる、息もつかせぬ連続攻撃。

が、宗重の両足は交互に半弧を描き上体は柳と化してやわらかに揺れ、凶刃は鼻先、胸先で空しく切っ先を泳がせた。

「くらえっ」

苛立《いらだ》ったか浪人は初めて怒声を発し、何撃目かを形相凄まじく宗重に打ち込んだ。この時すでに、相手深くに踏み込んでいた宗重の左掌がなんと凶刃の横面を張って空を切らせ、右手が相手の脇差を抜き取った。二つの動作が、ほとんど同時だった。

そうと知った浪人は慌てる暇《ひま》も与えられず、次の瞬間、正面腹《しょうめんばら》を左下から右上へザックリと割られていた。

「があっ」と断末魔の叫びと共に、浪人の体が地を鳴らして横転。鮮血が破裂した。

宗重は手にしていた浪人の脇差を事も無げに捨てると、左足を半弧を描きつつ僅かに退げて、静かに構え腰となった。右手首から先は矢張り腰の辺りで、少し内側へ捩っている。

左手は、今度は前へ突き出し、バラリと五本の指を立てていた。

（この連中……素浪人《すろうにん》にあらず）

宗重は、そう思った。生活の荒れた素浪人の太刀筋ではない、と読み取ったのだ。日夜修練を積み重ねてきた正統派の剣客、そう確信したのである。だが、その激烈な太刀筋は、宗重が知る流派の中にはなかった。剛直・直列的な実戦的剣法で知られる薩摩示現流《さつまじげん》（草創者・東郷肥前守重位《とうごうひぜんのかみしげかた》）でもない。

「むんっ」

左側の小柄な若そうだが髭面の浪人が含み気合と共に、宗重のあいている腋《わき》へ閃光のような突きを入れた。

宗重が体を左へ開いてそれを躱《かわ》した刹那《せつな》、計算尽《ずく》であったかのような二撃目が、下顎《したあご》を狙うかたちで下から斬り上げてきた。ヒヨッと空気が鳴った。

その凶刃の横面をまたしても宗重の掌が、右上方から左下方に向けて強く叩く。

切っ先が、肩すれすれに流れた。

先程その直後に仲間が、自分の脇差を奪われ正面腹を斬られただけに、髭面の浪人は素早く退がった。恐れを露《あらわ》にした反射的な退がり方だった。

しかし両者の間は、一気に縮まっていた。まるで氷の上を滑るかのような、宗重のやわらかな身のこなしであった。迫られた髭面の浪人が「貴様ッ」とばかり、宗重の頭上へ打ち下ろした。剛剣だったが明らかに、うろたえ気味の一撃であった。

宗重が自分の額一寸ほど先で、その剛剣を両掌で発止《はっし》と挟み受け止めた。

相手が剣の自由を取り返そうと、捻《ひね》り気味に引く。

宗重は抗わず手離しざま、一歩踏み込んで再び相手の脇差を奪った。

髭面の浪人が悲鳴にならぬ悲鳴をあげた時、彼の両手は刀を握ったまま舞い上がっていた。水野正利の妻女の胸をいたぶっていた、両手であった。宗重の誠に恐るべき動きは、その直後に生じた。

残る背の高い浪人に向かって、宗重は疾風のように挑みかかった。水野正利の妻女を背後から犯していた獣のような相手だった。正眼に構えていた浪人の大刀と、宗重が手にする脇差とが二合、三合、四合と連続的に打ち合い、初めて甲高く鋼の音が響いた。朝の陽《ひ》のなか双方の刃毀《はこぼ》れが、火花と化して散る。

「こ、こいつ……」

大刀対脇差であるというのに、浪人は退がった。懸命に防いで退がった。

宗重の斬り込みは、それ迄と打って変わって、猛烈な斬伐剣《ざんばつけん》となっていた。甲冑《かっちゅう》を切断せんばかりの、唸りを発する斬り込みだった。浪人に、反撃への呼吸を与えなかった。

その壮絶な太刀筋が突然『動』から『静』に切り替わって、宗重が自分から半歩退がった。浪人は予期せぬ相手の変化に体の平衡を失し、よろめいて肩で大きく息をした。喉が軋んだ。恐怖でか目尻が吊り上がっていた。

しかし彼は、更に衝撃を受けねばならなかった。全く痛みを感じなかったにもかかわらず、両手の甲に十文字の切創を刻まれ、鮮血が噴き出していた。

「い、いつの間に……」

「疼《うず》いてきたか」

「き、貴様一体……何者」

「それは私が用いる言葉だ。お前には無用」

「おのれ」

「刃毀れした脇差での傷は痛かろう。だが女を犯したお前には、も少し苦しんで貰わねばな」

宗重の背後では、両手首を断ち斬られた髭面が、すでに呻きを弱めていた。のたうち回る力もない。

宗重は髭面から奪った脇差を、足元に捨てた。真っ直ぐに落下した脇差は、耕されて畑となった柔らかな地に音も無く突き刺さった。

朝の陽を浴びて、その刃が眩しく輝く。

宗重の右手が静かにゆっくりと、腰の五郎入道正宗を抜き放った。

浪人は生唾を飲み込んで、更に退がった。顔色《がんしょく》がなかった。

# 第二章

## 一

　宗重は暗い表情で、小禄旗本水野正利の屋敷を出た。彼の五郎入道正宗でアッという間もなく右耳を削《そ》ぎ落とされた浪人は、とても勝てないと観念したのだろう自分の刀で首を切り自害してしまった。生きて捕まれば知られてはならぬ身元を司直の手で暴かれる、という不安もあったのであろうか。しかし宗重の暗い表情は、浪人を死なせてしまったことに原因があるのではなかった。彼が水野正利の妻女の姿を求め座敷に上がってみると、彼女は台所で懐剣を手にし、乳のみ子と共に血の海の中で果てていた。おそらく浪人に犯されながら、夫は彼等の手で殺されたと告げられたのではないか。身を汚され、夫を殺され生きて行く望みを奪われてしまった、ということだろう。

母と子を救えなかった名状し難い無念が、宗重の心と体を絞めつけていた。

彼は柳生宗冬の愛馬飛竜を預けた寺院へ足を向けながら、懐から取り出した水野姓の幕臣名簿に、改めて目を通してみた。

「お……」

水野正利の屋敷から幾らも行かぬ内に、宗重の足が止まった。幕臣名簿に注がれる視線は連なっている多数の名前の中に、ある大身旗本の名を捉えていた。その名は三千石の水野十郎《じゅうろう》左《ざ》衛《え》門成之《もんなりゆき》。顔知らぬ会ったことのない人物であったが、名前と新當流（流祖・飯篠《いいざさ》伊賀守《いがのかみ》家直《いえなお》）の剣の腕を笠に着た数々の不行跡は、宗重の耳に入っていた。

このころの江戸市中には旗本奴《やっこ》と呼ばれて嫌われている不良旗本の集団が幾つかあって、町奴《まちやっこ》つまり町民博徒《やくざ》と何かにつけ対立していた。その不良旗本集団の一つ『大小神祇《しんぎ》組』の頭目が、こともあろうに三千石の大身旗本水野十郎左衛門成之であった。

この水野成之、明暦の大火から半年が過ぎた昨年の七月十八日、大変な事をやらかしていた。渡り奉公人や人夫の手配などを生業《なりわい》とする町奴の元締として、江戸市中にその名を轟《とどろ》かせていた幡随院《ばんずいいん》長兵衛《ちょうべえ》という男を言葉巧みに自邸へ呼び、長兵衛が気をゆるして油断したところを卑怯《ひきょう》にも斬殺《ざんさつ》したのだ。

これが歴史上にもその名を残している〝長兵衛殺人事件〟である。

「近いな」

ひとり呟《つぶや》いた宗重は踵《きびす》を返すと、その殺人事件があった水野邸を目指した。

不良旗本水野成之の今は亡き父成貞《なりさだ》は、名君と言われた備後《びんご》福山《ふくやま》城主水野勝成《かつなり》の三男であった。水野勝成と言えば徳川家康の従兄弟《いとこ》であり、城下町の建設計画、特産品の流通・販売制度、上下水道網の施工などで才能を発揮し、福山を活気ある町としたことで高く評価された人物である。かように優れた為政者を祖父に持ちながら、大成《たいせい》からは余りにも程遠い水野成之だった。名門旗本三千石を興《おこ》し成之に相続させた亡き父成貞もまた、少しばかり不良であったという。

宗重が辻を三つばかり折れた時、向こうから年若い僧侶を従えて錫杖《しゃくじょう》を手にした身なり正しい老僧がゆったりとした足取りでやって来た。錫杖とは修験者や僧が身近に置く法具の一つ〝杖《つえ》〟で、自分の存在を知らしめたり身を守ったりするものだった。〝錫《しゃく》〟とは金属の〝すず〟を意味し、つまり金属を用いた杖でその頭部は護身用として鋭くなっているものが多い。

またその頭部には幾つかの小さな金属環が付いており、これがジャラジャラと鳴って修験者や僧の存在を知らしめるのである。

宗重は近付いてきた老僧に丁重に頭を下げてから、声を掛けた。

「率爾《そつじ》ながら、御坊にお訊《たず》ね致します」

「はい何じゃな、念流殿」

驚いた宗重が用心のため素早く一歩退がると、老僧は「かかかっ」と破顔した。

念流免許皆伝の剣客である宗重が驚くのも無理はない。出会って途端の老僧に、念流をやる者、と見抜かれたのだ。常識では考えられない度胆《どぎも》を抜く、看破力である。

「用件を早く申されよ。拙僧はいささか急いでおる」

その割には、ゆったりとした足取りで歩いていた、老僧であった。

宗重が「旗本水野……」とまで言った時、老僧の錫杖が少し先の再建されて真新しい屋敷を指し示した。

「馬鹿水野の屋敷ならば、あれじゃ。福山城主水野勝成殿はなかなかの人物じゃったが、馬鹿成之は駄目よのう。治らんわい、かかかっ」

そう言い残して、老僧は人気《ひとけ》のない通りを歩き出した。

宗重はその背に軽く一礼した。〝念流〟を見抜かれ、首筋にジワッと冷や汗が滲《にじ》み出ているのを感じた。

（どこの僧であろうか……）

と彼は立ち尽くし、次の辻を折れる迄の僧二人の後ろ姿を見続けた。

人通りが少ないこの界隈は旗本屋敷が建ち並ぶ番町《ばんちょう》であったが、大火で焼失した区画と、焼け残った区画がはっきりと分かれていた。類焼した旗本屋敷は江戸市中合わせて七百七十家にも及び、寺社も三百五十が失くなった。橋は六十、蔵は九千、大名屋敷は百六十が消え、町屋四百町を焼失した。

これらのうち可成《かなり》の屋敷、寺社が幕府の命令で他の地へ移り、また移る予定になっている。たとえば昨年（明暦三年）の間に、防火対策を目的として六十九寺が他の地へ移らされていた。神田に在《あ》った東本願寺末刹《まっさつ》（現、浄土真宗東本願寺派本山東本願寺）も、西浅草の地へ移らされ、着々と再建が進んでいる。

　僧二人を見送り終えて、宗重は真新しい水野成之邸の門前に立った。この時代、門札の掛かっていない家屋敷《いえやしき》が、少なくなかった。いや、門札など無いのが普通、と言ってもいいかも知れない。だから宗重は、近在の寺院の住職か？　と思った先程の老僧に水野成之邸を訊ねたのである。

　しかし、この不良旗本の真新しい大きな屋敷には、実に立派な門札が掛かっていた。

　殺された台所賄之頭水野正利の小屋敷にも、薄汚れて目立たぬ小さな表札が掛かっていたが、これは多分職務柄、江戸内外の業者の出入りの利便を考えてのことだろう。まるで〝見本植え〟のように見えた庭の野菜畑などは案外、試食とか味見用なのかも知れない。

「それにしても、なんと堂々とした屋敷であることか……」

　宗重は暗然たる顔つきで、水野邸を眺めた。見たところ屋敷は明らかに被災した様子がないのに再建されていた。塀の上から覗《のぞ》いている鬱蒼《うっそう》たる樹木は、植えたばかりの木、という貧弱な印象ではなかった。何十年もかけて育ってきた樹木に見え、枝ぶり実に良く、しかも火をかぶった感じは全くない。なによりも両隣の中・小の古屋敷が、そっくり焼け残っていた。

「復興計画のどさくさに紛《まぎ》れ、さほど濃くもない徳川の血筋を振りかざして再建させたということか……」

宗重は、呟きつつ首を小さく振った。

大火直後の幕府の復興計画は、被災の程度が余りにも大きかったため確かに混乱した。

また宗重は、町奴の頭《かしら》幡随院長兵衛を騙《だま》し討ちにした水野成之の処分に対し、「おかしい……」といささかの疑問を感じてもいた。成之は長兵衛を殺したあと「無礼な町奴を斬り捨てた」と町奉行に届け出、町奉行は老中に処分の伺《うかが》いを立てたが、結果は〝お構いなし〟で終っている。常日頃の旗本奴としての不行跡は、叱責《しっせき》すらされなかった。この詮議《せんぎ》に加わった老中は、松平伊豆守《いずのかみ》信綱、阿部豊後守《ぶんごのかみ》忠秋、酒井雅楽頭《うたのかみ》忠清の三人である。三人合議の結論だった。

成之が長兵衛を騙し討ちにしたのは、昨年の七月十八日。春日局《かすがのつぼね》の孫である稲葉正則が老中に就いたのは二月《ふたつき》以上あとの九月二十八日。つまり筋道正しい意見を吐く気性で知られる若い稲葉は、詮議に加わっていなかった。

「もし……」

宗重は背後から小声をかけられ、ゆっくりと振り向いた。次第に自分の方へ近付いてくる足の音は、むろん油断することなく捉えていた。

町奉行所の同心と判る目つきの鋭い男が、古びた朱房の十手を手にして間近に立っていた。年齢《とし》は四十前といったところか。

「失礼ですが、水野様のお屋敷に何か御用ですかい」

役人は、何に遠慮してか相変わらず小声であった。しかし十手は、己れのひしやげた鼻先で揺さぶって見せた。

「いや。真新しい立派な屋敷が出来たものだと、羨《うらや》まし気に眺めておったのだ」

「どちらの御家中の方《かた》で？」

「私がどこかの藩士とか幕臣にでも、見えるというのかね」

「着ていらっしゃるもの、お腰の刀、ご容姿のどれを取っても、その日暮らしの素浪人には見えませぬが」

「私の素姓を知りたければ、その方から身分を明かすのが作法であろう」

「私はこれ者ですよ。それで充分でしょ」

役人はまた、朱房の十手を自分のひしゃげた鼻先で小幅に振って見せた。そして言葉を続けた。

「いえね。自身が必要と判断した時は、相手の身分立場など気にせず声を掛けたり問い掛けたりせよ、と上の方から強い御達しがありましてね。何しろ去年の火事のあと、江戸市中どこも物騒になっているものですから」

「お主《ぬし》、もしかして隠密方《おんみつ》（のちの隠密廻り）同心か」

「そのように見えるとでも?」

「目つきの鋭さ、ねちっとした喋《しゃべ》り方、どう見ても当たり前の同心には見えぬな」

「ねちっ、はないでしょう。それじゃあまるで意地悪同心じゃないですか」

役人は初めて相好《そうごう》をくずして目を細め、余りにもお人よし顔に急変した相手に宗重も思わず声を出して笑った。

翻って、ひしゃげ鼻の役人が、慌てた。

「声を立てて笑わないで下さいまし。この辺りは斯《か》くの如《ごと》く静かな武家町ですから、小声でも響き渡りますんで」

「おお、すまぬ。隠密仕事に支障があるな」

「ま、そういうことです」

役人が、ようやく自分の職務《しごと》を認めた。

町奉行所の同心には、与力を上席者とする者と、そうでない者とがいる。

事件取締方、吟味方などは与力・同心で組織されているが、月番・非番の別ない激職として知られる『隠密方』及び『定町方』『臨時方』の三方組織だけは同心のみで組まれていた。

なかでも隠密方同心は町奉行直属として、秘密情報工作の任務を負っている。したがって犯人と直接対峙《たいじ》しないことを原則としていたが、実は町奉行所の与力・同心の総数は江戸人口に比して極めて不足しており、隠密方同心と言えども、追跡、逮捕といった仕事と無縁でいる訳にはいかなかった。この点については、事務方同心（内勤同心）とて同じである。

また、このころの与力・同心の組屋敷は八丁堀《はっちょうぼり》、下谷広小路《したやひろこうじ》、日暮里《にっぽり》、元金杉ほか江戸市中に散在していて、むしろそのことが探索、追跡、逮捕といった任務に結構役立っていた。彼等が市中広くについて、地理、住民の動静、社会状況などに関し詳しくなるからである。だが一七一九年頃（享保《きょうほう》の頃）から与力・同心は次第に京橋《きょうばし》・八丁堀へ集住し始めるようになり、やがて「八丁堀の旦那」という言葉が生まれ始める。

「ですから我々隠密方は……」

そこまで言って、役人は急に口を閉じ表情を硬くした。水野成之邸の真新しい大門の潜り戸が、音もなく開いたのだ。

現われたのは、色白の痩《や》せて穏やかな顔立ちの、着流し侍であった。年恰好《としかっこう》は宗重に似ている。腰の二本差しさえなければ、どこかの藩校で教鞭《きょうべん》を取る儒学者の印象であった。まなざしも柔和である。

「朝っぱらから我が屋敷の門前で、声高に何事ですか。用があるなら申されよ、町奉行所のお役人と覚しきそこもと」

物静かに言いつつ、隠密方同心にそろりとした足運びで近付く色白の着流し侍だった。

「声高であった積もりはありませんが、響き渡っておりましたか」

宗重は控え目な調子で問いかけたが相手は答えず、隠密方同心と向き合って足を止めた。

「町奉行所のお役人。そこもと近頃この界隈でしばしばお見かけするが、水野屋敷に何ぞ不審でも抱いて見張っておられるのか」

「め、めっそうも……」

隠密方同心は、強張った顔で軽く腰を折ってから一歩退がった。町奉行所役人に対する色白な着流し侍の丁寧で物静かな口調は、まるで水野邸に抱えられている下級武士のそれを思わせた。三千石の旗本ともなると一応、軍令基準に従って六、七人の侍を抱えていなければならない。しかし抱え侍なら、着流しなど主《あるじ》から許されない筈《はず》である。以《もっ》ての外《ほか》だ。

色白な儒学者風が言った。

「めっそうも、と申されたが、それにしては何度となくお見かけ致した」

「仕事で定められた、ごく普通の市中見回りでありまして……」

ゴクリと喉仏を鳴らして、生唾《なまつば》を飲み込む隠密方同心だった。

「町奉行所に詰める与力・同心は、町家区域を仕事の対象とすべきでござろう。

旗本屋敷と言えば番町。その番町を見回るなど、御支配違いもはなはだしい、と申し上げたい」

「は、はあ」

「下郎っ」

それは信じられないような、豹変《ひょうへん》であった。相手に少しの身構えさえ許さぬ、つむじ風のような激変《げきへん》であった。隠密方同心は、相手の色白で柔和な表情が、瞬発的に鬼畜の如き形相と化すのを見た。見たが、手の打ちようがなかった。わあっと悲鳴をあげるしかなかった。一気に、それこそ一気に抜き放たれた刀が、頭上から襲い掛かってきたのだ。

目を閉じて、ひっくり返りかけた隠密方同心の頭上で、宗重の剣が鬼畜の刃《やいば》をガチンッと撥《は》ね上げた。

「おのれえ」

鬼畜の相手が、宗重に変わった。面、面、面、面、面と吹き荒れる嵐の如く宗重に打ち込む。圧《お》されて宗重が屋敷の土塀まで退がり、激突する鋼《はがね》と鋼が朝陽の中で大粒の火花を散らした。

「おやめください殿。おやめください」

水野邸から慌てふためき飛び出してきた白髪《しらが》頭の老侍が、鬼畜の腰に横合から武者振りついた。

「ええい放せ」

「いいえ放しませぬ。放しませぬぞ殿」

「放さねば、お前も斬る」

「お斬りなさりませ。この爺から先にお斬りなさりませ」

「うぬぬ……」

振りかざした鬼畜の刀から、急に力が抜けていった。

この時にはもう、宗重は相手と対峙していた位置から、するりと抜けて、刀を鞘に戻し何事もなかったかのような顔つきだった。

水野邸から二人、三人と侍が現われたが、いきり立つ者は一人もおらず、茫然《ぼうぜん》と立ち尽くすのみ。白髪頭の老侍が「殿」と口にした以上、色白な着流し侍が不良旗本水野十郎左衛門成之なのであろう。

「さ、殿……爺と一緒に戻りましょう」

白髪侍が刀を鞘に収めようとしない成之の背に手を当てて優しく促し、二人は歩き出した。出来の悪いわが息子に対するような、老侍の接し方であった。

隠密方同心と言えば、目を大きく見開いて水野十郎左衛門成之を見つめていた。なんと、あれほど矢継ぎ早な剛剣を宗重に打ち込んでいた成之の頬や手の甲に幾つもの切創があって、糸のような血がしたたり落ちているではないか。それだけではない。成之の着物の袖口が大きく斬り裂かれていた。

（い、いつの間《ま》に……）

隠密方同心は驚きの目を、そっと宗重の横顔に移した。

白髪頭の老侍が、水野邸に消える直前、宗重の方へ丁重に頭を下げた。相手は成之の背に当てたままである。申し訳ない、とでも言いたいのか何やら懇願するような、まなざしだった。

老侍に対する、宗重の反応はなかった。いや、反応の仕様がなかった。まだ刀を手にしたままの成之が、大門の潜り戸の中へ消え、老侍やほかの侍たちがそれに続いて、潜り戸が閉じられた。

「ふう、命が十年縮まりました。危ないところを助けてくださり、有難うございました」

同心が溜息《ためいき》を吐《つ》いて、真顔で囁《ささや》いた。神妙な調子であった。宗重が、微笑《ほほえ》んで頷《うなず》く。

二人はどちらからともなく、肩を並べて歩き出した。宗重にとっては、来た道を戻るかたちだった。

「それにしても、あなたは一体どなたですか。いや、これは役人として訊問《じんもん》している訳ではありません。余りにも凄腕《すごうで》のあなたに対し、三十俵二人扶持の一軽輩者として真っ白な気持で訊ねている訳でして」

水野成之を話題にあげない、彼であった。斬りつけられたことで、その気にはなれないのだろうか。

「名前は?」

宗重が、やんわりと切り返す。

「私ですか。隠密方同心となって五年、高伊久太郎と申します。他人《ひと》から、よく老《ふ》けて見えると言われますが三十八です」

同心は素直に名乗った。そう言えば、額の皺《しわ》が深くはある。

「なんの。年相応に見えていると思うが」

宗重の口調が、気さくになっていた。高伊の表情も、やわらぎ始めている。

「高伊さん。ちょっと私に付き合う時間をくれないだろうか」

「構いませんが……どちらへ」

「来れば判るよ」

「は、はあ」

「来れば判る、だけじゃあ不安かな」

「そりゃあ、お旗本に斬りつけられた後ですから少しは……せめて何処に住んでいるのかだけでも聞かせて貰えば……」

「住居《すまい》か。口のかたい隠密方同心になら、いいだろう。高伊さんは仕事柄、日本橋の呉服商駿河屋の名前くらいは知っているね」

「仕事柄、なんてぇものじゃありませんよ。駿河屋といやあ大変な豪商として知らぬ者などありませんや。寮(別荘)だけでも江戸市中の五か所にあるってんですから」

「私はその駿河屋のかつての寮を住居としている」

「えっ、駿河屋のかつての寮を？……もしやそれって水道橋《すいどうばし》の手前東側にある駿河屋最初の寮のことではないでしょうね」

「駿河屋が最初に建てた寮だと、母からは聞かされているが」

「こ、これは、とんだ御無礼を……お許しくだされませ」

高伊久太郎は二、三歩飛び退がるや、地に片膝ついて深々と頭を下げた。

人の通りのない武家町だったからよかったものの、町衆の目にとまれば、何事か、という光景だった。

「おいおい高伊さん。よしてくれ」

宗重は、矢張りこうなったか、と眉をひそめた顔つきになって高伊に歩み寄り、肩先を摑《つか》むようにして立たせた。

高伊の緊張は、まだ続いていた。

「我々同心は特に気を付けて応接しなければならない御屋敷については、常に御奉行から厳しく申し渡されております。まさか水道橋駿河屋寮の酒……」

「そこまでだ。私が何者か見当がついたのであれば、安心して付き合ってくれるだろ」

「お、お供いたします。喜んで」

宗重は一瞬、苦笑を漏らして歩き出した。

「隠密方の高伊さんだから率直に訊ねるが、お主《ぬし》、水野事件について探っているんじゃやないのか」

「なんと、水野事件という言葉を、ご存知でござりましたか」

「もっと気楽な調子で喋ってくれないか。何だか肩が凝ってしまう」

「そうは参りませぬ。痩せても枯れても御奉行直属の隠密方同心。どなた様に、どのような言葉を用い、どのような調子でお話しするかは、私にお任せくださいませぬか」

「なるほど、痩せても枯れても……か」

「で、水野事件については、どの程度まで御存知なのです?」

「ある信頼できる筋から詳しく聞いている。町奉行所が探索に大変苦労していることも」

「はい。残念ながら、何一つ手がかりが摑めておりませぬ」

「その手がかりを、これから高伊さんに手渡そうというのだ」

「手がかりをですか……」

思わず立ち止まって、目をむく高伊久太郎であった。額の深い皺が、一層深くなった。

「高伊さん、確か西の方角から歩いて来たね」

「ええ。明け六ツ（午前六時）前から、溜池の向こう側一帯を見回っておりましたもので」

「ならば、水野事件の五人目の犠牲者が出たことは、まだ耳に入っていないな」

「な、なんですって、五人目の犠牲者が……」

衝撃を受けて背中を反らす高伊久太郎に、宗重は彼を促して歩き出しながら、暗い表情で一部始終を話して聞かせた。

二

宗重が名馬飛竜を芝にある柳生宗冬の屋敷へ戻してから、五日が何事もなく過ぎた。将軍が見たいと望んでいた飛竜を、どういう理由があったにしろ横から奪うかたちで先乗りしたため、何らかの咎《とが》を申し渡されるのでは、と覚悟していた宗重であったが、天気晴朗な平穏な五日間だった。

六日目の朝、水道橋に程近い駿河屋寮を出た宗重は、下谷の広徳寺（現、練馬区桜台へ移転）へ詣《もう》でた。この寺には総目付従五位下但馬守《たじまのかみ》として、かつ将軍家軍師として激職を果たしてきた柳生宗矩の墓がある。

その墓に向かって宗重は合掌したあと、墓前で座を組み臍下丹田《せいかたんでん》で両手指を絡め合わせて瞑想《めいそう》に入った。この剣聖柳生宗矩こそ、宗重の名付け親であった。したがって宗重の宗は、宗矩の宗である。また宗重は六歳のとき柳生宗矩から「今後の己れの人生において必要と判断した時は柳生の姓を用いることを許す。但し兵法軍学に勤《いそ》しむも奥義を極めざる間は、これを許さず」と申し渡されていた。

言いかえれば、それほど柳生宗矩に可愛がられていた、ということだ。その理由《わけ》は、次第に判ってくる。

柳生宗矩が寛永九年（一六三二年）に任ぜられた総目付という地位は、大名・旗本及び老中以下の諸役人の監察、つまり将軍以外のほとんどの人物と職務の監察を主な任務とする重職であり、将軍の耳目となってその意思決定を補佐する立場にあった。宗矩の他に三人が同じ時期、総目付に任ぜられたが、宗矩が最右翼であると大名・旗本の誰もが思っていた。このことから「柳生が動くと天下が震える」という言葉が生まれ出し、老中と言えども柳生宗矩の一挙一動は無視できなかった。

のち総目付は大目付と名が変わって、その監察官としての権限はいま式部官的な性格へと傾いていたが、柳生宗矩に代表される総目付にあってはまぎれもなく絶大な権力を有していた。表向きは礼節を重んじる、極めて穏やかな〝素顔〟であったが。

暫《しば》しの瞑想のあと腰を上げた宗重は深々と一礼してから、柳生宗矩の墓に背を向けた。宗矩が七十五歳で没してすでに十二年が過ぎていたが、宗重はこうして月に二度の墓参りを欠かしたことがない。そうせよ、と誰から言われた訳でもなく自らの意思であった。

広徳寺を出た宗重は青空の下、日を浴びゆったりとした足取りで歩いた。背が高く凛《りん》とした風貌《ふうぼう》の彼には、きちんと着こなしている着流しがよく似合っていた。その彼を腰の二刀が尚のこと、引き立てている。鞘、柄とも素人目にも当たり前の拵《こしら》えでないと察せられる、相州伝・五郎入道正宗の大刀と脇差である。父酒井忠勝から譲られたものだ。

日本刀の黄金時代が築かれ刀匠の社会的地位が著しく向上したのは、およそ百五十年に及ぶ鎌倉時代であった。その頃の日本刀は、身幅が広く切っ先も重ねが厚くて大きないわゆる猪首《いくび》切っ先の力強い感じのものが多かった。

だが鎌倉時代も末期になると、この豪壮な日本刀の欠点が次第に問題になり出した。重ねの厚い猪首切っ先つまり鋩子《ぼうし》が、実戦で極めて損傷しやすいと判ってきたのである。しかも重ねが厚く平肉の付き過ぎたものは当然のごとく重くて扱い難く、しかも切れ味は悪かった。

この欠点に大改革を加える鍛刀技術を考え出したのが、当時相州鍛冶《かじ》の青年刀匠であった五郎正宗だった。甲冑《かっちゅう》を一刀のもとに断ち切ってさえ、折れず、曲らず、刃毀れしない強靭《きょうじん》な刀をつくり出したのだ。こうして正宗の名は徳川将軍の時代に入る遥か前に、日本刀の代名詞となっていた。

相州伝の相州とは相模国《さがみのくに》を意味し、この国、とくに鎌倉《かまくら》在住の刀匠たちによって鍛造された刀剣類を〝相州物〟と呼んだ。

さんさんと降り注ぐ日差しの中を歩く宗重の表情は、考え事をしていた。

彼の脳裏からはこの六日の間、血の海の中で息絶えた水野正利の妻と子の姿が、消えることはなかった。世の中に横たわる喜怒哀楽を味わうことなく天に昇《のぼ》っていった乳のみ子が、とりわけ哀れでならなかった。夫を殺されたうえに身を汚された妻女の絶望感も、察するに余りある。

宗重は奥歯をキリッと、小さく嚙み鳴らした。だが自分では気付いていない。

彼は上野寛永寺《かんえいじ》の脇から不忍池《しのばずのいけ》の畔《ほとり》を抜け、湯島《ゆしま》天神へと入っていった。

小綺麗な商家の娘らしい三人が連れ立って、本殿に柏手《かしわで》を打っている。

宗重も彼女たちと並ぶかたちで、頭《こうべ》を垂れた。柏手は省いた。自分の力で救ってやることが出来なかった母と乳のみ子の安らかなるを、天神様に頼んだ。頼まずにはおれなかった。母子の魂を血の海の中から、助け出してやりたかった。

歩き出した彼の後ろ姿を、娘三人が見送ってひそひそと囁き合った。うち色白の一人が「うふふっ……」と品よく笑う素振りを見せる。胸の前で両手を合わせ、小首を恥ずかし気にすくめたその様《さま》は、十七、八といったところか。

宗重は湯島天神前から〝火除《ひよけ》大通り〟となっている広い通り（広小路）を南へ向

かって歩き、神田明神の少し手前を左に折れ、幕臣名簿から頭の中に入れた水野姓の小屋敷二軒を念のため見て回った。この二軒を加えると、今日までの六日間で大・小合せ十二軒の水野屋敷を見て回ったことになる。

幸いなことに、事件の臭いは無かった。首謀者が様子窺《うかが》いで単に一時遠のいているだけなのか、それとも宗重が倒した浪人三人が事件の犯人として全てであったのか。

宗重は小屋敷に挟《はさ》まれた狭《せま》い通りを抜けて、神田明神の境内へ入っていった。江戸の二大祭といえば、天下祭、御用祭と呼ばれて華々《はなばな》しい、六月十五日の山王祭（日吉《ひえ》山王神社。現、日枝神社）と九月十五日の神田明神祭。

だが今は共に祭の時期ではない。本郷台地にあって江戸の家並を見渡せる神田明神も、屋台の出店は並んでいたが人出は落ち着いていた。境内には育ちのよい杉、椎、桜などが勢いよく枝を広げているものの空を覆うほどではなく、明るい境内だった。

宗重はここでも社殿に軽く一礼し、神田明神をあとにした。彼の父酒井忠勝は儒学を重んじ、神・仏の精神を武士道精神の根源と見て大事にした。僧侶、神官への援助も惜しまず、したがって神仏をよりどころとする朝廷の信望厚く、また諸大名に慕われ信頼されるという点でも群を抜く存在であった。

この父の影響を受けて宗重もまた、神仏を軽んじない敬虔《けいけん》な心構えを忘れなかった。然しその一方で、そうさせている別の理由《わけ》が、彼の武士道精神の内奥で息《いき》衝《づ》いていた。それが何であるかを知っておくことが、宗重という剣客を知る上で欠かせない。

彼の足は今、その〝別の理由〟に向かって歩んでいた。

大外濠川（神田川）に出た宗重は、やがて見えてきた水道橋に近い自らの住居《すまい》〝駿河屋寮〟を脇目に見て牛込《うしごめ》御門の対岸に至り、西へ向かう辻を折れた。この方角には父酒井忠勝の大きな屋敷が存在し、さらに過ぎると市ケ谷《いちがや》御門外に上屋敷を構える尾張大納言の広壮な別邸があった。

因《ちなみ》に駿河屋寮がある水道橋には、その直ぐ東側に大外濠川を跨《また》ぐかたちで実際に〝水道管〟としての樋《とい》がわたっていた。水道橋の名は、ここから来ている。

この頃の水道施設は神田上水、玉川《たまがわ》上水など極めて発達しており、さらに本所《ほんじょ》上水の工事が始まろうとしていた。たとえば神田上水について言うと江戸城内はもとより、小川町《おがわまち》、神田、柳原《やなぎわら》、両国《りょうごく》、一ツ橋《ひとつばし》、神田橋、鍛冶橋《かじばし》外、京橋川北手、本材木町《ほんざいもくちょう》通り、江戸橋《えどばし》一円、小網町《こあみちょう》通り、など非常に広い地域にわたってすでに給水されている。

酒井忠勝の屋敷が通りの向こうに見えてきた所で、つと宗重の足が止まり振り向いた。

十四、五間ほど離れて、若い三人の娘が佇んでいる。身なりから、裕福な商家の娘と思われた。

もじもじと俯《うつむ》き加減の三人に、宗重は自分から近付いていき穏やかに声をかけた。

「湯島天神から私をつけているようだが、用があれば聞こうかな」

「あ、あのう……つけてなど……」

三人のうちとくに色白な美しい娘が、頬を紅色に染めて口ごもった。伏し目がちで、まともに宗重を見ようとしない。

「侍の誰もが私のように、のんびりしていると思わないほうがよいな。これといった用もないのに尾行したりすれば、侍によってはいきなり無礼討ちする者もいようから」

「は、はい……」

「とくに今の私には、あまり近付かぬ方がいい。巻き添えをくらう恐れが、なくはないから」

「え？……」

「さ、もう帰りなさい」

宗重は踵を返して、歩き出した。色白な美しい娘に、ほとんど関心を示さなかったかのような宗重だった。

父酒井忠勝の屋敷の手前を折れた彼は、暫く歩いたのち『臨済宗　長安寺』の門札が掛かった古刹の山門を潜った。

三方を厚い竹林に囲まれた長安寺の境内は、森閑たる静けさの底にあった。人の気配は微塵《みじん》も感じられない。

宗重は石畳を踏んで金堂の横を通り、講堂の裏手へと回って庫裏《くり》に入った。どの建物も屋根は茅葺《かやぶき》だった。

彼は、われ知ったる家の如く庫裏の長い廊下を鳴らして奥へ進み、古びた枯山水の庭に面して開放された広間の手前で、正座をした。鶯張《うぐいすば》りの廊下が、最後にひと声鳴く。

「先生、宗重参りました」

「入りなさい」

「は……」

宗重は立ち上がって広間の前へ進み出ると、再び正座をして凛々《りり》しく両手をつき頭を下げた。板敷きの広間に、一人の老僧がいて、目を細め宗重に応《こた》える。

宗重は広間に入り、老僧と向き合って座った。

「宗重」

「はい」

「女性《にょしょう》に後をつけられたか」

「矢張り先生には、お判りでございましたか」

「お前の体から、微《かす》かに香《こう》が漂っておる」

「移り香《が》には用心して、それなりの隔たりを取ったつもりですが」

「なかなかに美しい女であったな」

「あ、そこまで見抜けるものでございますか」

「お前の目が、いつもらしくなく、やわらいでおるわ」

「こ、これは……」

宗重は苦笑しつつ頭の後ろに掌を当て、改めて師の偉大さに感じ入った。

僧の名を観是慈圓《かんぜじえん》といった。この古刹つまり臨済宗長安寺の住職である。

そして、もうひとつ別の顔。それは南北朝時代から室町時代初期にかけての剣僧、念阿弥慈恩《ねんあみじおん》を流祖とする念流正法兵法（通称、念流）の熟達者としての顔であり、宗重の剣の師としての顔であった。

そう。観是慈圓は、正しく念阿弥慈恩の血をひく、念流のまぎれもない後継者なのである。

しかし今、念流の正統後継者として表に立っているのは、群馬県馬庭《まにわ》出身の樋《ひ》口十郎右衛門定勝《ぐちじゅうろうえもんさだかつ》であって、したがって彼の念流は〃馬庭念流〃と呼ばれ、むろん観是慈圓もそう呼ばれることを認めていた。慈圓はあくまで剣の表舞台に背を向け臨済宗の僧に徹していたということである。

宗重をただ一人の剣の直弟子としたことを除いては。

臨済宗は坐禅で知られる禅宗であって、僧栄西によって鎌倉時代に開かれた。悟りに達するその厳格な修行方法は武士道に合致するとして、多くの侍が信者となった。

「宗重よ。お前が柳生宗矩殿に連れられてこの寺へやって来たのは、確か……」

「九歳の時でございます」

「もう二十年近くになるということか。光陰《こういん》矢の如し、じゃな」

「はい。まことに」

「柳生宗冬殿が一昨日ぶらりと訪ねて来られ、お前に近いうち幕臣としての職務を与えるかも知れぬ、と申しておられた」

「はあ」

「いい嫁を世話いたさねばならぬ、とも言っておられたわ」

「は、はあ」

「はあ、ばかりではお前の気持は判らぬ。幕臣として大事な職に就き上様のお役に立つ気持はあるのか、また嫁を娶《めと》って一家を構える気持はあるのか。お前の考えを申してみい」

「それについては今しばらく……」

「うはははっ。やはりその返事か。も少し欲と色気があってほしいものじゃが、ま、そのように木訥《ぼくとつ》に鍛えてしまった私にも責任があるのかのう」

「滅相もありません。先生に責任があるなど……」

「どれ。五、六本立ち合《お》うてみるか」

「お願い致します」

二人は腰を上げると、板敷きの広間に隣接する道場へ入っていった。

道場の上座正面には『剣これ禅なり』と大書された横額が掛かっており、慈圓の署名があって大きな落款《らっかん》印が朱色もあざやかに押してあった。

床の間は、上座と下座の双方にある。

それぞれの床の間には刀掛けと帯掛けがあって、刀掛けには大・小数本の真剣が掛かっていた。帯掛けの帯は、やや幅広の白いものである。

慈圓は上座の床の間へ歩み寄り、僧衣の上から白い腰帯を手早く締めて大・小二刀を差した。表情は、穏やかだ。

腰の位置で大・小刀を安定させるには、帯は極めて重要である。着流しであろうが、裃《かみしも》や袴《はかま》であろうが、二刀を身につける武士は腰帯への配慮を常に忘れる訳にはいかない。

これへの気配りを怠ると、いざという場合、思いがけない不運に見舞われたりする。

宗重は下座の床の間の刀掛けから二尺五寸ほどの真剣を取り上げ、代わって五郎入道正宗の大刀をそれに預けた。

体の向きを変えた彼は『剣これ禅なり』に向かって一礼し、道場の中央に向かってするりと足を進めて師と向き合った。

二人がお互いの眼を認め合い、静かに抜刀する。

刃を潰《つぶ》していない正真正銘の、真剣だった。

宗重の網膜に写った老師の姿が、たちまち脳裏で巨岩と化した。

が、宗重はそれを拒まず恐れず、己れの〝内側〟へ素直に受け入れた。

正眼に構えた二人の切っ先と切っ先の間は、およそ三尺いや四尺か。

無言と無言の微動だにしない対峙が続いた。

と、老師の剣がゆらりと下がって下段の構えを取り、ジリッと半歩前に出た。

宗重は相変わらず、微動もしない。

不意に板張りの床が、ばんッと大音を発した。老師の前足が、目に見えぬ速さで踏み鳴らしたのであった。まるで鉞《まさかり》を打ち込んだような、大音だった。

その拍子に宗重の切っ先が、僅かに震えた。それを見逃すような老師ではない。疾風のような気合無き切り込みが、宗重の眉間に襲いかかった。年老いた者の動きではなかった。野生の獣の動きさえ超越した、一瞬の躍動だった。

宗重の両眼は、それを一条の稲妻として捉えていた。

鋼と鋼がガチーンと音を立てて打ち合い、面、首、肩、小手、胴と老師の連続攻撃が躍《おど》った。宗重の剣は半歩も退がることなく、それを防禦した。

飛び散る火花が、柄を握る二人の両手に降りかかる。

打ち込み切れぬ、と解してか老師が飛び退がった。

だが二人の間は、縮まらなかった。宗重の足が滑るようにして老師に迫っていたのである。台所賄之頭水野正利の小屋敷で凶悪侍を相手に見せた、あの絶妙の足業《あしわざ》だった。

老師の剣が宗重の頭上に振り下ろされ、それを受けた宗重の刀が次の瞬間、巻き上げられて彼の手から離れた。しかし、この時にはすでに、宗重の手は老師の脇差を抜き取っていた。

老師が驚くべき業を見せたのは、その直後であった。脇差を抜き取ったかに見えた宗重の右手首を左手だけで摑むや、腰を沈めるようにして捻《ひね》ったのだ。宗重の体がそれこそ風車《かざぐるま》の如く宙で一回転し、ズダンと床に叩きつけられた。

「参りました」

宗重は、ひれ伏した。心から出た、師への畏怖《いふ》と尊敬の言葉であった。

鶯張りの廊下を鳴らす足音がゆっくりと近付いてきたのは、この時だった。いや、足音は廊下だけではなかった。庭先でも生じていた。廊下の足音に、合わせるようにして。

「宗重、客のようじゃ。見てきなさい」

「承知しました」

宗重は床に落ちている刀を床の間に戻し道場を出た。

老師観是慈圓は、自分の腹部を眺めて呟いた。

「なんという手練《てだれ》に大成したものよ。もはや教えることは何一つないわい」

腰の白帯が、最後のひと巻きを残して見事に断ち切られていた。

慈圓は白帯を解き、刀と共に上座の床の間に戻した。目はいかにも満足気に、やわらいでいた。師である自分を超えた業を見せつけられたことが、余程嬉《うれ》しいのであろう。

慈圓は上座の神棚の前に、坐禅を組んだ。

廊下に出た宗重は、長い廊下を向こうからやって来る深編み笠の侍を認めて、自分から近付いていった。庭先にも、同じように深編み笠の侍が、数名いた。

廊下の侍も庭先の数名の侍も素浪人の身なりではなかったが、さりとて身分の高い侍には、とても見えない身なりであった。

「顔を見せずに参られるのは、そこまでに願いたい。笠を取って名乗られよ」

宗重の声の厳しい響きに、廊下をやってくる侍も庭先の侍も足を止めた。

だが、誰も笠を取ろうとはしない。

宗重は廊下の侍と向き合って、足を止めた。

「嗜《たしな》みでござる。笠を取って名乗って戴きたい」

「ん？……嗜みとな？」

若々しい、曇りのない声であった。

「いかにも」

「その方か。柳生宗冬が言《ゆ》うていた念流皆伝の宗重というのは」

「なに……」

「なに、とは、なにじゃ。予が楽しみに待ち構えていた飛竜を横取りして、待ち惚《ぼう》けを食らわせたのは、その方であろう。嗜み、などと言う立場にはないぞ」

「飛竜……すると、あなた様は」

「名を名乗る訳にはいかぬ。壁に耳あり障子に目ありと申すであろう。何処から誰が斬りかかってくるか判らぬ世の中じゃ」

と言いながら、小声ではない相手であった。

「無作法、おわび致しまする」

宗重は廊下に正座し、頭《こうべ》を垂れた。べつに慌てても取り乱してもいなかった。

それにしても、予期せぬ人物の余りにも突然すぎる来訪であった。

「ところで宗重」と、相手は立ったままだった。

「はい」

「正則(老中稲葉)や宗冬の話によれば、その方毎日だらだらと遊び暮らしておるそうよな」

「御意」

「なんと、怒りはせんのか。正則も宗冬もそのような言い方はしておらぬわ。予が少し意地悪く言うてみたのだ。かかかっ」

いかにもおかしい、という笑い方だった。

「当たらずとも遠からず、でござりまする」

「ふん。正則も宗冬も申しておったが、まこと凛々《りり》しい男前よの。その凛々しさで毎日自由な時間が山ほどあるとは羨《うらや》ましい」

「失礼を顧みずお訊ね申し上げますが、本日はまた何用あって長安寺へ参られたのでございましょうや」

「その方に会うために、来てやった」

「私《わたくし》に？……」と、宗重はここで顔を上げた。

「そうよ。わざわざな」

「飛竜に先乗り致しましたことにつきましては……」

「飛竜のことなどで訪ねて来るほど、予は暇ではないぞ宗重。その方に、この場で命じておくことがある。聞き逃すでないぞ」

「は」

「書院番士として、予に仕えよ。委細は正則か宗冬から聞くがよい」

「おそれながら私《わたくし》は……」

「これは頼みではない、命令である。ところで爺《じい》は元気にしておるか」

「爺？」

「観是慈圓だ」

「先生なら道場にいる筈でございまするが」

「会うてくる。そなたも、ついて参れ」

言い終らぬうちに、正座する宗重の脇をすり抜けるその人だった。

宗重は正座の向きを変え、離れていくその人の後ろ姿を、涼しい目でじっと見送った。

宗重が初めて会う、第四代将軍右大臣徳川家綱十七歳であった。

当たり前の人間なら声をかけられただけで卒倒する、相手である。だが宗重は泰然として沈着であった。

庭先の侍たちが、将軍家綱の動きに合わせて、そよ風の如く移動する。ごく自然に周囲を警戒している様子が、宗重には手に取るように判った。おそらく隠密警護の任に当たる者たちなのであろう。

将軍家綱が道場前で立ち止まり、編笠を少し上げて正座のままの宗重を見た。

「宗重、来ぬか」

「はい」

宗重が立ち上がって歩き出すと、将軍家綱の姿は道場の中へ消え去った。

「もし」

宗重は警護の侍の一人に声をかけた。

「山門の外及び境内にも、警護の立ち番はいるのですな」

侍は首を小さく横に振り「お忍びゆえ小人数でござる」とだけ編笠の中で囁いた。

宗重は「まずい……」と思った。水野事件が続発したり、老中稲葉正則が襲われたり、また昨年の大火にしても反幕派の放火では、という噂《うわさ》が町人の間で流れている。幕府の機能そのものは家綱時代に入って安定充実著しいが、世情は決して安定していない。

宗重は道場に入ると、五郎入道正宗を腰に戻し、老師と談笑し合っている四代将軍の脇近くに張り付いて座った。

家綱が慈圓の話に応じつつ、ようやく編笠を取って素顔を見せた。

宗重の視線が、チラリと若い将軍の横顔に流れる。

生母お楽《らく》の方様は絶世の美女、と江戸の町衆スズメの間で噂されてきただけに、その血を受け継いだ四代将軍の横顔は端整であった。ただ、お楽の方は家綱を生んでのち病弱の身となり、彼が十一歳のとき病没して上野寛永寺に葬られている。

家綱と慈圓の話は、物静かに弾んだ。傍《かたわら》の宗重は、身じろぎ一つしない。

家綱と慈圓の話から宗重が知ったことは、二人が芝の柳生屋敷で年に一、二度は会っているらしいこと、三、四年前に二度この寺へ将軍が密かに訪れていたこと、などであった。それは宗重が全く気付かなかった老師の一面だった。

慈圓と話す家綱は終始、楽しそうであった。

話がいきなり、宗重のことに及んだ。

「……ところが近頃になって、正則や宗冬の口から急に宗重の名が飛び出すようになってな。それで一度顔を見なくてはなるまいと思うていたらある日、予が首を長うして待ち構えておった大和柳生育ちの飛竜なる名馬を、横から奪う奴が現われおった。聞けばその者の名を宗重とかいうではないか。これには呆《あき》れたわ。かかかかっ」

「それにつきましては、柳生宗冬殿から詳しく伺っております」

「うむ」

家綱が頷いて真顔になった。

「その宗重が、老中大老の重責を果たしつつ予を教育し守り続けてくれた忠勝（酒井忠勝）の妾腹の子と、正則、宗冬から明かされた時は正直驚いた。予は表向きにしろ、政治《まつりごと》とか大人達の私《わたくしごと》事にはなるたけ関心を抱かぬように知らぬように、と心がけてきたからのう」

「上様のその心がけこそが、次第次第に幕府の合議体制を強固なものにして参ったのです。政治の中枢部から決して一人の権力者独走者を出してはなりませぬ。複数の知恵者の合議によって一つの意思決定を出さしめ、それについて上様が是とするか否とするか判断いたせばよろしいのです」

「その是否の判断こそが、最も難しい」

「おおせの通りでございまする。なれど上様はこの国における最高統治者であり責任を一身に負わねばなりませぬ。したがいまして是否を判断する力を向上させることに、今後とも不断の努力をして戴《いただ》かねば」

「判っておる」

「下の者に合議させ意思決定させるのです。決して心得違いをなさってはなりませぬぞ。合議して貰い意思決定して貰うのではありませぬ。あくまで合議させ意思決定させるのです。およろしいな」

「一層のこと心がけようぞ」

「今のところ、政治や大人達の私事に対する上様の無関心ぶりは、表向きであるにしろなかなか芸達者に仕上がっているのではありますまいか。その調子でよろしいかと、爺は思っておりまする。しかし油断してはなりませぬぞ。政治の中枢部という味の良い卵からは、往々にして一人の権力者独走者が生まれるものでございますからなあ」

「そうよな。それは過去の歴史が物語っておるわ。これからも長生きして予にあれこれと意見してくれ」

「仰せの通りに」

「ところで宗重よ」

将軍家綱は、宗重に向き直った。

「正則、宗冬の報告によれば、その方、水野事件にかかわってしまったそうだが、その後も調べは続けておるのか」

「町奉行所の探索方《たんさくかた》が昼夜を問わず懸命に動いておりまするゆえ、表立って動くことは控えております。なれどこの数日で私が得ましたる感触は、思いのほか大きな強い意思が事件の背後に潜んでいるのではないかという事」

「はっきりと申せ。思いのほか大きな強い意思とは、大きな強い集団（組織）を指しているのか」

「御意」

「それは大名か、それとも尾張、紀州、水戸の御三家のいずれかか」

「判りませせぬ」

「昨年七月、不良旗本の水野十郎左衛門成之が幡随院長兵衛なる町奴を斬殺する事件が起こったが」

「承知しております」

「水野事件は、その不良旗本への鬱憤晴《うっぷんば》らしで起こったとは考えられないかのう」

「私《わたくし》も初めのうちは、もしや、と思いも致しましたが、今は鬱憤晴らしに見せかけた何者かによる幕府への揺さぶりではないかと」

「ならば宗重。水野事件の調べをこれからも続け順次、予に直接報告いたせ。直接じゃ」

「恐れながら、それはなりませぬ。幕閣の秩序規律を尊ぶ意味においても、御老中稲葉様もしくは柳生様を経て、御報告させて下さりませ」

「うむ。その方の言うこと尤《もっと》もじゃな。だが徳川の浮沈にかかわるかも知れぬ情報は、速《すみや》かに予の耳に入ることが何よりも重要であろう。耳に入る迄の時間が短ければ短いほど、情報が持つ質や姿形《すがたかたち》は変わり難《にく》い。そうではないか」

「まこと、その通りでございます。ならば上様より稲葉様、柳生様の御二人に、今後の宗重の動き方について耳打ちしておいて下さりませ。その御配慮で、情報は一層迅速に気持よく上様に届きましょうから」

「ははは、っ。宗重の申すこと間違っておらぬわ。道理や理屈だけの強押《こわお》しでは人も集団も正しくは動かぬからな。正則、宗冬には耳打ちしておこうぞ。それから大身の不良旗本水野十郎左衛門成之の不行跡への対処についても、幕閣任せにせず将軍として見直してみよう」

「それが、よろしゅうございます」

「爺、今日はこれで帰る。目立ってはならぬから見送りは無用じゃ」

将軍家綱がサッと腰を上げ、宗重、慈圓も立ち上がった。

「まだ日は高うございますが用心のため、宗重を城まで同道させましょうぞ」

「なあに、庭に控えている者達は、手練《てだれ》の中の手練じゃ。心配いらぬ」

また来る、と言い残して足早に道場から出て行く四代将軍であった。

慈圓は庫裏の玄関口まで将軍を見送ったが、宗重は道場に残って坐禅を組んだ。

彼が初めて会った将軍家綱の印象は、時おり耳に入ってくる町衆スズメの将軍の噂とは衝撃的なほど、かけ離れていた。将軍様は毎日眠っている、現在《いま》も大年増の乳母の乳房を吸っている、何事も幕閣任せの頷き屋で「うんうん様」「左様せい様」などと軽んじられている、というのが町衆スズメの噂であった。

（政治《まつりごと》とか大人達の私事にはなるたけ関心を抱かぬようにしている、と上様は申しておられた。あれは幕僚たちの動静を監察監視するための戦略なのであろう。自分が政治の中枢部から一歩も二歩も退くことで、幕府の機能を合議制へと熟成させようとのお考えであるに相違ない。だが年お若い将軍お一人の考えではないな。背後にきっと、人生に長けた大物の戦略家がいて知恵を授けているはず。それは……）

柳生飛驒守宗冬か、それとも我が師観是慈圓か、あるいは父酒井忠勝か、と宗重は想像を巡らせた。

三

翌朝早くに自邸駿河屋寮の離れで目醒めた宗重は、大外濠川に面した裏庭へ出た。

その庭の東側、背丈ほどある生垣で四方を囲んだ其処《そこ》へ、彼は入っていった。

そう広くはない、奇妙な場所であった。地面に腰高《こしだか》の杭《くい》が雑な間隔で三、四十本打ち込まれてあり、その杭のうちの半分ほどにいずれも色褪《あ》せた脇差がしっかりと括《くく》りつけられてある。

宗重は生垣で人目を避けたその場所で、腰を落とし、すり足の習練を始めた。杭と杭との間を、時にゆっくりと時に速く足を滑らせ、杭に括りつけられた脇差を次々と引き抜いては鞘に戻した。呼吸をはかるようにして静かに、しかし次には電光石火の早技で抜くや、縦、横、斜めと空気を切り裂く。

脇差は竹光《たけみつ》であった。

半時ばかり薄汗をかく程度の習練をした彼は、井戸端で肌を清めて離れ座敷へ戻った。

と、朝まだ早い静寂の中、パタパタという足音と荒い息遣いが塀の向こうから伝わってきた。喉を笛のように鳴らしている息遣いが、只事でない。よほど全力で駈け続けたのであろう。

宗重は五郎入道正宗を腰にして、木戸口から外へ出た。顔を出したばかりの朝《あさ》陽《ひ》が低い高さから道を白く照らし、その中で十手を手にした小者《こもの》が、つんのめった。

宗重の脳裏で、はじめて見るその小者と隠密方同心高伊久太郎の顔とが重なった。

「しっかりせい」

宗重は足早に自分から、小者に近付いた。

「隠密方同心高伊さんに頼まれて、駈けつけたか」

「そ、それじゃあ……それじゃあ、お侍様が……」

「うん、駿河屋寮の住人だ。高伊さんに何かあったか」

「助けておくんなさいまし。高、高伊の旦那を……」

「話の終りだけでよい。申せ、高伊さんは今どこにいる」

「小石川……小石川伝通院《でんずういん》北側の……境内を抜けた北、北側の百姓家に」

「どのような百姓家か」

「藁《わら》屋根に……ぺんぺん草が生えた……い、今にも壊れそうに古い」

「わかった」

「あっしは……あっしは、これから……ぶ、奉行所へ」

「走れるか」

「へ、へい……」

息絶え絶えに喉を鳴らしている十手持ちをその場に残して、宗重は駈け出した。駿河屋寮から伝通院までは、およそ半里（約二キロメートル）。その半里の相当な部分を水戸藩上屋敷の東側及び北側の土塀に沿って走ることになるから、この上屋敷が如何《いか》に広大であるか想像がつく。

宗重は走った。この時代、馬を除けば足は最良最強の交通手段である。そのため宗重は、武士に欠くべからざる事として日頃から脚力の鍛練を欠かしたことがない。単に土堤や林の中を走るだけではなく、様々に工夫を凝らしてきた。だが何かを目的として本気で走ったことは、これ迄にほとんどない。

その欠かさぬ習練が生きていた。着流しを乱して宗重は、朝陽の中を矢のように走った。まるで忍びの者のように。

応永二十二年（一四一五年）に開かれた小石川伝通院には、徳川初代将軍家康の生母於大《おだい》の方が葬られているほか、二代将軍秀忠の四女初姫や、三代将軍家光の養女大姫の墓があった。

豊臣秀頼のもとへ輿入《こしい》れし、天下騒乱、豊臣家滅亡と、怒濤《どとう》の人生を経てきた二代将軍秀忠の長女千姫は、今は髪をおろして天樹院《てんじゅいん》と号し、「わたくしも命尽きたなら伝通院へ……」と折にふれ述べつつ竹橋《たけばし》御門内で、六十一歳の人生を穏やかに過ごしている。

考えてみれば豊臣家滅亡の大坂夏の陣（一六一五年）から、まだ四十三年しか過ぎていない世の中を、風の如く駈け抜けている剣客宗重だった。

江戸はこの四十三年の間に、見違えるように膨張し発展してきた。皮肉なことに、たびたび生じる大火が人々に苦痛を齎《もたら》すと同時に、江戸の町、産業を力強く変貌させた。その最たるものが、呑み屋、めし屋、小料理屋、蕎麦《そば》屋といった外食産業の驚くべき発達である。大火が生じるたび、江戸復興のために流れ込む職人達の数は激増した。この職人達の存在が、必然的に外食産業を発達させたのである。

宗重は、蕎麦屋、田楽屋、めし屋がひっそりと軒を並べた小石川伝通院の小さな門前町を駈け抜け、勢いを落とさず山門を潜った。

広い境内を北側へ抜けると、畑の中に今にも壊れそうな百姓家があった。藁屋根に、ぺんぺん草が繁っている。

宗重は走って乱れた呼吸を鎮めるためにも、さり気ない素振りで大回りし百姓家裏手の竹藪《たけやぶ》の中に立った。

棒か竹で肉体をしばく音と呻《うめ》きが、微《かす》かに聞こえた。

次いで「吐けっ」という怒声が、はっきりと伝わってくる。

そして再び肉体をしばく音と呻き。もはや一刻の猶予も許されなかった。

宗重は竹藪から出ると、足元に落ちていた小枝を拾い上げ、百姓家の裏木戸めがけて投げつけた。小枝がヒュッと回転しつつ飛び、大きな音を立てて裏木戸に深々と突き刺さる。

百姓家がシンとなったが、それはほんの短い間だった。内側から小枝を引き抜いて裏木戸を開け、いずこかの藩士に見える身なり正しい侍たちが現われた。大方が、三十過ぎかと思われた。

その数、八名。

彼等は音立てぬ足運びで無言のまま、宗重の八方を取り囲んだ。

宗重の表情が、この時になって険しさを増した。

(忍びか?……)と、彼は感じた。思ったのではなく、感じたのだ。滑るような足運び、見事に等間隔な八方塞ぎ、目つき、更には全くその気配を見せない呼吸。いずれも普通の侍、剣客のものではなかった。

(こやつら。私が百姓家に近付くのを早々と捉えていたな……)

宗重は、そうに違いないと確信した。裏木戸が開いたとき、侍たちは猛々しく飛び出してはこなかった。驚きもしていなければ、怒りもしていなかった。『動』か『静』かといえば、むしろ『静』であった。剣客にとっては、こういう集団が何よりも恐ろしい。

八人が同時に抜刀し正眼に構えた。鋼と鞘がこすれ合う音はなかった。音無しの抜刀であった。

宗重は右足を一尺ばかり退げて、やや腰を落とし、左手を鯉口に触れ右手を正面の敵に向けて指五本をバラリと立てた。

その構えを、どう読み取ったのか、八方塞がりが鮮やかに呼吸を合わせ半尺ばかり広がった。が、後退と取れる広がりではなかった。むしろ逆の息遣いを宗重は察知して、眼光を鋭くさせた。

双方無言の対峙が、時を刻んだ。

宗重の念流皆伝が、『獅子之巻』（太刀）、『虎之巻』（小太刀）、『竜之巻』（薙刀）、『象之巻』（槍術）、『豹之巻』（十文字槍）、『猫之巻』（居合、取手）、『犬之巻』（秘伝）の全巻に及んでいることは、いうまでもない。

その宗重の左手が触れている鯉口は、脇差（小太刀）であった。大刀ではなかった。

それが対峙を長びかせた。

念流の流祖念阿弥慈恩の剣の理念は、一貫して〝不殺〟である。だが、その〝不殺〟の理念を強固に支えているのは絶対的な〝不敗精神〟つまり不敗主義だった。相手を殺す一歩手前まで守りに徹しつつ追い込む、という強烈な不敗主義である。防衛・防禦の精神の中に確固としてある鉄の理念だ。そこに念流剣法の恐ろしさがあり、とくに小太刀の業にそれが凝集されていた。寸法小なれども、あなどれない。

宗重を囲む八名はおそらく、いや明らかにそのことを熟知していた。だから対峙は、時を刻んだ。

しかし熟知しているということは、彼等八名もまた凄腕の剣客であることを意味する。もし忍法を心得た剣客であるとすれば、宗重にとってこれ程の強敵はない。

（うおっ）

ついに宗重の背後から、声なき裂帛《れっぱく》の気合が襲いかかった。

同時に振り向きざま、宗重は地を低く滑っていた。

跳躍していた敵が、宗重の頭上から猛然と斬り下ろす。空気が鳴った。

宗重の右手が脇差を抜き、敵の刀を額の真上でガチンと受けた。この瞬間、敵はアッという顔つきになっていた。宗重の左腕が敵の右腕を絡み取っていたのである。

宗重の腰が半回転し、相手は地面に叩きつけられ「ぐあっ」と叫んだ。鍛えられた者は投げられたくらいでは悲鳴をあげない。宗重の脇差が深々と相手の下腹を、割っていたのだ。ほとんどの光景が同一時に生じて終ったかのような、稲妻の如き一部始終であった。

残った七名は、息をのんだ。のまずには、おれなかった。

観是慈圓との激しい修練の中で、宗重は言われ続けてきた。「忍びの者を相手とする時は、その跳躍力を先ず制すべし」と。敵の刃を受けるなり相手の利き腕に己れの腕を絡めて動きを封じたのは、慈圓の教えそのものだった。

しかも敵の体が宙で一回転して地面に落下する間に、その下腹へ致命傷を与えている。

宗重が脇差をゆっくりと鞘に収めた。収める僅かな間が相手にとっては、攻めに移れる絶好の機会である筈だった。にもかかわらず、七名は攻めに移れなかった。宗重の防禦こそが、なるほど恐るべき反撃につながると正しく読み取ったのであろう。

またしても対峙は時を刻んだ。七方を囲まれた宗重の左手は、今度は大刀の鯉口に触れていた。ユラリと立った姿勢は、棒立ちに近い。

「来ぬか……」

宗重が、はじめて声を出した。鎮み切った感情の中へ己れの全てを預けている者の、澄んだ声らしい声であった。威嚇の響きは、なかった。

七名は反応しなかった。

「念流は防禦の剣のみにあらず」

宗重の言葉が、穏やかに続いた。けれども実は、身の毛が弥立《よだ》つほど彼は緊張していた。体の内側に恐怖が漲《みなぎ》っていた。己れの現実に対し嘘《うそ》を演じればスキが生じる、観是慈圓のその精神を素直に理解し受け入れている宗重は、だから緊張や恐怖に対し抗わなかった。現実の己れを認めた。それゆえこそ、鎮み切った感情の中へ己れの全てを預けることが出来ているのであった。

宗重はこの精神を〝夢想〟という言葉で、慈圓から教えられてきた。無想ではなく、夢想であった。

「来なければ、こちらから行く」

宗重が刃渡り二尺二寸二分の五郎入道正宗を、すらりと抜いた。全く気負いのない抜き方であったが、侍達の輪は反射的に広がった。

宗重が二尺二寸二分を抜いたことで、対峙する者の間にはじめて〝激〟が迸《ほとばし》った。

〝激〟は〝撃〟へと結びついていく。必然的に。

「やあっ」

宗重を取り囲む輪の一点が気合と共に進み出るや、瞬時に退がった。修練を積み上げてきた者の、揺さぶりであった。気合に斬りかかってくる気迫と殺気があった。

が、宗重は正面の敵に対し正眼に構え、それを無視した。

次に左斜め後ろの一点が、「むん」と低い気合で突き進んで退いた。宗重の左肩後ろに斬りかかる勢いがあった。

間を置かず今度は右斜め後ろの一点が足音を踏み鳴らして動いた。矢継ぎ早であった。

さしもの宗重の剣も、切っ先を震わせた。しかも怯《おび》えたような震え方だった。

正面に位置する手練《てだれ》の敵が、それを見逃す筈もない。だが、手練にとってそれは悲劇だった。

来る……と読んだ宗重の剣が、正眼から右下段へ下がって〝無構《むがまえ》〟の構えとなる。

一見無防備なこの構えこそ、次の一挙動で相手の眉間を割る必殺剣であった。

念流の最も源流とも言える剣法である。

「いえいっ」と相手が跳躍した。ほとんど直線に近い圧倒的な跳躍だった。

それに向かって宗重の足も、真っ直ぐに素早く地を滑った。激突か？

相手の振り下ろす剣と宗重の受ける剣が打ち合って火花を散らす、と六名の刺客達の誰もが思った。

だが二尺二寸二分の五郎入道正宗は、なんと敵の双腕《もろうで》の間を潜り抜けて眉間を打つや、そのまま押さえ込むようにして相手の体を地面に叩き落としていた。剣によって相手の眉間を押さえ斬ることにより、同時にその跳躍力を封じたのである。封じることに失敗すれば、宗重の頭は間違いなく逆に割られていた。

このとき大勢の足音が、闘いの場に迫ってきた。

「まずい……」と刺客の一人が漏らし、彼等の間に小さな動揺が走った。

それを黙って見逃す宗重ではない。

右斜め前の相手を狙って、宗重は一気に接近した。

相手も手練である。来た、と知って宗重の左首へ閃光のような先制の水平斬りを見舞った。

宗重の上体が大きく右へ揺れてそれを躱《かわ》した刹那《せつな》、五郎入道正宗の峰が相手の左膝に強烈な一撃を加えていた。

骨の砕ける鈍い音がして、敵が横転。そこへ町奉行所の捕り方達が雪崩《なだれ》込んできた。

たちまち飛び交う怒声。

宗重は、後を捕り方達に任せて、荒屋《あばらや》へ足早に入っていった。

土間の柱に隠密方同心の高伊久太郎が、顔を青黒く腫《は》らして縛られ鼻血を流していた。その脇で、べつの同心が袈裟《けさ》斬りにされ、血の海の中で息絶えている。

「しっかりしろ高伊さん、私だ」

宗重は縄を解き、意識朦朧《もうろう》たる高伊久太郎の肩を抱いて声をかけた。

高伊が拷問で腫れあがった瞼《まぶた》を薄く見開く。いたいたしい。

「き、来てくだ……さると……信じて……いました」

「うん。安心しろ。もう心配ないぞ」

「お怪我……お怪我は……ありませんか」

「私は大丈夫だ。もう喋るな」

高伊は気を失った。自分が手ひどい目に遭っているというのに、駈けつけた宗重の身を心配した高伊であった。その言葉で宗重は、彼の人柄の深いところを知った。

# 第三章

## 一

三日が穏やかに過ぎた。

宗重は水道橋に近い住居《すまい》駿河屋寮を出ると、気持の良い青空の下を大外濠川に沿って東へぶらりぶらりと進み、定火消《じょうびけし》役宅を左に折れて火除大通りに入っていった。天気がいいから人通りも多く、そこかしこで小屋敷を新築する槌音《つちおと》や職人達の大声の遣り取りにも、活気があった。

野鳥が囀《さえず》りながら、宗重の頭上低くを飛び去る。

隠密方同心高伊久太郎を見舞うつもりで、駿河屋寮を出た宗重だった。

小石川伝通院北側の廃屋裏手を舞台とした三日前の大捕り物は、凄《すさ》まじいものであった。普通なら町役人が身なり正しい武士を相手とする時、たいてい躊躇《ちゅうちょ》する。御支配違い、ということで後々になって問題となりかねないからだ。しかし、この時ばかりは同僚の高伊久太郎救出という譲れぬ名分があったから、町方一丸となって素姓知れぬ相手に挑んだ。ところが、あっという間もなく事件取締方同心一人と捕吏（小者）二人が殉職、陣頭指揮を執っていた事件取締方与力秋元重信も重傷を負った。

忍びの心得ありと思われる侍八名のうち宗重が三人を死傷させ、更に捕《と》り方が一人に手傷を負わせて拘束したものの、残り四人は逃走。その直後に手傷を負った二人の忍び侍は、舌を嚙《か》み切った。死をもって、身分素姓が知られることを拒んだのだ。

事件取締方は彼等の大・小刀から着衣、その他身に付けている物などを徹底的に調べたが、身分素姓は特定できなかった。

けれども謎の水野事件は、台所賄之頭が斬殺《ざんさつ》されたあと起こっていない。

宗重は火除大通りから湯島天神へ入っていき、いつかのように社殿に向かって柏手を打ったあと黙禱《もくとう》した。大捕り物で殉職した町方三人の冥福《めいふく》と、負傷した事件取締方与力秋元、隠密方同心高伊の早い回復を祈ったのだった。

そのあと彼は、妙な顔つきになって空を仰ぎ、溜息《ためいき》を吐《つ》いた。「仕方ないなあ……」とでも言いた気な、表情であった。

彼は踵《きびす》を返すと、境内のひときわ枝ぶりの良い大きな梅の木に近付いていった。

「出て来なさい」と梅の木に向かって言う彼を、参詣《さんけい》する年寄り達が怪訝《けげん》な目で流し見る。

と、梅の木の陰から、はにかみながら若い町娘が出てきた。いつだったたか宗重の後をつけた三人娘の内の一人、あの色の白い美しい娘であった。髪の結い方は町娘のそれであったが着ている着物は花鳥模様の慶長小袖で、それだけで娘の家庭の豊かさが判った。慶長小袖は大名や上級武士の奥方などが着るものであったが、この頃になると裕福な商人の内儀や娘も着るようになっている。

宗重は、耳を赤くして俯《うつむ》いたままの娘に声をやわらげ、なるたけ町言葉で語りかけた。

「この二、三日、私の屋敷まわりで見かけることが多いが、どういう訳かな」

「すみません」と消え入るような町娘の声だった。澄んだ綺麗《きれい》な声だ。

「怒っているのではない。私か私の家族に用があるなら、遠慮なく屋敷の門を潜ってくれてもいいのだ」

「はい」と娘は、ますます耳を赤くさせた。

「では、矢張り何か用があるのだな」

「いいえ、べつに……」と、娘が一層うなだれる。

「けれども、そなたは朝早くに屋敷を出た私を、此処までつけて来たではないか。何か大事な話があるから、つけて来たのではないのか」

「あのう……」

「なんだ」

「ご免なさい。もう致しません」

「え……」

町娘は、宗重にくるりと背を向けて、小駈けに離れていった。今にも泣き出しそうな、後ろ姿であった。

「なんなのだ。あれは一体」

宗重は舌打ちをして歩き出した。端整な青年剣客の顔が、苦々しさを覗《のぞ》かせている。激烈な剣一筋の道を歩んできた宗重にとって、なんとも訳の判らないプヨプヨした腹立たしい相手であった。摑《つか》みどころが無い。

程なくして宗重は、下谷広小路に在《あ》る高伊久太郎の住居《すまい》の前に立った。とは言っても目の前にあるのは、見るからに安普請なこぢんまりとした三軒長屋であった。

宗重にとってここを訪れるのは、二度目である。一度目は三日前に、拷問で手傷を負わされた高伊久太郎を運び込み、医者を呼んでやっている。

宗重は「玄三、いるか……」と、三軒長屋の真ん中の店《たな》の障子戸を引いた。板の間に座っていた女が、あっと小さく声をあげ、赤子に含ませていた大きな乳を着物の襟で慌て気味に隠した。

「や、いきなりで相済まぬ」

「まあ、若様。とんだお見苦しいところを」

「なにが見苦しいものか。飲ませてやってくれ」

「は、はい」

宗重は板の間の端に腰を下ろすと、母親の乳を吸う赤子の頬に目を細めて指先をそっと触れた。母親も目を細めた。自分を尾行した町娘を扱いきれなかった宗重であったが、豊かな白い乳房を露《あらわ》にして赤子に含ませている女には、とまどっていない。

おそらく宗重は、乳を飲ませている母と子の光景を、美しい町娘とは全く別の次元で眺めているのだろう。〝遥かなる優しさ〟としか言いようのない次元で。

「玄三は今日、大工仕事で棟梁《とうりょう》から声が掛かり、神田方面へ出向いております」

「ほう。玄三は十手を持ちながら大工でもあったのか」

「八年前に病気で亡くなった玄三の父親というのが、大層腕のよい大工だったこともありまして」

「なるほど。ま、人には色々な生き方があるからな。十手を持ちながら大工仕事にも打ち込む、というのも立派な生き方だろう」

「はい。私もそう思って、玄三を眺めています」

「一生懸命に働く男なんだ、玄三は」

「お陰様で高伊の旦那にも棟梁にも信頼され可愛がられております」

「何よりだな。で、高伊さんの様子はその後どうだ?」

「顔の腫れが随分と引いて、喋るのが楽になったようです」

「それはよかった。ちょっと見舞ってこよう」

「なんのお構いもせず、お許しください。この次は、なんぞ甘い物でも御用意させて戴《いただ》きます」

「ははは。気にするな」

宗重は玄三の住居《すまい》を出た。玄三というのは、高伊久太郎の危急を息急《せ》き切って駿河屋寮へ知らせに来た、あの十手持ちの小者である。赤子に乳を飲ませていた女は、玄三の女房の節《せつ》。

宗重は三軒長家の脇にある小さな門を潜った。丸太の二本柱に両開きの板戸を取りつけただけの、質素な門だった。

高伊久太郎の住居《すまい》は、三軒長屋と同じ敷地内、直ぐ裏手に位置している。つまり表の通りに面して建つ小さな三軒長屋の家主は、高伊久太郎なのであった。

三十俵二人扶持の町方同心は、敷地百坪の小屋敷を幕府から下賜されている。つまり官舎であったが敷地の一部に貧相な貸家なんぞを設けて、収入の足しにすることは黙認されていた。三十俵二人扶持というのは、激務の割にはそれほど微禄であるということだ。刑事同心の下にはたいてい二、三人の小者が十手持ちとしてついているが、彼等は奉行所の正規の役人ではない。その小者の下には更に四、五人の手先が付いているが、むろん彼等も奉行所にとっては〝与《あず》かり知らぬ非公認の役人〟である。それでも大捕り物の時は命を賭《か》けて出張る。

したがって微禄同心ではあっても、多少は彼等の面倒を見てやらねばならない。あくまで〝多少は〟であるから、小者もその下の手先も自分の生活を支えるためアレコレの仕事を持っていた。

刑事の手腕に優れる売れっ子の小者になると何かと忙しいから、女房に小体《こてい》な小間物屋とか蕎麦《そば》屋をやらせている場合もある。

宗重が三軒長家の裏手へ回ると、居間に寝ていた高伊久太郎が気付いて「これは若様……」と体を起こし姿勢を正した。明るい日差しが居間の奥まで射し込んでいて、気分が良さそうな高伊であった。

宗重は「どうだ体調は」と、縁側の端にあった座布団の上に腰を下ろした。

「かなり楽になりました。若様の御蔭です。有難うございました」

「その若様は止してくれ。もう若様の年ではないし、町中《まちなか》での聞こえも余りよくない。旦那でいい」

「滅相も。旦那というのは、小者やその手先が私を呼ぶ時に使っております」

「そうか。じゃあ好きにしろ」

「はい」

「顔の腫れは随分と引いたな。喋るのは苦痛でないか？」

「もう大丈夫です。今日は女房の千代が朝から雑司ヶ谷《ぞうしがや》の実家《さと》へ帰っておりまして、何のお構いもできませんが」

「女房殿の実家は、雑司ヶ谷であったか」

「瓜《うり》、葱《ねぎ》、茄子《なす》、大根、牛蒡《ごぼう》など野菜を手広く栽培している農家でして、同心仲間の女房達四、五人で出かけましたから旬の物を沢山持ち帰りましょう。お屋敷へも届けさせますので、食べてやってください」

「かたじけない。母者が喜びなさるだろう。ところで高伊さん、小石川伝通院北側の例の荒屋《あばらや》だが、あの場所へは連れ込まれたのか、それとも……」

「不覚にも連れ込まれてしまったのです。怪しいと睨んだ五人の侍を尾行しましたら、あの荒屋へ入りましたので小者と一緒に見張っておりました。ところが後からやって来た仲間の三人に見つかってしまったのです。滅法腕達者な連中で、小者を若様のもとへ走らせるのが精一杯でした」

「何をもって怪しいと睨んだのだ」

「隠密方同心としての経験からくるカンとしか、言いようがありません。小者の玄三と市中見回りをしておりましたら、神田の和泉《いずみ》橋で五人連れの侍とすれ違いまして」

「なるほど。それでピンときたという訳か」

「それに御奉行からは、真夜中や昼日中《ひるひなか》に徒党を組んで出歩いている者には特に注意の目を向けよ、という指示が出ていますもので」

「小者の玄三は大工であるそうよな」

「八、九年前に病気で亡くなったあれの父親というのが腕のいい大工で下町界隈で顔が利き人望もあったことから、定町方同心が十手を預けておりました。当時の私はまだ江戸市中の辻の名もろくに知らぬ駈け出しの見習同心でしたが」

「ほう。すると玄三は、大工の二代目であるが十手持ちの二代目でもあるんだ」

「おっしゃる通りです。四年ほど前、私は生活安定が口癖になっている千代の里の親の熱心な勧めもあって、御覧の通りの安普請ですが板張り同様の三軒長家を建てました。千代の里の親の援助に私の父親が遺《のこ》してくれた多少の蓄えを足しましてね。その時にこちらの言う安い工事費用で請け負ってくれたのが玄三だったという訳なんです。それまでは玄三の玄も知らない間柄でした」

「そうだったのか。それで玄三の人柄が気に入って十手を預け店子《たなこ》にもしてやったのだな」

「はい。玄三の父親譲りの大工の腕は大したものですが、十手小者としての目利きも相当なものです。近頃ではあれを親分と呼ぶ下町住人も出てき出しましたよ」

「女房の節とやらも、なかなかに出来た女のようだな。赤子も可愛い。ひとつ大事に面倒を見てやることだ」

「それはもう……」

「それにしても今回の大捕り物は、町方にとって相手が悪すぎたな」

「全くです。なにしろ剣の腕、身のこなしが揃いも揃って只者ではありませんでした」

「あの連中、おそらく忍びか、忍びの業を身につけた忍び侍と見た」

「な、なんですって……」

「町奉行所からは此処へ誰か見舞に訪れたか？」

「ええ。大捕り物に加わっていた事件取締方同心が三人、一昨日……」

「しかし、忍びか忍び侍、という言葉は誰の口からも出なかった？」

「大捕り物の一部始終については詳しく語ってくれましたが、その言葉は出ませんでした。三人のうち二人は目録に近い剣達者ですが、忍びか忍び侍、ということには全く気付いていない様子でしたが」

「そうと看破《みやぶ》るのは、なかなかに難しいからな。だが幾人もの死傷者を出した今回の大きな事件は、案外に尾を引くまい。たとえ謎の水野事件に直接関係あったとしてもだ」

「事件の背後にいるかも知れない大立者《おおだてもの》が、これ以上騒ぎが拡大すると自分の存在が浮き上がってくる、と恐れて配下の動きを押さえにかかる、ということでしょうか」

「うむ、その通りだ」

「下手をすると、迷宮入りになってしまいますね」

「そうさせないのが、町奉行所の力というものであろうな」

「大捕り物の最中、拷問を受けたとは言え気を失ってしまった自分が、情けないです」

「いや、あの連中に目を付けて尾行したのは、さすが隠密方同心だよ。御奉行は、高伊さんの手柄、と評価なさっておられるだろう。ともかく御主《おぬし》が無事でよかった」

「若様には、二度も命を救われました。一度は不良旗本に斬り殺されていたかも知れない自分ですから」

「八名の忍びか忍び侍は、高伊さんに拷問を加えてまで何を訊《き》き出そうとしたんだ」

「私が町同心というのは持っていた十手で見抜かれてしまいまして、なぜ隠れて見張っていたのか、いま町奉行所が探索している事件について何から何まで話せ、というのです。異常なほど執拗《しつよう》でした」

「明らかに水野事件に関係ありそうであったか」

「うーん、難しい判断になります。極めて微妙ですね。見方によるとしか、お答えの仕様がありません。同心らしくない頼りない返答で申し訳ございません。お許しください」

「いいんだ。とも角、一日も早く治して、また元気に勤めに出てくれ。それから水野事件が鎮まりを見せたとしても市中見回りの際は身辺に充分気を配ることだな。大捕り物から逃れた四人は、高伊さんの顔を見知っていようから、いつなんどき町中《まちなか》で仕掛けてくるやも知れない」

「用心いたします」

「それでは私はこれで帰ろう。くれぐれも大事にしてくれよ」

「私ごときに勿体《もったい》ない事でありました。態々《わざわざ》のお見舞厚く御礼申し上げます」

深々と頭を下げた高伊久太郎を後にして、宗重は表通りへ出た。

二

宗重は下谷広小路を不忍池《しのばずのいけ》に向かって歩き、不忍疏水《そすい》の手前を左へ折れて池に沿った下谷池之端《いけのはた》町へ入っていった。

明暦の大火のあと、下谷広小路から下谷池之端にかけての再開発はめざましく、寛永寺の門前町として活気あふれる一大繁華街に変貌しつつあった。

寛永寺を開いたのは徳川家康の信頼厚かった天台宗の天海僧正《てんかいそうじょう》（一五三六年〜一六四三年）で、同時に不忍池に中之島を築いて弁天堂（弁財天）を創建した僧としても人々に知られていた。

この弁天堂へは老若男女の参詣多く、とくに女性《にょしょう》が多かったことで、日本で初の民間の〝貸し雪隠《べんじょ》〟が界隈に設けられている。排泄に困惑する女達の様子に「こいつは儲《もう》かる」とピンときたのは、ごく平凡な町人だった。

彼が造った雑な雪隠《せっちん》は小便が五文、大小便が七文。それで大層儲け、さらにその糞尿を肥料として農家へ売り、尚のこと儲けを増やしていた。

宗重は不忍池を目の前にする、割に大きな蕎麦屋《そば》へ入った。日はまだ高いというのに、蕎麦で酒を楽しむ参詣客で、店内はかなり混み合っていた。

この頃の外食産業は担《かつ》ぎ屋台の〝振売《ふりうり》〟や、移動式屋台の〝煮売〟が多かったが、昨年の明暦の大火（一六五七年一月）に懲《こ》りた幕府が、火を移動させる商売に次第に神経質になり始めたため、地に腰を据えた店構えの外食店が急に増え出していた。

贅沢《ぜいたく》な料亭・料理茶屋の形式が本格的に出現するのは明和年間（一七六四年～一七七二年）になってからだが、それでも明暦の大火は食べ物屋の形態と食材を急激に多様化させつつあった。

つまり外食産業の、第一次革命期であった。

宗重は店の出入口に背を向けた席に腰を下ろし、辛味大根の下《お》ろしを薬味にした熱い蕎麦を味わった。なかなかに美味であった。高伊久太郎を見舞うため朝早目に家を出たこともあって、朝食を口にしていなかったから、五臓六腑にしみ込んだ。

足こそが交通手段のこの時代は、何処へ行くにも先ず日没の時刻を考慮してから、家を出る必要がある。とくに女性《にょしょう》の外出には、それが不可欠だった。江戸復興のために単純労働者が域外から大挙して流入し、中には凶悪な犯罪者やゴロツキが混じっていて、江戸の治安状態は決して安穏《あんのん》ではない。加えて不良旗本集団の不行跡がある。

蕎麦を堪能し、味よし匂いよしのつゆを啜《すす》ろうとして、椀を口へ運ぼうとした宗重の手の動きが途中で止まった。目の前にあるつゆを眺めつつ、「ん？」という顔つきになっている。

（この微《かす》かな紅の香りは……）と、彼は椀を置いて後ろを振り向いた。

見覚えのある花鳥模様の慶長小袖が、矢張りすぐ後ろの席で背中合せに座っていた。蕎麦を注文した澄んだ綺麗な声を、宗重はまだ耳にしていない。

白く透き通った項《うなじ》を見せているその町娘は、注文などどうでもよいのか、ただ項垂《うなだ》れて向こう向きに座っているだけだった。

店の小女が「お待たせしました」と、慶長小袖の横に立った。

宗重は蕎麦代を椀の脇に置いて腰を上げ、目で小女を制すると、項垂れて身じろぎ一つしない美しい町娘に小声をかけた。

「出ましょう」

町娘は、こっくりと頷いた。

二人は人通り絶えない不忍池の畔《ほとり》を、広小路の方へ向かって歩き出した。

「名前は？」

「咲《さき》……花が咲《さ》くの、咲」

かぼそい声であった。語尾が少し震えていた。

「尾行は、もう致しません、と私に約束したのであったな」

宗重は、諦《あきら》めたような口調で言った。注意したところで仕方がない、という気持になっていた。だから言葉が、やわらかであった。

「尾行は……していません」

「ではなぜ、私と同じ蕎麦屋に入って来たのだ」

「朝の食事を……」

「朝の食事を？……」

宗重は相手の言葉を、そのまま真似た。

「取っておりませんので……」

「取っておりませんので？……」

「おなかが空いて……」

「おなかが空いて蕎麦でも食べようと、あの店に入ったら偶然私がいた、と言いたいのか」

「は、はい」

娘は小さく頷いた。耳が真っ赤だった。宗重は嘘《うそ》ではないかも知れない、と思った。なにしろ宗重も、朝の食事を取らずに駿河屋寮を出ているのだ。

「あまり無茶な出歩きをしてはいけない。若い女が、朝早くに、あるいは夜遅くに一人で出歩くのは極めて危険な江戸の町だ。親御さんが心配なさる」

「一人でなど……出歩いたりは……していません。忠助《ちゅうすけ》と一緒です」

咲は、しょんぼりとして言った。

「ほう、忠助とな」

「はい、忠助と」

「鼠《ねずみ》の忠助か」

宗重は、わざとくだけた。娘がひどく緊張しているのが判っていた。

「鼠ではありません。人間です」

咲がそう言って、はじめてクスリと笑った。それで真っ赤な耳が、少し肌色を取り戻した。

「その忠助とは、あの男であろう」

宗重は立ち止まって振り返り、真っ直ぐに指差した。

甘酒屋の大きな吊り看板の陰に体半分を隠すようにして、質素な身なりの小柄な老爺《ろうや》が立っていた。

指差された老爺が慌て気味に丁寧に頭を下げ、咲はちょっと茫然《ぼうぜん》となった。

宗重は老爺を手招いて何事もなかったかのように、また歩き出した。老爺が咲の何に当たるのかは、さほど関心がなかった。咲が裕福な商人の娘なら恐らくその世話係であろう、くらいの見当はついたが。

「住居《すまい》は何処だ。遠方であるなら送ってやろう。おっと、腹が空いて蕎麦が食べたいのであったな」

「いいえ。もう何も食べたくありません」

「先程の蕎麦屋へは、なぜ一人で入ったのだ。連れの忠助にも御馳走してやろうとは思わなかったのか」

「それは……それは、あのう」

「ははは っ。もうよい。で、住居《すまい》は何処だ。遠いのか」

「日本橋北通り……筋違橋《すじかいばし》近くの……須田町《すだちょう》です」

咲は足元を見たままポツリと言い、数歩の間を置いて後ろに従っている老爺も下を向いて神妙だった。

「筋違御門内か。私の住居《すまい》からさほど離れていないではないか。筋違橋あたりには米問屋が多いが、親御さんは何か商売をしていなさるのか」

「はい。伏見屋という……」

「やはり米問屋か。しかも伏見屋といえば豪商ではないか」

身分素姓を知られた咲は、ますます自分の殻に閉じ込もってしまうかに見えた。

日本橋を中心とする界隈には、職人商人が集住していた。たとえば鍋町《なべちょう》には鋳物師、鍛冶町《かじちょう》には鍛冶職、紺屋町《こんやちょう》には染物職、大工町《だいくちょう》には大工職といった具合であった。また威勢のいい魚河岸《うおがし》があることでも知られており、幕府や武家の大量買付に応えていた。

日本橋は、海岸部を埋め立てて出来た堀川（日本橋川）に架けられた橋である。だが、いつ架けられたかを証明する確かな史料は存在していなかった。

今日まで徳川史を熱心に学んできた宗重さえも、むろん知らない。江戸の町人たちも当然のこと知らない。いま確かに判っていることは、日本橋が全国への街道の起点になっている、という現実だけだった。そして、それが江戸っ子たちの誇りでもあった。

日本橋はたぶん、初代将軍徳川家康が江戸城東側の海岸部を埋め立てた慶長八年頃（一六〇三年頃）か、その翌年頃に架けられたのではないか、というのが徳川史を学んできた宗重の推測だった。

宗重は大火後の復興著しい筋違御門内・須田町の豪商伏見屋の前まで、咲を送っていった。

再建されて真新しい塗屋《ぬりや》造り二階建の重厚な店構えは通りの両側に沿って長く続き、〈伏〉を染め抜いた畳半畳ほどの暖簾《のれん》が、店構えの端から端までズラリ下がっていた。店構えの裏手には恐らく耐火造りの白壁の土蔵あるいは石蔵が並んでいるのだろうが、それは通りからは見えない。伏の暖簾を潜って出入りする人の数は大変なもので、往来での話のやり取りにも活気があった。

皮肉なことに、それは明らかに大火が生んだ活力であった。

宗重は「忠助……」と、老爺を手招いた。

老爺は宗重の前に立って小さくなった。宗重は少し強い口調で言って聞かせた。

「咲は伏見屋にとって、この上もなく大切な娘であるな?」

「は、はい。それはもう……」

「ならば私や私が住む小屋敷へは、明日から決して近付けるな。今の私には、いささか面倒なことが付きまとっている。咲が巻き込まれるような事になってはならぬ」

「面倒なこと、でございますか」

「咲に万が一のことがあれば、お前の責任になる。これは脅しで言っているのではない。判ったな」

「は、はあ」

「しかと、申しつけたぞ」

宗重は咲と忠助の前から去った。

彼の足は筋違御門の方へは引き返さず、日本橋の方へ向かっていた。堀川（日本橋川）に架かる日本橋を境に北へ（筋違橋方面へ）伸びる通りは俗に日本橋北通りと呼ばれ、南へ伸びる通りは日本橋南通りと言われている。

大火後に架け換えられてまだ新しい日本橋を渡りその南通りの二つ目の角を右に折れて直ぐの呉服町に、宗重の母阿季の生家・呉服商『駿河屋』があった。江戸の町衆から「日本橋の南に駿河屋、北に伏見屋」と言われている程の豪商である。

大火による被災は、南通りは北通りよりも幾分か軽かった。とは言え、惨憺《さんたん》たる状況を呈したことは、いう迄もない。

明暦の大火は、〝三段階延焼〟で江戸の町をなめ尽くした。一六五七年の正月十八日の昼すぎに本郷の丸山本妙寺《まるやまほんみょうじ》から出火したとされる火勢は、強い北西風に煽《あお》られて先《ま》ず湯島、神田、日本橋一帯に広がった。下町の商業地帯に打撃を与えたこれが第一段階である。次いで夕方から夜にかけて佃島《つくだじま》、石川島《いしかわじま》ほかへ延焼した。これが第二段階。

さらに翌十九日、小石川の侍屋敷から出火、火は南へ広がって江戸城と多くの大名・旗本屋敷が甚大な被害を受けた。これが第三段階である。

宗重は西陽を背に受けて駿河屋の前に立つと、二階建の宏壮な建物を眺めた。須田町の伏見屋はほぼ全焼して真新しく建て替えられたが、駿河屋は幸い南北に長い店構えの北の端に被害を受けたにとどまった。その部分はすでに再建され、建物の新旧の色の違いが際立っている。

日は西に沈みかけ町は再建をほぼ整えた姿を蜜柑《みかん》色に染めていたが、あちらこちらから聞こえる復興の槌音と職人たちの大声は、休みそうになかった。

駿河屋から店の者二、三人に見送られて出てきた武家の奥方らしい女性《にょしょう》が、待たせていた青漆黒銅具鋲打棒黒、俗に鋲打《びょうう》ちと呼ばれる駕籠に乗って、呉服橋の方へ去っていった。鋲打ち駕籠は、主に御中臈《おちゅうろう》か大名家の上中級家臣の奥方、あるいは五、六百石取り中堅旗本の妻女が利用する乗り物である。女中を従えて利用する場合が多いが、お忍びで一人使うことも珍しくない。

「これは宗重様、お久し振りでございます」

鋲打ち駕籠を見送っていた店の者たちの内、五十近いかと思われる薄白髪《うすしらが》の小柄な男が、宗重に気付いて慌て気味に近付いてきた。

「や、吾之助、本当に久し振りだな」

二番番頭の吾之助であった。駿河屋から駿河屋寮へ何か用があると決まって連絡係をつとめるのは、京都出身のこの働き者である。

「旦那様がお喜びなさいましょう。さ、さ、店の中へ」

京都者《もん》の言葉調子が、ほとんど消えている吾之助だった。

「店口から入るのは止《よ》すよ。裏口へ回ろう」

「何を言われます。宗重様は……」

「吾之助、店口は商口《あきないぐち》ではないか。私は、ぶらりと訪ねてきただけだ。裏口を開けてくれ」

「は、はい。それでは」

律儀な吾之助が小走りに店口に消え、宗重は横道へ入っていった。伏見屋に負けず劣らず長く続いている駿河屋の建物であったが、伏見屋と違っているところは、一本の帯状に建っているのではなく途中の何か所かが横道で区切られているということだった。つまり商棟《あきないとう》、主人家族から三番番頭の家族までが起居する家族棟、その他奉公人棟、仕入・出荷棟、と機能別に整然と分かれていた。駿河屋の凄いところは、それらの各棟が横道の下を貫くしっかりと石組された地下廊下で結ばれていたことである。地下通路ではなく地下廊下だ。

宗重は吾之助が開けてくれた商棟の裏口から入り、庭を斜めに横切って一番奥の座敷へ縁側から上がった。この座敷は宗重のためとして駿河屋が定めていたが、床の間が無かった。はじめ立派な床の間があったが宗重を上座へ座らせようとするものだから、彼が取り払うよう強く望んだのだ。

座敷からは、大火の前は江戸城の天守閣が望めた。が、その天守閣は焼失して今は無く、堀を渡って聞こえてくるのは矢張り力強い再建の槌音だった。

駿河屋善左衛門《よしざえもん》が「ややあ、宗重様……」と、目を細めたにこにこ顔で現われた。

宗重の生母阿季の実父であり、つまり宗重の祖父に当たる当年七十五歳。目黒不動に近い庄屋の家に生まれ育った生っ粋の江戸人《えどびと》で、一代で駿河屋を立ち上げた、いわば立志伝中の人物だった。

とは言っても、長きに亘《わた》って幕閣の頂点に在《あ》った酒井忠勝を父に持つ宗重を、「よ、来たか宗重」と軽く扱う立場にはない。孫は孫であっても、住む世界、次元が違う孫だと心得ている駿河屋善左衛門だった。しかし宗重が可愛いことには変わりなく、目を細めたにこにこ顔がそれを物語っている。

善左衛門は縁側に正座して「ようこそ来て戴けましたな」と頭を下げてから、やおら膝を滑らせ座敷へ入った。

「随分と駿河屋寮へは来られませんでしたが祖父《じじ》様、変わりはありませんか」

「はい。この通り達者にしていますが忙しい毎日でしてね。で、寮の皆様はおすこやかですな」

「ええ、元気にしています」

「それは何よりです。もう間もなく日が落ちましょう。今日は泊まってお行きなされ。店の小僧を水道橋まで走らせますするから」

「いや、今日は小半時ほどしたら帰ります。大火のあと江戸の夜は特に物騒になっていますから、店の者達の夜歩きは控えさせた方がよろしいですよ」

「左様心得てはおります。ところで宗重様……」

と善左衛門は真顔になって、ひと膝乗り出した。

「そろそろ嫁を貰え、ですか祖父様《じじ》」

「その通りです。剣術、学問に打ち込んで武士道を極めることは勿論《もちろん》大切ですが、家庭を持つには武士としての時期というものがございます」

「武士としての時期？」

「宗重様は剣術は念流皆伝、柔術は竹内流《たけのうちりゅう》印可（師範）、学問は北条流《ほうじょうりゅう》軍学、儒学、歴史学、本草学（博物学）、筆算代数学、そして絵画と熱心に学んでこられました。この祖父《じじ》の目には、すでに武士道を超えた武士として、宗重様が映《うつ》ります。早く嫁を貰ってくだされ。武士としての時期は、もう充分に円熟しておりますぞ」

「はははっ。武士としての時期が円熟するとは、初めて耳にする言葉だな」

「宗重様にその気がおありと判れば、御府内（江戸市中）のお武家様や商家へ出入りさせて頂いておりますこの祖父《じじ》が、きっと聡明《そうめい》で美しい女性《にょしょう》を……」

「今日は、その話は止しましょう。ちょっと訊きたいことがあって参ったのです」

「訊きたいこと？」

「北通りの米問屋、伏見屋ですが」

「伏見屋傳造《でんぞう》さんが、どうか致しましたか」

「伏見屋の主人《あるじ》のことを知りたいのではありません。その家族に咲という若い娘がいるのを御存知ですか」

「知っておりますとも。駿河屋にとって伏見屋さんは常得意《じょう》先という訳ではありませんが、道で出会えば主人とも家族とも親しく言葉を交わします。宗重様は咲さんと懇意《こんい》の間柄なのですか。作法をよく心得た、なかなかに美しい娘さんですが」

駿河屋善左衛門が、何やら期待する目つきとなったので、宗重は思わず苦笑した。

「べつに懇意ではありません。聡明かそうでないか、と問えば聡明なのですね」

「それはもう、どなた様に訊《き》いて頂いても聡明で控え目なお嬢様だと申しましょう」

「判りました。少し安心しました」

「どういう事ですか宗重様」

「祖父《じじ》様からそれを聞けば、用は済みました。今日はこれで帰らせてください」

善左衛門が止めようとする間もなく、宗重は腰を上げた。

三

宗重が大火から免れた一石橋《いちこく》を渡り常盤《ときわ》橋御門を左に見て、堀沿いに一ツ橋御門近くまで来たとき、夕焼け空はすっかり鎖《とざ》されて濃い闇《やみ》が訪れた。

江戸の夜は暗い。それも尋常の暗さではない。それだけに夜空に半月《はんげつ》以上に大きい月が浮かんでいると、江戸の人々は「神が光を降らしている」ような明るさを感じる。

が、あいにくこの日は、月は雲に隠れていた。

宗重は堀の直ぐ向こうに一ツ橋御門を見る位置へ設けられた、広大な一番火除御用地と三番火除御用地の間を、右へ折れた。

さすがにこの時刻、もう再建の槌音は聞こえてこない。これから活動するのは押し込み・夜盗の類《たぐい》だ。

宗重は暗いなかを北へ、つまり水道橋に向かってゆっくりと進んだ。

この辺り、大火前は中小の武家屋敷がびっしりと建ち並んでいたが、幕府の復興計画ではかなりの数が削除され、ゆとりある再建が終盤に差しかかっていた。

しかし、再建済んだ大半の屋敷には住人が戻っていたが、まだ幕府の入居指示が出されていない空いたままの屋敷も、そこかしこに見られた。見られたとは言っても今は濃い闇の中、ほとんど見分けがつかない。

真北に位置する水道橋への道は一本道ではなく、左へ右へと幾度か折れねばならなかった。

宗重が二つ目の角を左へ折れた時、突如夜空から青白い光が降り注いで屋敷町が浮き上がった。ザアッと音を立てたような、光の雨だった。

宗重が立ち止まって夜空を仰ぐと、皓々《こうこう》たる満月があった。

と、宗重の端整な表情が、「うん？」と変化した。

耳を澄まさずとも聞こえてくる、か細い泣き声。

(子供だな)と彼は右手の真新しい小屋敷の冠木《かぶき》門を見た。格の低い小屋根の冠木門だった。閉ざされたその門の向こうから、泣き声は伝わってくる。まだ夜浅い時刻であったから、（頑是無《がんぜな》い子が母御《ははご》に叱られでもしたか）と思った宗重の目が、何に気付いたか急に険しくなった。

彼は冠木門に近付いた。門扉直前の石畳の上に点々と黒いものがあって、宗重がこれから進むことになっていた夜道の向こうへと続いていた。

血痕《けっこん》だった。しかも、まだ乾き切ってはいない。

宗重は門扉を押してみた。が、動かなかった。

彼は腕に力を込めた。門扉が僅かに動いた。閂《かんぬき》が掛けられていないと判る動き方だった。閂ではなく、それ以外の物に邪魔されていると判断した宗重は、更に強い力で門扉を押した。

何か重い物を向こうへ押しやって、人が出入りできる程度に門扉が開いた。

宗重は邸内へ入った。空き屋敷であると直感できた。

押し開けられた門扉にまるで吸い着くようにして血の海の中、若い女が横たわっていた。青白い月光が降り注いでいるだけに、凄惨《せいさん》な光景だった。二、三歳ぐらいかと思われる女児が、玄関の前で目をこすりこすり泣いている。着ているものは、さほど貧しくは見えない。

宗重は自分の着衣が汚れるのも構わず、血まみれの女を抱き起こした。

まだ女の息はあったが、すでに半眼の白目《しろめ》だった。これは助からぬ、と宗重は思った。

「しっかりせい。もう心配ないぞ」

息絶え絶えの女の耳元で、宗重は声を大きくした。すると、考えられないような力を振り絞って、女が宗重の右腕を摑んだ。震えに震えて必死の様子だった。

「どな……どなた……様で……しょうか」

「柳生宗重じゃ。将軍家兵法師範、柳生家ゆかりの者。安心せい」

ついに宗重は、柳生の姓を名乗った。咄嗟《とっさ》ではあったが、野太い朗々たる声の響きだった。

「おお……おお……菩薩《ぼさつ》様……」

死を前にして懸命に菩薩に救いを念じていたのであろう、半眼の白目からハラハラと涙がこぼれ落ちた。

「うむ、菩薩が私を呼んでくれたぞ。誰にやられた」

「つ……付け火を……」

「付け火がどうした。付け火を見たのか」

この言葉では、宗重は声を落とし、女の耳元へ一層口を近付けた。

女が弱々しく頷く。

「誰が付け火をしたというのだ。さ、頑張って言ってくれ」

「おさ……お侍……三人……そのお侍……が私を……」

「うん、判った。付け火をしたその三人の侍に襲われたか。で、いつだ。侍達は、いつ何処で火を付けた」

「昨……昨年……正月……十八日……本郷丸山」

「なにいっ」

宗重の目つきが、ギラリとなった。昨年の正月十八日本郷丸山と言えば明暦の大火の口火を切った日と場所である。死を前にした女が、その大火を付け火と言ったのだ。

「子供は……子供は……」

「子供は無事だ。お前の名と住居《すまい》を教えてくれ。お前の名と住居《すまい》だ」

「子供は……福《ふく》……神田明神……」

そこで言葉は切れ、女の首が半眼のまま静かに折れた。自分の名を名乗らず、子供の名を言い残したのは、子を守り抜こうとする母の本能なのであろうか。

宗重が女の半眼を掌でそっと閉じてやると、母の死を感じたのかどうか、幼《おさな》子《ご》がしゃくりあげながら近寄ってきた。

「おいで……」

宗重は立ち上がって、幼子を抱き上げた。余程の恐怖を味わったのであろう、幼子は宗重の首にしがみついた。たちまち宗重の首筋が、幼子の涙で濡《ぬ》れていく。

「よしよし。もう大丈夫だ。大丈夫だよ」

剣の修練で鍛え上げた宗重の大きな手が、幼子の小さな背中を優しく幾度もさすった。三人の侍に襲われた母は、幼子を胸に抱き必死で此処まで逃げて来たに違いない。助けを求めるため夢中で叩いた屋敷の門扉は幸いにも門はかかっていなかったが、しかし空き屋敷だった……宗重はそうと知った時の母親の絶望感を思って、幼子の頬に已れの頬を強く押し当てた。

彼が門の外に出てみると、向かいの屋敷の四脚門の前に中年の武士が小者を従えて立ち、こちらを見ていた。三、四百石取りの旗本、といったところか。

「何事かござったか。手を貸し申してもよろしいが」

「助かりまする。この子の母御が三人の侍の手にかかり、この屋敷内で息絶えております。お抱えの者を町奉行所まで走らせては下さいませぬか」

「町奉行所でお宜《よろ》しいのか」

「この屋敷は空屋敷。しかも息絶えたこの子の母御は着ている物や髪型から町の者と見られます。目付筋へ届け出る必要はありますまい」

目付は、旗本、御家人、大名家の家来などが絡む紛争に対し、刑事機能を発揮する役職である。

「判り申した」

中年の武士は控えていた小者を町奉行所へ走らせてから、姿勢正しく名乗った。

「私は二の丸留守居番、吉川和兵衛利長《よしかわわへえとしなが》でござる。お手前は？」

「柳生宗重。小父《おじ》御に柳生飛驒守宗冬を置きまする」

「こ、これは御無礼を」

両者の間には充分な距離《へだたり》があったが、二の丸留守居番は尚《なお》、慌てて一歩退がり深々と腰を折った。柳生飛騨守宗冬の名の威力《いりょく》であった。宗重は、こういう事は好まなかったが、「この場は仕方なし」と思った。だから酒井忠勝を父と知られるかたちで名乗ることは、ほとんど無い。余程の場合に限られる。

「この子の母御は住居《すまい》について、神田明神、とだけ言い残して息絶えました。ともかく、これより神田明神へ行ってみます」

「それでは私は、町奉行所の役人がやって来ますまで、我が屋敷の小者達と共に女の亡骸《なきがら》を見守っていましょう。お任せください」

「そうして戴ければ助かります」

「どうか、一刻も早くその子の家族に、この事態を」

「それでは」

宗重は一礼して、足早に歩き出した。本当は走りたかったが、走ればかえって幼子は怯えるだろう、と思った。

それにしても、母が言い残した言葉は、余りにも重大であった。

幕府が明暦の大火を、徹底した調べの結果として〝失火〟で片付けていることを、宗重は知っている。また彼自身も、そうであろう、と幕府の調べを肯定していた。

それが三人の侍による付け火であったとすれば、天下の一大事である。

宗重は、神田明神への途中を警戒しつつ、急いだ。三人の侍というのが、母親だけを狙ったのか、あるいは母子ともに殺《や》ろうとして果たせなかったのか、その辺りのことは宗重には読み切れない。だが付け火の現場を目撃されたとすれば、侍達は手段を選ばず己れの安穏《あんのん》を守ろうと図る筈である。油断は出来なかった。

（それにしても、あの大火が侍達による付け火が原因だったとすれば、一体何が目的であったのか……）

と考えつつ宗重は足を早めた。江戸を総なめ、と言っても過言ではない大火だった。幕府の調べで、死者は十万を下らないと見られてもいた。それだけに失火ではなく侍達による付け火だったとすれば、その目的を重大視する必要が出てくる。

宗重は水道橋を渡り、駿河屋寮の前を過ぎて、定火消役宅の角を曲がった。

この辺りは湯島四丁目（現、一丁目あたり）で、神田明神は、もう目と鼻の先である。

幼子はいつの間にか、宗重の首にしがみ付いたまま眠っていた。

神田明神の直ぐ東側、いわゆる神田明神下の町家筋まで来て宗重の足が止まった。

その先で幾つもの御用提灯が動き回っていた。伝わってくるざわめきが只事でない。

宗重は月浮かぶ夜空を仰いで、下唇を噛み、眠っている幼子の背を撫でた。

（間に合わなかった……）という無念の思いが、こみ上げてきていた。

剣客として、（間に合わなかった）というその思いに辛い確信があった。

彼は動き揺れている御用提灯に、近付いていった。その薄明りで、経師《きょうじ》屋《や》三《み》之《の》吉《きち》の吊り看板の文字が、はっきりと読み取れた。書画の表装や襖《ふすま》・障子・屏風《びょうぶ》張りを生業《なりわい》とするのが経師屋で、同心や十手小者がその家に荒ただしく出入りしていた。見守る町人達の中には、目頭を拭《ぬぐ》っている者が何人もいた。隣近所の者達なのであろうか。

「失礼ですが、お侍さん、ちょいと待ってくだせえ」

経師屋へ近付こうとした宗重の前に、どことなく親分風の初老の十手持ちが御用提灯を目の高さに上げて立ちはだかった。十手練達者の鋭い目つきだ。

が、「あっ、こ、これは若様……」とたちまち豹変《ひょうへん》して腰を折った。小石川伝通院そばの大捕り物に加わっていた十手持ちであった。宗重も見覚えがある。名は知らない。

「町中《まちなか》で若様呼ばわりは止してくれんか親分」

宗重は小声で頼んだが、相手は「と、とんでもない事で……」と大形《おおぎょう》に首を横に振った。

「隠密方の旦那からも、絶対に失礼があってはならねえ、ときつく申し渡されておりますんで」

「高伊さんか。仕様がないな……ところで、この経師屋で何があったのだ」

「腕のいい経師屋と小僧二人が何者かに斬り殺されましてね。あっしとも、たまに言葉を交わす経師屋なもんで、怒りで体に震えがきて震えがきて……」

十手持ちが鼻をグスリと鳴らして、声を詰まらせながら付け加えた。

「いま同心の旦那を呼んで参ります。家の中は血の海なんで此処でちょっと、お待ちになってくだせえまし」

「家族、職人皆殺しなのか」

「いえ。雉子橋《きじばし》通り小川町《おがわまち》の老夫婦だけの御武家様宅へ、家事手伝いのため子連れで通っている女将《かみ》さんが、まだ戻っていないんですよ。隣近所の者達は、もう戻っていなければならない筈だ、と言うんですがね」

「その女将さんの子供というのは、もしや、この子ではないかな」

「え……」

宗重の首にしがみ付いて眠っている幼子の顔を確かめようと、十手持ちは宗重の背に回って、「おっ」と声を漏らした。

「この子です。名は、お福ってんですが」

「矢張りそうだったか」

「ですが、一体どうして若様がお福を抱えていなさいますので」

「うむ。実はな親分……」

宗重は悲しい現実を、手短かに十手持ちに打ち明けた。

聞き終えた十手持ちは、同心に報告するつもりなのだろう、「なんてえこった」と顔つきを変え経師屋へ飛び込んだ。

事件取締方同心と十手持ちの親分に、「今夜一晩だけお預かり願えますまいか」と腰を折って頼まれた宗重は、お福を駿河屋寮へ連れ帰った。はじめからその積もりであった。

# 四

父酒井忠勝は神楽坂上の屋敷へ戻っていて、不在だった。以前に比べるとよく駿河屋寮を訪れるようになったとは言え、宗重の母はきちんとした側室ではなく愛妾の立場であったから、忠勝も「気が向くまま気楽に……」という訳にもいかない。なにしろ忠勝は大老を辞してから〝寛永の賢相〟と、諸大名から言われるようにさえなっているのだ。寛永のあと正保・慶安・承応・明暦と時代は続いてきたが、寛永が最も長い時代（二十一年間）で、彼の業績の蓄積も目立って多いからである。

宗重がお福を連れ帰ったとき母阿季は開口一番、「お福とはまあ、今は亡き大奥総代春日局様と同じ名でありませんか」と驚いた。

お福を母と女中達に預けた宗重は、居間で軽く夕食をとり入浴を済ませて自室となっている離れへ下がった。考えねばならぬ事が、余りにも多かった。水野事件、御老中襲撃事件、伝通院そば大捕り物事件、そして今夜の経師屋一家斬殺事件、それぞれが全く別々の事件なのか、それとも共通した背景が隠されているのか、今のところ町奉行所の調べも突き止めてはいない。

「それにしても可哀そうに……」

幼すぎるお福を不憫《ふびん》に思う宗重であった。

閉じられている雨戸が、小さな音を立て始めた。月明りの皓々たる夜であったのに、どうやら雨が降り出したようだった。

宗重はひとしきり腕組をして考えに耽《ふけ》った後、行灯《あんどん》二つの明りのそばで五郎入道正宗の大・小刀の刃を丹念に検《み》た。刃毀《はこぼ》れ一つ無く曇り一点も無かった。夜、一段落の時間を持ったとき必ず、この点検を欠かさぬ宗重である。いかほど強靭《きょうじん》な正宗の名刀と言えども、真剣対真剣の打ち合いを度重《たびかさ》ねることで刀身に、目に見えぬ亀裂が走ることもあろう。それに気付かず激しく打ち込んでくる相手の刀を受ければ、己れの刀折れて命を落としかねない。

大・小刀の点検を済ませた宗重は、大目付の職にある軍学者、北条氏長《ほうじょううじなが》の兵書『士鑑《しかん》用法』（一六四六年）に目を通し始めた。北条氏長は甲州流兵学者で兵学塾『至誠館』塾頭の小幡勘兵衛景憲を長く師と仰いできたが、次第に独自理論を展開するようになり、『士鑑用法』にそれを結実させ、北条流軍学を立ち上げた。つまり甲州流兵学から離れて一人立ちした、ということである。それが原因で師弟の間がぎくしゃくしている、と武士達の間で専らの噂であった。

雨戸が鳴る炒《い》り豆のような音の他は、静かな夜であった。床の下から切れ切れに虫の鳴き声が聞こえてくる。

宗重は大・小刀を床の間の刀掛けではなく左脇に置き、心を鎮めて、『士鑑用法』を読み進めた。北条氏長は、関東の大半を支配した戦国時代の大大名北条氏《うじ》康《やす》（北条早雲の孫）の曾孫に当たる。

戦国名家の血を引くだけに氏長の出世は早く、五歳で初代将軍徳川家康に御目見、七歳で二代将軍徳川秀忠に謁し、その後は十六歳で小姓組、二十三歳徒頭《かちがしら》、三十五歳鉄砲頭、三十八歳持筒頭《もちつつ》、三十九歳新番頭、四十六歳（一六五五年）大目付と、とんとん拍子であった。

『士鑑用法』は、〝兵法は国家護持の作法、天下の大道也〟の考えのもと、戦闘技術の兵学から士法（軍法）に至るまでが書かれた、彼の主著であった。

また大火後の復興計画に不可欠な江戸地図の作製を幕府から命じられたのも氏長であり、オランダ伝来の測量技術を持つ人物を起用して目下これに当たらせていた。

この測量図がのちに江戸地図発達の起爆材になろうとは、このときの氏長自身、知ろう筈がなかった。

雨が少し強くなったのか、豆を炒るような音がやかましくなった。

宗重は、雨の夜が嫌いではなかった。気持が落ち着くのだ。読書にも集中できた。一点集中は、襲い来る敵を一刀両断にする念流剣法の極意、〝剣これ禅なり〟である。宗重は、禅は一点集中によって成る、と心得ている。

静かな深い時が、ゆっくりと過ぎていった。宗重の指先が、『士鑑用法』の丁《ちょう》を繰る乾いた音。

と、宗重の一点集中が醒《さ》め、左手が脇に置いた小刀に伸びた。

彼はそれを腰にして、大刀五郎入道正宗を手に立ち上り、「来たか……」と呟いた。

部屋を出て、渡り廊下の手前まで宗重は爪先で音も無く、体を滑らせた。

そこで立ち止まり、耳を研ぎ澄ます。

しかし聞こえるのは、雨戸を叩く炒り豆のような音だけだった。母屋への渡り廊下は、表庭に対しても裏庭に対しても頑丈な雨戸造りで、この時刻閉じられているため、外は窺えない。

それでも宗重は、（一人……二人……三人……）と無言で数えた。

駿河屋寮の庭先へ侵入してくる者の数が、剣客宗重には手に取るように判った。

六名、と数え終えて宗重は渡り廊下を静かに渡り出した。

夜、屋内で乱闘が生じるかも知れないとき、この時代最も注意しなければならないのは、行灯《あんどん》が蹴り倒されたことによって生じる火災である。だが駿河屋寮の行灯は、名人で知られた出入りの職人が工夫に工夫を重ねた〝転倒消火式〟の金属製の行灯だった。尤《もっと》もこれは大火の後、駿河屋善左衛門が可愛い娘と孫の安全のため、金に糸目を付けずに作らせたもので、日本橋の駿河屋でも今はこの行灯になっている。

ただ、余りにも高価過ぎるため、市場に広く出回るには難があった。それと、開発のための多額の費用を駿河屋善左衛門が出しているため、職人としては勝手に商品化できなかった。

「母上、まだ起きておられましょうか」

阿季の寝所の前まで来て、宗重は障子越しに小声をかけた。

「起きておりますよ。どう致しました」

「鼠《ねずみ》が六匹、侵入して参りました。お福を連れ、小者・女中達と共に急ぎ奥の蔵へお下がりください」

「判りました。あなたも、お気を付けなさい」

「はい」

母阿季と宗重の遣り取りは、それで済んだ。阿季の言葉は、全く平常そのものであった。

宗重が口にした奥の蔵とは、この小屋敷の広間に接して建設当初からあった、つまり駿河屋善左衛門が大事な物を保管するために設けた石蔵だった。とは言っ

ても十畳大の狭いもので、裏口は大外濠川（神田川）に面し常に小舟が備わってい
たから、いざという場合の緊急脱出が可能だった。江戸の水路というのは、ほと
んどが陸地を掘削して造られたものではない。判りやすく言えば、水面を埋め立
てて、埋め残した部分を運河化したという点に特徴がある。唯一の例外は神田川
（江戸川）だけだ。

河岸には幕府の直轄権が及んでいるため、駿河屋寮の敷地は河岸からは少し退
がっている。川舟にも勘定奉行麾下《きか》の川舟奉行の管理権限が及び、年貢の対象と
なる極印《ごくいん》が打たれるが、駿河屋寮の小舟はその小ささから、渡し舟扱いで極印は
打たれていなかった。

宗重は屋敷の者達が速やかに石蔵へ避難したのを察知すると、父酒井忠勝が訪
れた時に居間とされる十二畳の座敷の障子を、音立てぬようそっと開けた。
この座敷の前が、表庭の中では最も広い空間があり、侵入者の気配はそこに集
中していた。

宗重は母の寝所の襖を開けて、行灯の明りを十二畳の座敷へ入れた。
侵入者の気配は、不動であった。なかなか踏み入ってこようとはしない。

宗重はと言えば、呼吸を鎮めて目をやや細め、夢想にして直立だった。

左手は、まだ鯉口《こいぐち》にも触れていない。

急に炒り豆の音が小さくなった。雨が、小止《こや》みになったのであろうか。

宗重は、息をとめ、脳裏を研ぎ澄ませた。

（またしても忍びか……）と、宗重は感じた。まぎれもなく雨戸の向こうに侵入者の気配はあったが、殺気ではなかった。〝無〟と形容すべき気配だった。

忍びの業《わざ》に長《た》けていればいるほど、その〝無〟の気配が一瞬のうちに激変することを、宗重は心得ている。

（来る……）と宗重は、胸の中で呟いた。気配が雨戸との隔たりを詰めたのが判った。

武士側から見た忍びというのは、正統兵法ではなくテロ・ゲリラである。但し忍びの側にしてみれば、当たり前のこと、それは正統技術だ。

〝無〟の気配が凄まじい殺気に転じた。宗重は侵入者六名が一斉に抜刀した気配を捉え、左足を引いてスッと腰を落とした。左手は鯉口に触れ、右手は胸の前へ軽く突き出す。五感のうち目・耳・鼻・皮膚の四感は、微かな変化・不審も見逃すまいと全方位に放たれていた。

（増えた……七人……八人……九人……）

宗重の声なき呟きが、侵入者の数に修正を加えた。それは、何が何でもこの屋敷に対する目的を達せんとする証と言えた。

宗重の視線が、チラリと天井へ向けられた。

とたん、大きな音を立てて打ち破られた天井から、黒い塊が一条の光と共に落下。

行灯の明りを反射したそれが、宗重の眉間《みけん》に斬り下ろされた。

が、この時にはもう、宗重は落下する黒い塊の背後にまで深く踏み込み、同時に右手でそいつの脇差を奪い取っていた。いや、奪い取ったそれで相手の右腕を腋《わき》からザクリと掬《すく》い上げて切断するのも同時であった。

相手の悲鳴はなく剣を握ったままの右腕が、雨戸にまで吹っ飛ぶ程の斬り業だった。

その雨戸を蹴破って、両目両手を除く全身黒ずくめが三人、肩を揃えて雪崩込《なだれこ》んできた。

瞬時に、宗重は手にしていた脇差を、中央の黒ずくめに向かって投げた。

其奴は刀を右から左へ横なぐりに振って、脇差を見事叩き落とした。

それが宗重の狙いだった。其奴の刃が右から左へ移動したということは、その僅かな間、宗重から見て左脇備《わきぞなえ》の黒ずくめは〝単独〟に置かれる。

その僅かな間が、勝負の分かれ目だった。其奴が宗重に目に見えぬ速さで袈裟《けさ》斬《ぎ》りに打ち込んだ時、しかしもう手遅れだった。宗重はすでに相手と一体となる位置に迫っていて、相手の利き腕を摑みざま矢張り脇差を奪った。

袈裟斬りを不発とさせられた相手が、身の危険を感じて、しなやかにフワリと飛び退がる。

〝猿飛びの術〟と看破した宗重の足が左へ滑るや、態勢を整えかけた中央の黒ずくめが真っ向うから眉間を割られた。殴りつけるような、猛烈な斬伐剣だった。そいつも悲鳴をあげず、もんどり打って倒れた。

残った左右脇備の黒ずくめ二人が、己れの剣を使わぬ宗重の業《わざ》の、余りの凄さに素早く庭へ退《ひ》いた。

多人数を相手とする時、相手の剣で相手を倒す。それが宗重に対する剣僧観是慈圓の教えであった。いかほど強靭な刃を持つ五郎入道正宗であっても、幾人もの敵を唐竹割《からたけわり》にすれば、刃毀れする恐れがないではない。

今見せた宗重の業は、一刀一殺であった。奪った一本の脇差で、一人を倒している。

なまくらな刀を長く手にしていると、自分の身が危ないからだ。

庭には、月明りが戻っていた。しずしずと糸のような雨が、まだ降っている。月下の黒ずくめは、七人。扇状に散開して無言であった。七本の刀が、月明りを吸って不気味に青白く輝いている。

縁側に立った宗重は、扇状の真中辺りへ奪った脇差を投げ捨てた。

単に投げ捨てた訳ではない。意味無きかに見えるその行為にも、扇状の構えを僅かでも崩そうとする計算があった。因《ちなみ》に、武家制度確立以降、刀の長さはほぼ定まって、大刀の標準は二尺三寸五分、脇差は一尺六寸、登城用の殿中脇差は一尺七寸三分である。むろん定寸とされている殿中脇差を除けば、刀鍛冶の考えや発注した側の好みによって、その長さは違ってこよう。

宗重がついに大刀、五郎入道正宗を抜いた。扇形の囲みが、ザッと土音を立てて半歩退《さ》がる。七人が呼吸を合わせた、美しいばかりの退がり方だった。雨降って地面が湿っているにもかかわらず、ザッと音立てたという事は、次の激変に備え地を噛むようにして爪先で立っている証拠だ。

矢張り間違いなく忍び、と宗重は確信した。

宗重が縁側から下り月明りの中に立つと、扇形は再びザッと地を鳴らして半歩広がった。一糸乱れない、絵のような動きであった。

宗重は左足を引いて軽く腰を下げ、五郎入道正宗を右下段へゆっくりと下げた。

念流〃無構《むがまえ》〃の構えである。またしても囲みが、半歩退がった。宗重のこの構えの次に来る怖さを、熟知していると思われた。それほどの手練《てだれ》集団ということになる。

「付け火で十万江戸市民を殺し、その付け火を見た女とその家族を皆殺しにし、なおかつ生き残った幼子の命まで奪わんとする貴様《うぬ》ら……この屋敷から生きて還《かえ》れると思うな」

宗重の静かな声低い言葉に、かえって迸《ほとばし》るような憤怒が窺えた。その言葉を待ち構えていたかの如く、今度は囲みが一斉に縮まった。宗重の憤怒を封じるか圧しようとでもするかのような、〝縮み〟であった。

宗重の足が、真正面の相手に向かって半歩踏み込む。

が、相手は退がらない。囲みから飛び出すように一歩グイッと踏み出した。宗重と打ち合う肝《はら》だ。宗重も、当然そう思った。

しかし、忍びの奇襲攻法は、常識に従わなかった。扇形右端の黒ずくめが不意に、縁側へ駈け上がった。家人が石蔵へ退避していると判ってはいても、後方へ敵を回した宗重は一瞬〝気〟を揺らした。

扇形左端の敵が地を蹴って、宗重の左肩へ斬りかかる。〝むささび〟を思わせるような、あざやかな跳躍であった。その攻めを援《たす》けようとしてか、真正面の敵が裂帛《れっぱく》の気合を放って真っ直ぐ宗重に打ち込んできた。己れの死を犠牲とする、無謀な斬り込みだった。

が、これが忍びである。

宗重は大きく正面に踏み込むや、無構の剣を瞬時に大上段として振り下ろし、相手の剣の峰を強打した。

ガチンと大きな音がして青い火花が散り、忍びが剣を落とす。それほどの強打であったが、このとき宗重の剣はそのまま左へ掬《すく》い上げるようにして流れ、己れの左肩に迫っていたもう一方の剣を受け止めた。

攻めに失敗して地に足着けた忍びの目は、ひきつった。次に何が起こるか判っている目であった。そして、その通りになった。忍びと一体となるほど近接していた宗重の左手が、相手の脇差を奪うや、それを下から上へ斜めに跳ね上げる。

下顎から鼻下にかけてを割られた忍びが、仰向《あおむ》けに地面に叩きつけられた。

瞬時に忍びの脇差を捨てた宗重の動きは、これで止まらなかった。落とした剣を拾い上げて姿勢整っていない忍びに迫ったのである。けれどもそれは、この剣客の忍びに対する恐るべき誘いであった。縁側に上がっていた忍びが、こちらへ背中を向けた宗重に向かって跳躍したのである。が、忍びが振り上げた刀を斬り降ろす直前、振り向いた宗重の双眸《そうぼう》は、怒りの炎《ひ》を噴き上げていた。

五郎入道正宗が一閃《いっせん》し、天下の名剣の刃は忍びの左右大腿《だいたい》部を断ち切った。呻《うめ》きもなく地に落ちた忍びは、苦痛で転がり回った。

「貴様《うぬ》らの付け火で、十万江戸市民はどれ程の恐怖を味わって死んでいったか……」

呟くように言った宗重の剣が、青白い月明りの中、鮮血をしたたり落とした。

このとき、門の脇を外から内へと黒い影が一つ飛び超え、門をはずし門扉を開いた。
四、五人の侍が無言のまま庭内に駈け込む。
忍びが計算されていたように陣を組み立て直し、五本の剣をその侍達へ向けた。

全く動じていない。

侍の一人が「不埒者《ふらちもの》めがっ」と大声で一喝し、その声が夜の町に響き渡った。

侍達は抜刀し、宗重の前面で背を向け横一列となった。明らかに、宗重を守ろうとする構えだ。

また二つの人影が、門を入ってきた。小柄な人影が大柄な人影を従えるかたちだった。その二つの人影が門屋根がつくる濃い暗がりから、月明りの中に出た。

ゆったりとした足取りだった。

宗重の顔に、ちょっとした驚きが走って、彼は五郎入道正宗を鞘に収め軽く頭《こうべ》を垂れた。小柄な人影は、彼が不良旗本水野十郎左衛門の屋敷そばで見かけた、老僧であった。宗重のことを出会ったとたんに、「念流殿……」と看破したあの老僧である。その老僧の背後に、従うがごとく粛然《しゅくぜん》と控えているのは柳生飛騨守宗冬だった。

侍達の出現に驚きさえしなかった五人の忍びが、老僧と宗冬を認めてか、なんと明らかに動揺した。

「ひけいっ」

さきほど宗重に剣を叩き落とされた黒ずくめが命じるや、彼等は汐《しお》が引くように塀を飛び超えて消え去った。宗重を守ろうとした侍達は追わなかった。宗重に張り付いていることこそ重要、と心得ているようだった。宗冬麾下《きか》にある柳生一門の練達の侍達なのであろう。

宗重は先ず老僧に歩み寄った。

「これはまた意外な所で、お目にかかります」

「うむ。災難じゃったの念流殿。相手は忍びのようじゃったが、お怪我はないな」

「はい。大丈夫でございまする」

宗重はそこで言葉を切り、老僧の背後に控えている柳生宗冬に近付き、丁寧に腰を折った。

「不埒者を追い払って戴き有難うございました。それに致しましても小父上、この時刻なにゆえに……」

「この時刻とは言っても、柳生一門にとっては、まだ宵《よい》の口ぞ。芝の屋敷へ帰ろうと通りかかったところ、ここにおられる慈節《じせつ》上人が駿河屋寮の異変に気付かれたのだ」

「あっ……」

慈節上人と聞いて、宗重は老僧の面前へ回り片膝ついた。

「知らぬこととは申せ御無礼お許しください。まさか和尚殿が……」

「かかかかっ。よいよい、念流殿のことは折《おり》に触《ふ》れて宗冬殿や慈圓から知らされたり聞かされたりしておる。こうして会うのは二度目じゃが、なるほど凛々《りり》しい剣客よ。うむうむ、いい男じゃ。かかかかっ」

目を細めて破顔する老僧であった。

慈節上人――剣聖として世に知られる恩師観是慈圓から、何度となくその名を聞かされてきた宗重であった。実の兄であり、これ迄に一度として勝ったことがない、たった一人の相手である、と。

宗重は半ば信じられなかった。目の前の小柄な老僧は、いかにもひ弱に見える。表情にも、眼光にも、立ち姿にも、恩師慈圓に見られるような重々しい切れがない。表情は柔和で線の細い体つきであり、小雀と戯れる山寺の和尚さん、という印象であった。剣の匂いは全く感じられない。

それもその筈であった。慈圓と同様、剣の表の世界に背を向け、孤高の仏門に身を投じて長く、今や奈良仏教界から門派の域を超えて上人の称号を贈られ敬われる存在だった。

その慈節上人が、両脚を断ち切られてすでに絶命している黒ずくめに近付き、腰をしゃがめて刀、脇差、衣服の内側などを丹念に調べ、最後に覆面を剝《は》いだ。

三十半ばの男の顔が月下に露《あらわ》となった。忍びの顔つきというよりは、どこか侍の顔つきであった。荒々しさよりも、むしろ知性を感じさせる。

柳生宗冬が、縁側に上がって、座敷を血の海としている亡骸を鋭い目で凝視した。

「のう宗冬殿……」と、老僧が声をかけながら立ち上がる。

柳生宗冬が「はい」と振り向いた。

「これは忍びと言うよりは、忍びの鍛練を積み上げた忍び侍じゃな。東照大権現（徳川家康）が戦場《いくさば》で身辺の護りに就《つ》かせたというアレじゃ」

「私もそう思いまする。刀も忍びが用いる小振りのものではなく、侍の長尺ものです」

「それにな宗冬殿。不埒者達は拙僧と宗冬殿を見て、いささか動揺した上で消え去りましたぞ。そうは見えませなんだか」

「おっしゃる通りでございまする」

「あの不埒者達、どうやら拙僧と宗冬殿を見知っているようじゃわ」

「はい」

「いやはや、慈圓に招かれ誠に上品なる月夜のひとときを楽しめたというのに、厄介な連中に出会うたものじゃ」

どうやら慈節上人と柳生宗冬は、酒井忠勝邸に程近い臨済宗長安寺へ招かれたようであった。

宗冬が用心してまだ刀を鞘に収めない配下の者達に、亡骸を屋敷の外へ運び出し町奉行所へ知らせるように、と縁側から命じた。

ようやく刀を鞘に戻した配下の者達が、事前に申し合せていたかの如く役割を分担して、きびきびと動き出す。

慈節上人が宗重に向かって問うた。

「ご家族や奉公の者達は心配ないのかな念流殿」

「安全な場所に一時退がっておりますので、大丈夫です」

「それは何より。どうじゃ念流殿、今夜一晩、私を屋敷の片隅へでも泊めて下さらんか。なぜ、かような不埒者が押し入ったのか、ぜひとも聞かせておくれ」

「ぜひ、お泊まりになってください。慈圓先生の兄上様と知れば母もきっと喜びましょう」

「うむうむ。で宗冬殿は、どうなさる?」

慈節上人に顔を向けられ、宗冬が「私もぜひに……」と頷いた。

「それでは母を連れて参りましょう」

宗重は一礼して慈節上人のそばを離れた。

その後ろ姿を見送る老僧の口から、「それにしても、忍び侍相手になんたる斬り口であることよ。これでは、すでに慈圓も勝てまい」と呟きがもれた。

五

翌朝、慈節上人と柳生一門が引き揚げた後の駿河屋寮は、いつも通り平穏であった。昨夜、慈節上人、柳生宗冬、阿季、そして宗重の四人が話し合った結論は、〝何事もなかったかの如く穏やかに〟であった。

したがって騒動は、酒井忠勝邸に対してさえ、知らされることはなかった。忠勝が駿河屋寮を訪れた時に、阿季の口から伝えることになっている。

不埒者の亡骸を屋敷の外で受渡された町奉行所の与力同心に対しては、柳生宗冬が自分の口から、「往来を徘徊せる夜盗を自らの手で断罪した」と告げた。この事件は複雑に尾を引く、今は駿河屋寮内で騒ぎがあったことを外《そと》に知られてはならない、と判断したのだ。それほど宗重と阿季を、わが血縁者のごとく気遣っていた。

午ノ刻（正午）少し前、隠密方同心高伊久太郎の妻女千代が、十手持ちで大工の玄三を従え、雑司ヶ谷の実家《さと》から持ち帰ったという野菜や納豆などを山のように背負って訪れた。

出迎えたのは、宗重であった。

酒井忠勝の居間として使われている座敷にはこの時、屋敷へ出入りの畳職人や大工あわせて七、八人が動き回り音響かせていた。忍び侍の土足と血で汚された畳の取替、破壊された天井の修復のためだった。むろん職人達に対しては、緘口《かんこう》令《れい》を敷いてある。

「なんだか奥が賑やかですね若様」

大工の玄三が玄関先に大根、青菜、葱《ねぎ》、茄子《なす》、胡瓜《きうり》、牛蒡《ごぼう》、根芋などの農産物や納豆などを並べながら、気を散らした。

「納豆は下々《しもじも》の食べ物ですけれど、お嫌いではございませんでしょうか若様」

と、千代が気をつかう。背の低い、ふっくらとした優しい顔立ちの三十女であった。

「なんの。私も母も大の好物だ。感謝するよ」

「それを聞いて安堵《あんど》いたしました。うちの人が、納豆は臭《にお》うからよせ、と申したものですから」

「高伊さんも、大《たい》した事がなくて良かったな」

「はい。若様の御蔭でございます。本人は明日から奉行所へ出るつもりを致しております」

「無理をさせぬようにな」

「ありがとう存じます」

そこへ阿季が奥からやって来た。阿季と千代、玄三は初対面であったので、宗重が間を取り持って紹介した。商家の出であるから阿季は、お高くとまった人柄ではないが、千代と玄三は何度も深く腰を折って恐縮した。

「これはまあ、なんと立派に育ったお野菜ですこと。それに納豆までも」

と、千代は目を細めて、満面の笑みであった。ともすれば納豆は近代の食べ物と思われがちだが一六二〇年代にはすでに、朝食に若布《わかめ》の味噌汁と共に納豆が登場したりしている。

千代が遠慮がちに言った。

「奥方様、ご迷惑でなければ、お台所までこれを運ばせて下さいませんか」

「それは大変助かります。ちょうど時分時ですから、お千代さんも玄三さんも、お昼を済ませて帰ってください」

「滅相もございません。私共は……」

「さ、参りましょう、お千代さん」

阿季は千代の遠慮を笑顔でやわらかく押さえると、大根を両手にして座敷とは反対の方になる台所へと歩き出した。

千代が慌て気味に、両手一杯に野菜を抱えて、その後を追う。

だが大工の玄三は動かず、やかましく音立てている庭の奥を気にした。

「あの音あ若様、大工が入っているんで御坐いますね」

「畳屋もだ」

「ご改築で?」

「玄三、お前には話しておこう。ついて来い」

宗重は玄関から出て、玄三を庭の奥へ連れて行った。

昨夜の一時雨《しぐれ》と血でまだ黒っぽい湿りを残している庭先に作業台を組んで、畳職人達が畳の誂えに黙々と打ち込んでいた。天井を直している職人は大工であると、玄三には当然判る。

「何事かあったと見られますが若様、一体……」

玄三は声を低くし眉をひそめた。さすが十手持ち、単なる改装ではないと見抜いたのだろう。

「離れで話そうか」

二人は庭先を、さらに奥へ向かった。と言っても、それほど大きくもない屋敷だから、竹を組んだ垣根を回り込むと、そこが離れだった。

離れは十六畳の座敷一つだけであったが、日頃は襖で仕切られ八畳が二部屋とされている。宗重が起居しているのは床の間がある西側の座敷だった。

「ま、上がりなさい」

宗重は東側の部屋へ玄三を促したが、「いえ、あっしは此処で結構でございますので」と遠慮する玄三は、縁側の端に腰を下ろした。

宗重は「そうか」と、自分も縁側に正座をした。

「実はな玄三……」

た。

「へい」

玄三が耳を少しでも宗重に近付けようとして、上体を傾ける。

宗重が昨夜の出来事を手短かに打ち明け始めると、玄三はたちまち顔色を変えた。

「このお屋敷に押し入ったその連中というのは若様、もしや高伊の旦那を傷《いた》めつけた野郎達につながっているのでは御坐いませんか」

「うむ。恐らくな。私は、高伊さんを傷めつけた連中は暫く動かないだろう、と読んでいたのだが、そうではなかった。読み誤ったわ」

「若様が、お福を助けたからでございましょう」

「神田明神下の経師屋三之吉を殺った犯人は、町奉行所の役人が駈けつけた時にも、現場周辺で息を潜めていた筈だ」

「そこへ若様が、お福を抱いて現われたので、犯人側は新たな動きを起こす必要に迫られた」

「そういう事だな」

「なんだか相手の動きは、極めて緻密《ちみつ》で迅速でございますね。こいつあ、どうやら……」

「うん。単なる素浪人集団とか町奴《まちやっこ》、旗本奴《はたもとやっこ》の動き方ではないな」

「じゃあ、しっかりとした大きな組織、ということですね」

「そう思って間違いないだろう」

「今お聞き致しましたお話によりますと、お福の母親が今はの際に言い残した言葉は、全て町奉行所の役人の耳にも入っていると判断してお宜《よろ》しいので？」

「いや。付け火に関する部分は、伝えてはいない」

「その方が、よう御坐いましょう。昨年の大火はお侍による付け火、という噂なんぞが広まれば、御府内（江戸市中）に一揆《いっき》騒乱が起きかねません」

「十万もの人が焼死しているからなあ」

「今のお話、高伊の旦那だけには、話しても宜しゅうございますか」

「むろん結構だ。情報の収集に長《た》けている高伊さんには、期待するところが大きいからな。玄三も何か摑んだら報《し》らせてくれ」

「よございますとも。一番に必ずお報らせ致します。ですが若様、お福をこのまま駿河屋寮で預かっておりますと、いつまた災難が降り掛かるや知れません。お福を若様に預かって戴くについては、経師屋殺しの現場にいた町奉行所の役人も承知していることとは言え、あまり長くこのお屋敷に……」

「私が不在中に、母上や奉公人達に災難が降り掛かる危険は、確かにある。だが、それについては考えていることもあるので、心配しないでくれ」

「そうですかい。それならいいんですが」

「向こう幾日かは、職人達が大勢この屋敷に出入りするので、昼間なら私も安心して外出できる。昼飯が済んだら、ちょっと付き合ってくれるか。大工としてではなく、十手持ちとしてだ」

「判りました。で、どちらへ？」

「本郷丸山《ほんごうまるやま》の本妙寺《ほんみょうじ》だ」

昨年正月の大火の火元となった本妙寺では其の日の未《ひつじ》ノ刻（午後二時頃）、病死した若い女の遺品である紫の振袖を灰にして死者の霊を慰めようとした。ところが火をつけたとたん振袖は折からの強い風に乗って天空高く舞い上がり、アレヨアレヨと言う間に本堂に燃え移ったという。

このことから御府内の人々は、昨年正月の大火のことを、〝振袖火事〟と呼んでいた。

しかし……。

六

宗重と大工の玄三は、昼飯を済ませると水道橋からさほど遠くない本郷丸山の本妙寺へ足を向けた。火除《ひよけ》大通り（広小路）の入口になる湯島五丁目の角を左へ折れて本郷通りを暫く北へ進むと、本郷四丁目あたりで浄土宗法心寺（法真寺）の角に出る。その角を再び左へ折れると、本妙寺の石段があった。

「これはまた……綺麗に建て直しが終ってますねえ」

石段を上がり切って、玄三が囁いた。驚きを込めた、囁きであった。

「玄三は火事のあと、この界隈を見回ることはなかったのか」

「あっしの日頃は隠密方の旦那に従って、日本橋から京橋、新橋にかけてを見回ることが多う御坐いました。ですが大火事の後は、あっし達大工には御上《おかみ》から江戸再建の大号令が掛かったものですから、それはもう忙しくて忙しくて自分のシマの外を見て回ることは殆ど御坐いませんで」

「うむ。そうであろうな」

「それに致しましても若様……」

と玄三は、静まり返って人ひとり見当たらない境内を、不審そうに眺め回した。

「矢張り、なんだか少し変ですね。この寺はあの大火事の火元、という噂がすでに固まっているのでございましょう。にも拘わらず、立派すぎるくらいに建て直されているではありませんか。御覧になってください、あの堂々たる本堂なんぞを」

「私も、そう思って眺めていたところだ。大火のあと、多くの寺院が他所《よそ》の地へ移転させられたというのになあ」

「あの日は風がかなり強かったことを、今でも覚えておりやす。頑是無《がんぜな》い子供にだって、火遊びは危ないと判る日でしたよ。そのような日に、良識ある筈の寺の者《もん》が振袖を燃やそうとしたり致しますでしょうか」

「つまり玄三は、お福の母親が言い残した言葉に、真実性がある、と頷きたいのだな」

「はい。死を前にした者が、嘘をつくとは思えないので御坐いますよ。それに、駿河屋寮での昨夜《ゆうべ》の出来事……」

「ひとつ会ってみるか。この寺の住職に」

「寺社奉行所にスジを通さなくても、宜しゅう御坐いましょうか」

「通せばかえって、大事《おおごと》になる」

「あ、それもそうですね」

二人は住職が居ると思われる、本堂の北東に位置する庫裏へ向かった。

ところが本堂の角を曲がった所の木立の陰で宗重が足を止め、空を仰いで溜息吐《つ》いた。

「どうなさいました？」

「玄三、我々はどうやら女の忍びに、つけられているぞ」

「えっ〝くノ一〟にですかい」と玄三が驚いて、声をひそめる。

「振り返るな。私はさり気なく、このまま庫裏に入る。玄三はここで〝くの一〟を待ち構えておれ」

「ですが、あっしのような平凡な十手持ちに、〝くの一〟とは言え忍びの相手はちょいと……」

「親分と呼ばれ出した者が気の弱いことを言うな。〃くノ一〃と気付かぬ振りをして相手の動きを邪魔すれば、相手も無茶はすまい。日はまだ高いのだ」

「判りました。薄気味悪いですが、やってみましょう」

早口で囁き合った二人は、そこで分かれた。

宗重は木の香りを放ってまだ真新しい庫裏の、庭先へと回った。

住職と覚しき老僧が、縁側でひとり鋏《はさみ》を手に盆栽の手入れをしていた。足音など宗重が訪れた気配に気付かぬ筈はないのに、老僧は顔を上げなかった。只ひたすら盆栽を眺めているという感じで、しかも老いた顔に生気がなくひどく青白い。

「案内も乞わず、失礼させて戴きました。お許しください」

宗重は丁重に頭を下げたが、老僧は顔を上げなかった。盆栽に鋏を入れているのだが、姿形を整えるためというよりは単に小枝を切り払っている、という印象だった。

宗重は（住職の心ここにあらず）と読み取った。

彼は老僧に近寄り、「かけさせて戴きます」と断わってから縁側に腰を下ろした。座敷から香が漂ってくる。庭の端で数羽の小雀が地面をついており、のどかな光景であった。昨年正月に、この地が恐ろしい火元となったとは思えないほど、のどかだ。生垣が菜の花に似た黄色い花をいっぱい咲かせているのが、この上もなく美しい。

「何用でこられたのかな」

老僧が、ようやく鋏を置いて顔を上げた。目に仏に仕える者としての輝きがなかった。

「昨年の一月十八日は、朝から大変に風の強い日でございました」

長い話は必要なし、と考えた宗重は言葉を飾らずに、いきなり切り出した。その方が結果が出る、という判断であった。

老僧は、じっと宗重の顔を見つめたが、無言だった。

宗重は、構わず言葉を続けた。

「そのような風の強い日に、病死した若い女の霊を慰めるためとはいえ、分別ある寺の者が振袖に火を点《っ》けたりするものでしょうか」

「なにゆえ今頃になって、あの恐ろしく悲しい日のことを、蒸し返されるのじゃ」

「これは仏に仕える和尚の言葉とも思えませぬな。あの大火で十万もの江戸の人々が亡くなったのです。蒸し返す蒸し返さない、の問題ではございますまい」

「あの大火の責任は、ひたすら拙僧にあるのじゃ。ここで言えることは、その一点のみじゃ。それ以上のことを聞きたい知りたいと思われるなら、寺社奉行松《まつ》平出雲守勝隆《だいらいずものかみかつたか》様を相手にされるがよい」

「和尚は、火元は間違いなくこの寺である、と申されるのですな」

「さよう。火は、確かにこの本妙寺から出た。それ以外に拙僧の言うことはない」

「火元はこの寺であったとしても、何者かによる付け火ということは考えられませぬか」

「根も葉も無いことを言うのは、お止しなされ。江戸の町に変な噂が広まれば、お主《ぬし》、法の裁きを受けることになりかねませんぞ」

「私には、振袖火事、という噂こそが、不自然に感じられてなりませぬが」

「くどいの。お主、いずれの何者か名乗りなされ。どうじゃ」

「ただの貧乏浪人です。あの火事で仲の良かった兄を失ったものですから淋《さび》しくてならず、こうして訪ねて参ったのです。御機嫌を、お直しください和尚」

兄を失った、という宗重の気転の演出に、老僧は口を噤《つぐ》んで視線を落とした。眉間に深い皺を刻み、苦しそうであった。

宗重は、この住職は悪人ではないな、と思った。老いた苦悶の表情から、そうと判った。しかし、（重大な何かを隠している……）という疑いが、浮上し始めてもいた。

宗重は、縁側から腰を上げた。火元の寺であるのに早々と再建が終っている不自然さについても訊ねたかったが、老僧をこれ以上追い詰めても益なしか、と考え直した。

庫裏を出た所で、玄三が十手で肩を叩き叩き待っていた。

宗重の顔を見るなり、彼は首を傾げ小声で、こう切り出した。

「くノ一らしい女は、見かけませんでしたよ若様。似ても似つかぬ若い娘なら、いたんですがね」

「そうか。じゃあ私の思い違いだな」

「その似ても似つかぬ若い娘ってえのは、実は界隈の男共の間で伏見小町と騒がれているなかなかの美人で御坐いまして、豪商で知られる筋違御門内・須田町の伏見屋の一人娘なんですよ」

「ふうん。伏見小町とは、余程に綺麗なのであろうな」

「そりゃあもう……でね、若様。木陰から出たあっしが十手を見せ見せ、〝おや、伏見屋のお嬢様ではありませんか。今日は本妙寺へ御参りにでも？〟と声を掛けますと、どういう訳か急にパアッと顔を赤らめて逃げ出しちまったんですわ」

「ほう」

「あれって、何なのでござんしょうね」

「木陰から急に現われた十手持ちに声を掛けられて、若い娘だからびっくりしてしまったのだろう。純情なのだ」

「あ、なあるほど」

と、こういう事には勘働きの鈍《にぶ》い大工の玄三であった。

「ところで、御住職にお会いになれましたので？」

「うむ。会えるには会えたが」

宗重は境内を歩きながら、住職の印象や話した内容を玄三に打ち明けた。

「矢張り普通では御坐いませんね。きっと何かありますよこれは」

「そこでだ玄三。先ずこの寺を再建した宮大工が誰であるか突き止めてほしいのだ。出来るか」

「やってみましょう」

「その上で、この寺を再建するに必要な金が何処から出たのか、さり気なく探ってくれ。必ず、さり気なく、な」

「大工というのは他人様《ひとさま》の家屋敷を建てる訳ですから、見習や小僧でも口は固いですが、宮大工となると更に口が固うございます。ですが、やれるだけやってみましょう」

「頼む。それから、私からこういう依頼があったという事は、高伊さんの耳にも入れておいてくれるか」

「承知いたしました。では、あっしは先に、ひとっ走りさせて戴きますので」

「無理はしないでくれよ。乳飲み児の父親であるのだからな」

「へい。任せておくんなさいまし」

玄三はきちんと頭を下げてから、背を向けて駈け出した。

# 第四章

## 一

次の日の朝巳《み》の刻（午前十時頃）、芝の柳生家から一挺《ちょう》の〝あんだ駕籠《かご》〟を従えて、六名の侍が駿河屋寮を訪れた。あんだ駕籠というのは、大名家の女中などが用事や病気下がりで屋敷を出る時に主《あるじ》の許しを得て使う、いわゆる下女駕籠である。作りは質素だが、町駕籠に比べればうんと立派だ。

この駕籠が巳の刻に駿河屋寮を訪れることについては、一昨夜の騒動のあと宗重と柳生宗冬、慈節上人の間で、打合せ済みであった。

表門から宗重が、真新しいべべを着たお福を抱いた若い女中と共に現われると、柳生家の侍達はその前後に穏やかな表情で張り付いた。なかには、お福と視線を合わせて微笑《ほほえ》む者もいるなど、力みのないなごやかな雰囲気だった。

奇妙なのは、彼等一行が空《から》駕籠のまま動き出したことである。

近在の町衆や通りすがりの者たちが、立ち止まって一行を眺めた。

女中に何やら話しかけられて、お福が、ちょっと笑顔をつくった。目の前で母が斬《き》られるという恐怖を味わった幼子の表情は、昨夜まで凍ったままであった。

今朝になって微《かす》かにではあるが表情がやわらぎ出したが、それは今お福を抱いている余根《よね》という日本橋生まれの女中の献身的接触のおかげだった。余根は昨年の大火で、夫と生んで間もない女の子を亡くし、悲嘆にくれているのを見かねた日本橋駿河屋善左衛門《よしざえもん》が「女中にどうだろうか」と阿季に相談を持ちかけたのだった。

一行は明るい日差しの下、大外濠川に沿ってゆったりと進み、筋違橋の手前で止まった。まるで、お福が女中に抱かれて何処かへ出かけるのを、誰彼に見て貰《もら》っているような進み具合だった。

女中の余根が、お福の耳元で微笑みながら囁《ささや》いた。

お福が頷《うなず》くと、脇にいた宗重が優しく頭を撫《な》でてやり、柳生家の侍が駕籠の簾《すだれ》を上げて紐《ひも》で結び止めた。

お福が駕籠に乗ると、駕籠は簾を上げたまま静かに動き出した。簾を下げないのは、お福が閉塞《へいそく》感に襲われて恐怖を甦《よみがえ》らせないようにするためだった。

一行の行き先は、むろん芝の柳生屋敷であった。一昨夜の騒動のあとの打合せで柳生飛騨守宗冬が、「お福は柳生家で立派に育てよう。町奉行へは柳生家よりスジを通しておく」と切り出し、慈節上人が大いに賛成したのである。むろん女中の余根も暫《しばら》くは柳生家にとどまる。

天下の柳生家へ引き取られれば、何者と言えども、お福に手を出すことは出来ない。屋敷内には常に家臣としての手練《てだれ》侍が多数詰めており、また修練に打ち込む有力門弟達の出入りも日常的である。加えて、何よりも屋敷への出入りの監理が厳しい。

お福一行が表立って柳生屋敷へ向かいつつあるのは、実は何処かに潜んで駿河屋寮を見張っているに違いない何者かに、そうと知らせるためであった。六名もの手練が途中を警護するのも、いわば見えざる相手への柳生家らしい挑戦である。

来るなら来てみろ、という訳だ。

一行は大外濠川に架かった橋を渡って、筋違御門内へと入った。ここから南へ向かって伸びる大通りが、須田町、通新石町《とおりしんこくちょう》、鍋町、鍛冶町と続く、いわゆる日本橋北通りである。

鍛冶町まで来て、宗重は手練侍の一人と目で頷き合い、自分だけ歩を緩めた。余根が駕籠の中のお福に、何やら語りかけている。

一行と宗重との間が次第に開いて、彼の足が止まった。余根がさり気なく振り向いて軽く腰を折ると、宗重は頷きを返した。

「幸せを摑《つか》めよ、お福……」

心を込めて、宗重が呟《つぶや》く。酒井忠勝という幕府の大実力者を父としたことで、父子の交わりが殆《ほとん》ど無く育ってきた宗重であった。母阿季が身近にあったとはいえ、淋《さび》しさが無かったと言えば嘘《うそ》になる。その彼を後ろから支え静かに見守ってきたのが、恩師観是慈圓だった。絶大なる影響力をもって。

遠ざかる駕籠を見送る宗重は、幕府御用達の刀剣商『相州屋』の店先に立っていて、暖簾《のれん》の端から顔を覗《のぞ》かせた初老の男が「おや、宗重様では御坐いませぬか」と声を掛け足早に近付いてきた。目つき鋭く、なかなかに恰幅《かっぷく》のよい男だった。

「久し振りだな藤兵衛」

「どなた様かを、お見送りで御坐いましたか」

「うむ。ちょっとな……」

「ささ、お入りなされませ。今日は一日、ゆっくりして戴《いただ》けるのでしょうな」

「そうもいかぬが、茶など一服させてくれ。それと刀を研ぎ……」

宗重の言うことを半ば聞き流し、「さあさあ……」と手を取るが如く促す相州屋藤兵衛であった。まるで長の旅に出ていた息子を出迎えるような喜びを、その表情、動作に見せている。目つき鋭い顔立だけに、滲《にじ》み出ている喜びが一層のこと目立った。

この相州屋藤兵衛も宗重のことを、「若様……」と長く呼んできた一人だった。しかし藤兵衛は、幕府御用達刀商として江戸城へ出かけたり、また出入りの刀商として酒井忠勝本邸や、その他大名旗本家へ出向くことも少なくない。それら出先には正室腹の若様がゴマンといる。その上、その出先の誰も彼もが心の寛《ひろ》い善人ばかりとは限らない。

そこで宗重が、「妾腹《めかけばら》の私のことを若様と呼ぶ習慣が招くうっかりで、幕府御用達刀商としての立場を危うくする恐れがある」と、藤兵衛を強く諌《いさ》め、昨年暮れあたりから、ようやく「宗重様……」と呼ぶようになったのだった。

明るい庭に面した奥座敷へ通された宗重は、五郎入道正宗の大刀と脇差を藤兵衛に差し出した。

「脇差は大丈夫と思うが、刀の方は目に見えぬ小さな刃毀《はこぼ》れがあるやもしれない。研師《とぎし》によく検《み》て貰ってくれるか」

「何事かございましたな」

藤兵衛はそう言いつつ、大刀を丁寧に鞘《さや》から払って、先ず鼻先に立てた。

そして切っ先から刃元にかけてを何度も眺め、次に刀身を目の前に横にして、やはり切っ先から刃元にかけてを眼光鋭く検ていった。

「うむ。私の目では刃毀れは見つけられませぬが、宗重様はいかがで御坐いましたか」

「私の目も刃毀れは見つけていない。ただ刃の中央あたりに不自然な曇りが、うっすらとだが感じられる」

「誠にお見事。この部分でございますな」

藤兵衛が左手の指先で示し、宗重が頷いた。

「何かを激しく打ったか受けたかした衝撃によって、生じた曇りだと思います。研師に、よく検させましょう。いま番頭に言って、代わりの刀を持って来させますから」

藤兵衛がそう言いつつ腰を上げようとするのを、宗重は「あ、いや代わりの刀は要《い》らぬ」と制した。

「ですが宗重様、昨年の大火事の後の御府内は何かと……」

「大丈夫だ。丸腰でよい」

「と申されましても、万が一ということも御坐います。何かあってからでは、私が酒井家の大殿様に顔向けできませぬ」

「ともかく、代わりの差料《さしりょう》（佩刀《はいとう》）は必要ない。それよりも茶を所望したいな」

藤兵衛は、渋い顔で承知し柏手《かしわで》を打ち鳴らした。若くして刀商を立ち上げた相州屋藤兵衛は、その人柄の良さを買われて酒井讃岐守忠勝に目をかけられ、したがって宗重の赤児の頃からを知っていた。駿河屋寮の庭先で、自らの手で幼い宗重を抱き、あやしたことも数知れない。したがって宗重に対する藤兵衛の親愛の情は、生半《なまなか》なものではなかった。

現在《いま》では江戸最大の刀商と言われている相州屋は、刀剣に限らず武具全般を扱う一大兵器廠《しょう》としての趣《おもむき》を呈するまでになっていた。つまり商い部門の他に直系の鍛冶、研師、鞘師、柄巻師そして金具師といったような技能職部門までを擁していたのである。江戸期に於いては刀鍛冶にしろ研師にしろ、単独的存在ではその経済的基盤も社会的地位も、脆弱《ぜいじゃく》なのが常であった。そこに目をつけた相州屋藤兵衛は、彼等の生活の安定化をも狙《ねら》って兵器廠としての強力な複合体を立ち上げたのだった。尤《もっと》も、幕府御用達の相州屋だから出来たことである。これほどの大商人になれば何かと生臭い一面があって当たり前だが、しかし藤兵衛の評判は町衆の間でも「腰の低い情《なさけ》に厚い人……」と、中々《なかなか》なものだった。

「お出《いで》なさいませ兄上様」

藤兵衛が柏手を打つのを待っていたかのように、二十《はたち》前後に見える娘が茶と菓子を盆にのせて、しずしずと運んできた。小柄で丸顔の可愛い印象の娘であった。

上手に着こなしている質素な着物が、娘の全体をこの上もなく清々《すがすが》しく見せている。

相州屋には娘ばかりが三人いたが、上の二人はすでに良家に片付き、末娘の芳《よし》が残っていた。

その芳に兄上様と言われた宗重であったが、そう呼ばれることに馴《な》れているのか「や、変わりはないか、お芳」と返した。

「はい。兄上様もお元気そうで安心いたしました。随分とお見えになりませんでしたもの」

そう言いながら宗重の前に茶を置いた末娘を、藤兵衛は複雑な思いで眺めるのだった。

「そう言えば、ここへ座るのは久し振りだな」

「私、兄上様に御報告申し上げることがあります」

町人の身でありながら、さすが相州屋藤兵衛の娘。何処へ出しても恥ずかしくない芳の喋《しゃべ》り言葉であった。

「ほう。何を報告してくれるというのだ。よい嫁入先でも見つかったのか」

「んもう。そうでは御坐いません」

二人を眺める藤兵衛が、小さな溜息《ためいき》を吐《つ》いた。やれやれ……といった半ば諦《あきら》めの目つきであった。二人がお互いを好き合ってくれたら、と幾度期待したか知れない藤兵衛だった。だが幼い頃から相州屋へ遊びに来たり、泊まっていったりすることの多かった宗重である。いつの間にやら末娘の芳は、宗重を「お兄様」と呼び「兄上様」と呼ぶようになっていた。藤兵衛があれこれと口出しできない、余りにも自然な芳の宗重に対する呼び方であり、接し方だった。

「私、昨日お師匠様から志野流《しのりゅう》香道の、お免状をいただきました」

「それは凄《すご》い。よくやった。褒美《ほうび》に髪挿《かんざし》でも買ってやろう」

「本当で御坐いますか。わあっ、嬉《うれ》しい」

芳が胸の前で手を合わせるのを見ながら、藤兵衛はもう一度小さく溜息を吐《つ》いて茶を啜《すす》った。

芳が口にした香道というのは、三条西実隆《さんじょうにしさねたか》（一四五五年～一五三七年）によって成された香木をたき合わせて色々な香りを楽しむ格調高い芸道のことである。茶の茶道、花の華道、香の香道を三芸と称して、幕府の表や大奥及び大名家に仕える女中には不可欠な教養とされている。裕福な商家の娘にとっても、良縁を得るための習い事としてこの三芸は欠かせなかった。

ひとしきり話を弾ませて芳が座敷から下がると、それまで黙って二人を眺めていた藤兵衛が、やおら口を開いた。

「ところで宗重様。五郎入道正宗の刃の僅《わず》かな曇りで御坐いますが、何事があったのでしょうか。あれほどの刀、余程のことがない限り、あのような曇りは生じませぬ」

「恩師と真剣で打ち合ったからだ」

「慈圓先生相手の日常の修練に正宗を用いたと申されますか」

「そういう事にしておいてくれ。それでよいではないか」

「宗重様は時と場合によっては、若狭国小浜藩十一万三千五百石を継がれ……」

「藤兵衛。迂闊《うかつ》なことを言ってはならぬ。若狭国小浜藩の後継者は、酒井家本邸に在《おわ》すのだ。今のこと、二度と口にしてくれるな」

「申し訳ありませぬ。藤兵衛いささか出過ぎました」

「うむ」

「なれど宗重様は大事なお体。丸腰でこの相州屋を出られるのでしたら、せめて日の高いうちに駿河屋寮へお戻りなされませ。夜歩きは何が起こるか判りませぬ」

「まだ昼日中《ひるひなか》になったばかりではないか。お芳を連れて、これからちょっと出かけるぞ」

宗重は苦笑すると、茶を啜って「うまい」と呟《つぶや》いた。

二

宗重は丸腰で芳と共に相州屋を出ると、日本橋向こうの南伝馬町《みなみでんまちょう》三丁目へ足を向けた。其の地に相州屋へ出入りしていた行商の小間物屋が、半月ほど前に『紅玉屋』という店を開いたというのだった。髪挿《かんざし》を買ってくれるなら是非その店にしてほしい、と芳が言うので宗重は心よく承知した。このころの小間物の小売は、日本橋横山町《よこやまちょう》や大伝馬町《おおでんまちょう》にぼつぼつ現われ出した小間物問屋から行商人(振売)が仕入れて売り歩くのが中心だった。化粧品や香料や髪挿など女を相手に商売をすることが多かったため、美少年や美男子の行商人が少なくなかった。常得意先として侍屋敷や大店《おおだな》へ出入りすることもあって、そこの女中や妻女と浮き名を流すこともあるらしい、と宗重は耳にしている。

芳は丸腰の宗重に体を擦《す》り寄せ、嬉《うれ》しくて仕方がない、というようなあどけない表情で歩いた。どう見ても、実の妹のそれであった。宗重も、まるで構わない。芳に着流しの袂《たもと》をしっかりと摑《つか》まれても、飄然《ひょうぜん》たる態《てい》であった。擦れ違う誰彼が「へえ」という顔つきで振り向こうとも、全く無頓着《むとんちゃく》だ。

二人は日本橋を渡り、南通りを南一丁目、二丁目と過ぎて中橋広小路町《なかばしひろこうじまち》（現、京橋一丁目辺り）へと入った。この辺りの町筋も、すでに整然と復興を済ませ、通りには人々が往き交い活気が充ちていた。とは言ってもまだまだ再建の槌音《つちおと》や職人たちの大声は、其処此処から聞こえてくる。

「藤兵衛の話だと、その小間物屋というのは、次の辻を右へ折れた辺りだな」

「はい。兄上様」

「お芳は、その店へまだ一度も出向いたことはないのか」

「行くなら兄上様と御一緒に、と思っておりましたから」

「そうか。では気に入った髪挿のほかに、櫛《くし》や匂い袋も買ってよいぞ」

「本当ですか。使わずに一生の宝物に致します」

「ははは。大袈裟《おおげさ》だな」

このとき不意に芳が、宗重の後ろへ隠れる素振りを見せた。歩みを半歩遅らせて宗重の右後ろへ回ったさり気ない動きであったが、それに気付かぬ宗重ではない。

しかし素知らぬ振りを装って、向こうに見え出した『紅玉屋』の吊り看板の方へ目をやっていた。一介の振売から成した店にしては、なかなか立派な店構えだった。ただ建物の西側半分ほどは焼け残った部分をそのまま使っており、東側は真新しかった。見るからに不釣合なその店構えが、今日まで恐らく我武者羅《がむしゃら》にやってきたのであろう店主の人柄を想像させた。

宗重は紅玉屋の前で足を止めると、優しい眼差《まなざ》しと優しい口調で芳に訊《たず》ねた。

「なあ、お芳。お前は見るからに頭が良さそうに見える、あの男が好きなのだな」

「え？」

「ほら、擦れ違ったではないか。ほんの少し前に」

「兄上様……」

「私にはな、お芳のことは何でも判るぞ。あの男も、お芳に気付いて、うろたえ気味に目を伏せておった。付き合っておるのだな」

「は、はい……」

「藤兵衛は知っておるのか」

芳は小さく首を横に振った。肩を落として悲し気であった。

「藤兵衛に反対されそうなのだな」

「父は……きっと反対します。父が嫌う理屈っぽい性格の人ですから」

「よしよし。ではそのうち、私から藤兵衛に話してやろう。その前に一度、頭の良さそうなあの男と会わねばならぬが」

宗重は芳を促して、紅玉屋の暖簾《のれん》を潜った。宗重の言葉で勇気付けられたのか、芳は再び明るい表情を取り戻して、兄上様に従い店の中へ入った。

「いらっしゃいまし」

奉公人が二人いて、口を揃《そろ》え笑顔で宗重と芳を迎えた。先客の女客が三人いて、商品台や棚に並べられた小間物を手に取って眺めている。建物自体は決して小さくない紅玉屋だったが、店構えそのものはこぢんまりとしていて、台や棚に並んでいる小間物も種類は多いが、数自体はさほどではなかった。が、商売が繁盛さえすれば、店の間口はまだまだ広げられる余裕がある。

「おや、これは相州屋のお嬢様。ようこそ、御出《おいで》なされませ」

奥との間を仕切っている長暖簾を分けて役者絵から抜け出たような男前が現われ、肩のあたりでヒラリと掌を振った。女形《おやま》のような、そのやわらかな素振りが、色の白い細身の男前になんとも似合っていた。気持悪さが、あるようで無い。年齢は三十二、三というところか。

「立派なお店ですこと紅玉屋さん」

「わ、お嬢様。紅玉屋さんなどと他人行儀に呼ばず、これまで通り振売の平六と呼んでくださいましな」

「苦労して、お店の主となられたのですよ。振売の平六は、ございませんでしょう。ねえ、兄上様」

「兄上様?」

紅玉屋平六が、店の隅へ寄って立っている宗重に気付いて、ちょっと小首を傾《かし》げた。侍屋敷や大店へ出入りして稼いできただけに其処に武士を認めたぐらいでは、さすがに慌てない。

「そう。私の兄上様です」

「それは存じ上げませんでした。わたくし……」

と言いながら平六は框《かまち》へ寄ってきて正座し、「紅玉屋平六でございます。お見知りおきくださいませ」と丁寧に頭を下げた。長く出入りしてきた相州屋には三人娘しかいないと判っている癖に、あれこれと訊《き》き返さないのは、なかなかに商人道を心得ている。

宗重が何気ない口調で、しかし妙なことを相手に問うた。

「紅玉屋平六とやら、振売商売は長かったのか」

「はい。この年になるまで十七、八年、といったところで御坐いましょうか」

「振売ひと筋でか？」

「それはもう脇目もふらずに」

「挫《くじ》けそうになって商売替えをしようと思ったことは、一度や二度あるだろう」

「滅相もありません。一日中、品を担いで歩き回る訳ですから、辛い商売には違いありませんが、小間物の行商は得意先様の摑み方次第で結構変化があり、飽きないもので御坐います」

「そういうものか。でも、よく頑張ったな。大したものだ」

「有難うございます」

「お芳にな、髪挿と櫛と匂い袋のいいのを選んでやってくれ」

「承知いたしました。お任せくださいませ」

紅玉屋平六は、もう一度深々と頭を下げると腰を浮かして、「さ、お嬢様、こちらへ」と商品棚の方へ芳を促した。

平六の背中を見る宗重の目が、ほんの一瞬であったが鋭さを見せた。

そのあと、さり気なく店内を見回す宗重。その表情は、穏やかである。

そこへ若い女客が二人、明るく喋りながら店内へ入ってきた。彼女たちの声にも、迎える奉公人の態度にも、大火に打ちのめされた暗さは微塵《みじん》もない。

小間物という言葉の源が、室町初期にあることを、博学な宗重は知っていた。

当時は舶来の品として高麗物《こうらいもの》（高麗・古代朝鮮）が多く、これらの品を商いする店を高麗物屋と称した。それが時代が江戸へと流れるにしたがい高麗物屋が小間物屋と変わって、あれこれ多くの小品を扱うようになったのだった。

紅玉屋の商品台や棚には、櫛、髪挿をはじめとして、紅、白粉《おしろい》、梳油《すきあぶら》、根掛《ねがけ》、小枕《こまくら》、煙草《たばこ》入れなど、数はともかく品の種類は結構なものだった。因《ちなみ》に煙草を扱う煙草屋は、明暦の大火の前後から急速に江戸、京都、大坂に普及し始めている。明暦の時代と、この時代から次の時代（万治）へと変わるエネルギーには、確かに様々な分野で革命的な不思議な力強さがあった。大火から生まれたエネルギーとでも、いうのであろうか。

宗重は芳が求めた品の支払いを済ませ、二人は紅玉屋をあとにした。

平六は腰低くにこやかに店の外まで出て二人を見送ったが、二人の姿が辻を折れて見えなくなると、その顔からスウッと笑みが消えていった。それこそが苦労し続けてきた商人の真の素顔、とでも言うのであろうか。どこか冷やかであった。

お芳と言えば上機嫌で、また宗重の着流しの袂を摑んで放さなかった。

「ねえ兄上様。これから茅場町《かやばちょう》の山王様へ御参り致しましょうよ」

「それは構わないが、お芳が付き合っているという、あの頭の良さそうな男の名は、何というのだ」

「父に告げるのですか」

「お芳が真剣に付き合っておるのであれば、いずれ告げねばなるまい。しかし、ま、お芳に黙って告げるようなことはしない、と約束しよう」

「貝原《かいばら》……」

言いかけて、芳の顔に迷いが生じた。

「貝原……その後は、なんというのだ。心配しなくてよいから、言ってみなさい」

「篤信《あつのぶ》です」

「貝原篤信か。で、住居《すまい》は何処なんだ」

「知りません。訊いても教えてくれないのです。住居《すまい》も御仕事も」

「素姓のよくない男には見えなかったが、なぜ住居や仕事を教えてくれないのかな」

「そのうち判る……としか言ってくれなくて」

「お芳を騙《だま》そうとしているようなところは、ないのだね」

「そのような人ではありません。理屈っぽくて偏屈ですけれど」

「偏屈なのか」

「頭を丸坊主にしたり、また髪を伸ばしたり……」

「なに。若い男が頭を丸坊主にとは、なにゆえだ」

「若いといっても、たぶん兄上様と同じくらいか……一つ二つ下か」

「丸坊主にする理由は？」

「ただ丸坊主が好きだと……」

芳の可愛い顔が半べそをかき始めたので、宗重は「よしよし」と肩を抱いてやった。

擦れ違う町衆の視線など、気にしない二人であった。本当に実の兄妹のように仲が良かった。

宗重はもう、それ以上は問い詰めなかった。代わって、紅玉屋平六の役者のように男前な色白の顔が、脳裏に浮き出していた。

（あやつ……）

と胸の中で宗重は呟いた。

紅玉屋から薬師堂までは、それほどの距離はない。南通りを日本橋に向かって暫く戻り、平松町《ひらまつちょう》の手前を右へ折れて堀川沿いに出ると、向こう青物町《あおものちょう》のあたりに堀川に架かった海賊橋《かいぞくばし》が見える。青物商の往き来で賑《にぎ》わうその橋を渡れば、間もなく山王神社であった。

荷を積んだ猪牙船《ちょきぶね》（河川用小舟）の往き交いにも活気がある。

「お芳と、こうして歩くのは本当に久し振りだな」

宗重は明るく晴れわたった空を仰いで、話の向きを変えた。

「最近はあまり訪ねて下さいませんけれど、何か御忙しい事でもあるのですか」

「なあに、相変わらずの気儘《きまま》な毎日だ。好き勝手に暮らしている」

「兄上様は、どうして御家庭を御持ちにならないのですか」

「おいおい。母上と同じようなことを言ってくれるな」

二人は談笑しながら、人の往き来で賑わっている海賊橋を渡り出した。

芳が橋の中ほどで「あ……」と立ち止まり、川面を指差した。顔いっぱいに、笑みを見せていた。

「春でもないのに紋白蝶が……」

「楽しそうな二匹だな。何やら喋りながら戯れているように見える」

「まるで兄上様と私みたい」

「うむ。まったくだ。お芳と私のようだな」

宗重は笑った。お芳と私のよう、と言われて嬉しかったのか、芳が頷いて宗重の腕にしがみついた。

「この辺りは青物の売り買いが盛んだから、菜っ葉《なっぱ》に青虫が食っ付いていたんだろう」

「まあ気味が悪い」

「と言ったって、ほれ、その青虫があのように可愛い蝶になるのだぞ」

「そう言えば、篤信さんは木や草花とか虫とかに、大変詳しい人です」

思い出したように、芳が言って真顔になった。

「ほう。貝原篤信という男は、本草学《ほんぞうがく》の知識があるのか」

「駿河屋寮のお庭にも、蝶はたくさん飛んでいましょうね」

「母上が草花の栽培がお好きだから、そう言えば春には随分と見かけるなあ」

二人は海賊橋を渡り切って足を止め、もう一度、紋白蝶の戯れを眺めた。

岸へ荷積みの猪牙船を寄せた船頭が、陸《おか》の誰かを大声で呼んでいる。

猪牙船というのは、舳先《へさき》（船首）の造りが、ちょうど猪《いのしし》のキバのように細長く尖《とが》った特徴を持っていた。だから猪牙船なのだ。

二人は再建された大きな侍屋敷――牧野因幡守《いなばのかみ》・上屋敷（現、東京証券取引所）――を左に見て、次の辻を右へ折れた。山王神社は、もう其処に見えていた。この界隈《わい》《かい》の広大な地域に亘って〝町御組屋敷〟が設けられ町奉行配下の与力・同心が集住することで「八丁堀の旦那」という言葉が生まれるのは、もう少し時代がくだってからである。

「お芳は山王様で何を御願いするつもりだ」

「兄上様がいつ迄もいつ迄も健康でいられますように、と」

「そうか有難う。では私は、お芳に沢山の幸せが訪れますように、と祈ろうかな」

二人は肩を寄せ合って、思いのほか参拝の人影少ない静かな神社の境内へと入っていった。

永田馬場《ながたばば》の日吉《ひえ》山王大権現社（永田町・日枝神社）を御本社とするこの山王神社は

江戸の人々から「山王さん」「御旅所《おたびしょ》」「摂社」と呼ばれて親しまれ、主祭神の大《おお》山咋神《やまくいのかみ》は、商売繁盛の守護神としても敬われていた。境内の広さはおよそ千三、四百坪。鬱蒼《うっそう》たる木立の中には山王宮と山王権現の小祠、それに天満宮、薬師堂が設けられ、江戸三大祭の一つである御本社山王祭（神幸祭）の神輿《みこし》は、この神社の境内にも訪れて大層賑わう。

その境内が、今日は人の訪れを拒むが如くシンと静まりかえっていた。助け合うようにして歩いている一組の老夫婦と、悩み事を抱えているらしい顔つきの若い男女が参拝を済ませて去っていくと、残ったのは宗重と芳の二人だけであった。

「お芳は此処へは、よく訪れるのか」

「はい。父に連れられて、月に一度は必ず参ります。でも、このように静かな境内は初めて。神様が兄上様と芳を、きっと歓迎してくださっているのですね」

「うむ。が、今日は早く参拝を済ませて引き揚げるとしよう」

「兄上様は私と一緒だと御退屈ですか」

「退屈なものか。お芳と話していると楽しくて時の経つのを忘れる」

「本当で御坐いますか」

「本当だとも。さ、お参りを済ませよう」

宗重は芳を促して、天満宮の前に立った。

二人は柏手を打った。芳は目を閉じ頭《こうべ》を垂れたが、宗重は目を見開いたまま動きを止めていた。視線は正面の祭壇に注がれているが、表情がきつくなっていた。

彼は芳に向かって物静かな小声で切り出した。

「そのままの姿勢で私の言うことを聞き、落ち着いて小声で答えなさい。よいな」

「はい、兄上様」

「もし私達二人が複数の何者かに襲われるような事があらば、お芳は私の背に張り付く動きをとりなさい」

「はい」

驚きも、うろたえも見せない芳の落ち着いた返事であった。文武に秀でた〝兄〟の力の程をよく知っているからなのであろうか。

「決して私の体にしがみ付いたり触れたりしてはいけない。判るな」

「はい。兄上様の動きの邪魔は致しません」

「では、そろそろ戻ろうか」

二人はもう一度柏手を打ち鳴らしてから、体の向きを変えた。

杖をついた白髪頭《しらが》の五人の老人達が、曲がった腰に拳《こぶし》を当てつつ、向こうから危な気な足取りでやってくる。商家の隠居といった印象で、うち白顎髭の二人が宗重と芳に気付き、離れた所から丁重に会釈をした。

宗重と芳はそれに笑顔で答えた。

と、季節はずれの鶯《うぐいす》が、木立の奥でひと声さえずり、宗重と芳、それに老人達の足が止まった。

「綺麗《きれい》な鳴き声……」

と、芳が目を細めると、それに応えるかのように、鶯はまた一声鳴いた。

老人達も鳴き声がした方へ、曲がった腰を伸ばして、満面に笑みであった。

宗重は、ゆっくりと歩き出し、芳が後ろに続いた。

老人達も、杖をカタカタ言わせながら危なっかしく歩き出し、双方の間が次第に縮まる。

そして、およそ三、四間(約六、七メートル)の間を置き、どちらからともなく双方の足が止まった。

老人達の曲がった腰は、このとき伸び切っていた。老いて皺深い顔は老人そのままであったが、宗重を見る目つきが違っていた。当たり前とは思えぬ眼光を放っている。

宗重の後ろに従っていた芳が半歩前に出ようとし、ハッとしたように元の位置へ退がった。只事でない気配を感じ取ったのであろう。

老人達が宗重に対して、ゆるやかな動きで扇形に散開し無言のまま抜刀し大上段に構えた。杖は仕込杖であった。

老人達のその気迫、大上段のその構え、その呼吸、その眼光、もはや老いたる者でないことは明らかだった。

宗重が左脚を少し引き、軽く腰を下げ、右手を左腰、刀の位置へ持っていく。

しかし、その腰には大・小刀ともに無い。

それでも彼は、居合《いあい》の構えで相手に対した。まるで、左腰に大・小刀があるかのような、美しい程の完璧な構えであった。

五人の抜刀者は、動かなかった。素手の相手であるのに動かなかった。否、動けなかったのであろうか。だとすれば、宗重の剣客としての尋常でない技倆《ぎりょう》を熟知している、ということになる。

素手の宗重の足が、見事な居合の構えのまま、滑るように一歩前に出た。

扇形の老人集団が、その形を微塵も崩すことなく、地面をザッと鳴らして擦り足で退がる。駿河屋寮を襲ったあの刺客集団と、寸分違《たが》わぬ足さばきであった。

が、宗重は、あの夜の連中とは、気迫が一枚も二枚も違う、と読み取っていた。殺《や》られるかも知れない、と思いさえした。

双方の動きが止まった。呼吸さえも止めているかのように、お互い微塵の動きさえも見せない。

境内に入ってきた参拝の老夫婦らしい町人が、異様な光景に驚き慌てて姿を消した。その老夫婦が、もしかして町役人に報告するのではないか、という事など全く気に掛けていない、殺気みなぎる老刺客達の囲みであった。

宗重の額に、汗の玉が浮き出した。この時の彼には、〝妹〟の芳を無傷で護り切らねばならぬ、という二重の精神的負荷が掛かっている。

「いえいッ」

宗重が突然、右前足で地面を「どん」と踏み鳴らし、突入するかのような姿勢を見せた。

反射的に刺客集団がびくんと反応。

いや、刺客の内一人だけが、他の反応と違う動きを取った。無言のまま、矢のような速さで宗重に迫り、真っ向うから斬りつけたのだ。

大上段から打ち下ろされる刺客の刃の側面を、一歩踏み込んだ宗重の左掌が真横へ叩き払い、同時に右手が相手の脇差へ伸びた。双方、目にもとまらぬ動きであった。

が、宗重の動きを、相手は読んでいた。己れの刃が横へ叩き払われた瞬間、脇差のある左腰を後ろへ半回転させるかたちで飛び退がり、宗重の眉間に激烈な第二撃を振り下ろした。脇差に手が届かなかった宗重も、素早く退がっていたが退がり足らず、敵の切っ先は彼の眉間を浅く割った。

一瞬宗重の表情が歪み、直ぐにまた居合の構えとなる。

彼の額から、赤く細い糸がゆっくりと流れ落ち、鼻先で小さな血溜りをつくった。

だが彼の背後にいる芳は、それに気付かない。宗重の動きの邪魔にならぬよう、少しの間をあけて彼の後ろに位置するので精一杯だった。

宗重の額を傷つけた刺客の正眼の構えに、明らかに自信が漲《みなぎ》り出した。宗重の動きの呼吸を摑んだ、という確信を得たに違いない。

(それにしても恐るべき身のこなし……)と、宗重は思った。間違いなく脇差を奪える間合、であった筈が躱《かわ》され、軽微な傷とはいえ逆に眉間を切られたのだ。

その手練《てだれ》が再び集団から離れた一人攻めに移る気配を、濃く見せた。

切っ先を僅かに上下に揺らせつつ呼吸を止め、宗重との間を、じりっと詰める。

その刺客を送り出すかのように、他の四人は大上段に構えた扇状の囲みを崩さず不動であった。

と、宗重も相手に向かって、じわりと足先を進めた。およそ四、五尺の間をあけて芳が従う。

彼等の頭上で野鳥がけたたましく騒いで静寂を破り、それが合図となった。

閃光のような無言の斬り込みが、またしても真正面から宗重に挑み掛かる。

宗重の足先も、芳がついていけない程の速さで、それこそ一気に相手に向かった。

刃が空気を裂いて鋭く鳴らす。

その刃の側面を宗重の左掌が、真横へ叩き払った。最初の激突と全く同じ動きであったが、次が大きく違った。宗重が狙うであろうと読んだ左腰の脇差を、刺客自身の左手が抜き放っていた。脇差の長さは、左腰にあって左手による抜刀が可能である。

鍛練された者が近接戦でこの業《わざ》を用いれば、避け難い奇襲戦法となる。

だが……。

この手練《てだれ》は決定的な誤りを犯していた。左腰脇差の左手抜刀に気力を集中させる余り、大刀を持つ右手の動き――防禦――を僅かにだが疎《おろそ》かにしていた。

宗重が、それを見逃す訳がない。刺客が左手で脇差を抜き放った時、宗重の右手はすでに相手の右袂《たもと》を摑みざま引き付けていた。当たり前の引き付けではない。竹内流柔術印可（師範）の腕が引き付けたのだ。

刺客の体が脇差を多少なりとも使う時間さえ与えられず、宗重の肩の上で絵のような大車輪を描いて、風が起こった。

芳の右手すぐの所に地面を鳴らして叩きつけられた刺客が、それでも弾けるようにして立ち上がる。いや、正確には、立ち上がりきれなかったと表現すべきであろうか。相手を投げざま大刀を奪い取っていた宗重が、脇差を手放さぬ相手の左腕を下から掬《すく》い上げるようにして断ち切っていたのだ。そうしなければ、傍《かたわ》らの芳に、危害が及びかねない。

呻き一つ発することなく仰向けに沈んだ相手に構わず、宗重は残る四人へ向き直った。今度は念流皆伝の手に、大刀がある。

刺客の囲みが半歩退がり、彼等の足裏で地面が擦《す》り鳴った。

この時、境内へ駈け込んで来る足音がして、「そこで何をしているかあ」と大声が響きわたった。これに対する刺客達の動きは素早く、汐が引くように境内の南側へと消え去った。

あとに残されたのは、宗重に右腕を腋から断ち切られて、すでに動かぬ骸《むくろ》一つ。

宗重は手にしていた刀を骸の脇へ、そっと置いた。

境内へ駈け込んで来たのは先ず、十手持ちの大工玄三で、隠密方同心高伊久太郎が少し遅れてその後に続いた。

「これは若様では御坐いませんか。額から血が出ていますが、もしかして今の連中……」

玄三は転がっている骸と宗重を見比べて、顔を強張らせた。

「よくぞ駈けつけてくれたな玄三。それにしても……」

と言いつつ宗重は、息を乱して肩を揺らしている高伊のそばへ寄っていった。

玄三の言葉を途中で絶つ目的もあった。芳の耳に、不必要な情報を入れたくなかったのである。

「大丈夫か高伊さん。苦しそうだな」

「め、面目ありません。まだ左足首が少し痛みまして、充分に走れなくて」

「無理をせぬ方がよいぞ。無理は、かえって回復を遅らせることになる」

「は、はあ。用心いたします」と、そこで宗重に顔を近付け、声を落とす高伊であった。

「今去っていった連中、とても老人とは思えぬ素早い身動きでしたが」

「勤めを休んでいる間、玄三からは色々と報告を受けているな?」

宗重も、高伊に合わせて小声であった。

「聞いております」

「その報告につながる連中、と見て間違いない。あとで、あの骸をよく調べてみてくれ。どうせ身分素姓の判る物は出てこないだろうが、斬り掛かってきた気迫は老人ではなく二、三十代と見た」

「承知致しました。よく調べてみます。額の傷、血は止まりかけていますが、大事ありませぬか」

「なあに、かすり傷よ。心配ない。本当に、よくぞ駈けつけてくれたな。助かったぞ」

「玄三と二人で茅場町界隈を見回っておりましたら、此処へ参拝に訪れたらしい老夫婦が、境内で若い男女が襲われている、と血相変えて訴えるんで飛んで参ったのです。まさか若様とは、思ってもいませんでした」

「すまぬがな高伊さん、頼みがあるのだ」

「はい、何なりと」

「差し支えなければ玄三を一刻ばかり貸してくれぬか」

「私では役立ちませぬか」

「高伊さんには、経験を積んだ町方同心の目で、骸を丹念に調べあげて欲しいのだ。私はこれからあの娘を家まで送り届けなければならないので、その途中玄三にあれこれ訊きたいことがある」

宗重の視線が、少し離れた所に立ってこちらを眺めている芳の方へ、ちらりと流れた。

「あの可愛い娘御は若様の……」

「小さい頃から妹のように可愛がってきた、鍛冶町の相州屋の娘だ」

「え。鍛冶町の相州屋と申しますと、幕府御用を賜わっている相州屋藤兵衛……」

「そう。その相州屋藤兵衛の末娘だよ」

「へえ。幕府の兵器蔵《へいきぐら》とまで言われている相州屋に、あのような可愛い娘御がいたのですか」

「玄三を借りて差し支えないな」

「ようございますとも」

頷いた高伊久太郎が、芳を見守るようにして突っ立ち油断なく辺りを見回している玄三に声を掛けた。

「おい玄三。この場は儂《わし》に任せて、お前はこれから若様の御供をしろ」

「へい。承知しました」

宗重は芳をそばに手招くと、境内の外に向かって歩き出そうとした。

「兄上様、額の血を……」

芳は着物の袂《たもと》を指先で抓《つま》んで口元へ運ぶと、紅色の小さな舌先を唇の間から覗かせて袂を湿らせ、宗重の額と鼻筋を軽く叩いた。

隠密方同心と十手持ちは、ぽかーんとした顔つきで、その様を眺めた。兄上様、という芳の呼び方も、宗重に対してとった芳の甲斐甲斐しさも、同心と十手持ちにはとても普通には見えなかった。だが、これが会った時の宗重と芳の常だった。

「有難う」と宗重が歩き出すと、芳は彼の腕にしがみ付くようにして並んだ。

高伊久太郎と玄三は、尚のこと驚いて目を見張った。この時代、若い男と女がくっ付き合って昼日中の往来を歩くなど、余程のことがない限りは有り得ない。下手をすれば、風紀に厳しい町役人に咎められかねない。その町役人の面前で、芳が宗重に寄り添ったのであるから、高伊と玄三がぽかーんとなるのも無理はなかった。

「御供しろ、玄三」

思い出したように高伊に言われて、玄三は「へ、へい……」と二人の後を追い出した。困惑したような、足運びであった。

# 第五章

## 一

雨雲が低く垂れこめた、今にも一雨きそうな暗い朝であった。

宗重は辰《たつ》の刻の頃（午前八時頃）に迎えに来た玄三と共に、駿河屋寮を後にした。

今朝の宗重の腰には、五郎入道正宗の大・小に代わって、元服した時に母方の駿河屋善左衛門から贈られた鎌倉一文字《いちもんじ》助真《すけざね》の作があった。

鎌倉一文字助真は、その名の通り鎌倉時代の刀匠である。鎌倉鍛冶開拓者の一人に数えられており、刀の身幅広く重ねはやや重く猪首切っ先になった力強い品格のある太刀、をつくる事で知られていた。

鎌倉幕府・北条時頼《ほうじょうときより》の時代、刀は鎌倉で生産《つく》ろうとする方針が強まり、当時の三大刀匠が幕府足下《そっか》へ招致された。その三人こそ京都の名匠粟田口国綱《あわたぐちくにつな》、備《び》前国《ぜんのくに》の備前三郎国宗《さぶろうくにむね》、そして同じく備前国の一文字助真であった。したがって鎌倉一文字助真の作は厳密には、相模国備前伝・一文字助真の作と心得る必要があった。

玄三は、宗重を案内するかのように五、六歩先を歩いた。雨に備えて宗重から預かった傘を左手に持ち、その表情は厳しく、翳《かげ》りが深かった。傘はこの時代、武家や富裕商人の間に、ぽつりぽつりと出回り始めた贅沢品《ぜいたく》で、庶民にはまだま だ手が届かなかった。庶民の間に傘が普及するのは、元禄（一六八八年～一七〇四年）に入ってからである。

玄三の後に従う宗重の目つきも、厳しかった。

二人は言葉を交わすこともなく、無言で歩き続けた。

昨日、芳を相州屋まで送り届けたあと、宗重は玄三から衝撃的な報告を受けていた。大火の火元となった本郷丸山の本妙寺が厳罰を受けた様子もなく元の場所に逸速《いちはや》く再建された理由《わけ》。その再建を手がけた宮大工は誰で何処から資金が出たかという調べ。その二点についての報告を受けたのだった。

大外濠川沿いに黙々と一刻ばかり歩いて二人が肩を並べ足を止めたのは、多くの寺院が建ち並ぶ四谷寺町《よつやてらまち》の一角、鮫ヶ橋谷町《さめがはしたにまち》あたり（現、新宿区若葉二丁目あたり）であった。

「あれで御坐いますよ若様」

玄三が目立たぬよう小さく顎《あご》をしゃくった先に、なかなかに凝《こ》った造りの町家があった。いや、町家と呼ぶには贅沢すぎる建物だった。決して質素には見えない冠木門の左右には、しっかりと編《あ》まれた背の高い竹の塀が長く続き、屋根の流れなどはまるで寺院のそれであった。玄三は、この贅沢な造りの町家が、本妙寺の再建を手がけた宮大工の棟梁《とうりょう》甚吾郎の住居《すまい》と突き止めたのである。しかも、新築と言ってよい建物であった。

尤《もっと》もこの界隈《かいわい》の寺院や屋敷は、大火で全・半焼などひどい被害を受けており、そこかしこに新築の家屋敷が目立っている。

「のう玄三。腕のよい宮大工というのは、これほどの屋敷に住んでも、べつだん不思議ではないのだろうか」

「うーん。そう問われますと返答に困りますが、私《あっし》ならどれほどの給金を頂戴《ちょうだい》いたしましても、他人様《ひとさま》から斜めに見られるような贅沢は致しませんが」

「甚吾郎は、幾人ほどの宮大工を抱えているのだ」

「宮大工と呼ばれる腕を持った者は十四、五人で御坐いましょうか。その下に控えている職人達を加えますと、全体で相当な数になりましょう」

「甚吾郎の腕は江戸では、三本指の中に入るのか」

「どうで御坐いましょうかね。昨日も申し上げましたように古い宮大工なら私《あっし》も何人かは顔見知りですが、甚吾郎は二年ほど前に京都から江戸入りしたらしく、まだ誰彼に知られていない部分が多う御坐いまして」

「江戸に比べて寺院の数が桁違《けたちが》いに多い京都は、宮大工の本場ではあるなあ」

「へい。おっしゃいます通りで。伝統という意味では月とスッポン程の相違《ちがい》がありましょうねえ」

「うむ、確かにな……」

「若様は京都へ参られたことが御坐いますので？」

「いや、まだない。しかし是非行ってみなければ、と思ってはいる」

「いま甚吾郎が家にいるかどうか、ちょいと玄関先を訪ねて参りましょうか。なあに、口先は上手く飾りますよ」

「今日は止せ。このまま次の場所を訪ねた方がよいだろう」

「承知致しました。では、次へ御案内いたしやす」

二人はまた前と後ろになって、黙々と歩き出した。

だが幾らも行かないうちに、宗重が前を行く玄三に小声を掛けた。

「そのまま振り返らずに聞いてくれ玄三」

「何か御坐いましたか?」と、返す玄三の小声が硬くなる。

「どうやら、つけられている。何処かの辻を曲がった途端に姿を隠せるような場所は知らぬか」

「じゃあ、次の辻を右へ折れて直ぐの浄土寺の山門を潜りましょう」

「判った」

「山門を潜って右手が本堂と庫裏、左手が梅林ですが、身を隠すには梅林がよう御坐いましょう」

「任せる」

二人は辻を曲がって直ぐの所にある寺の石段を、忍び走って山門を潜り、梅林に身を隠した。

小さな梅林であったが、一本一本の木はよく育って大きく太かった。本堂はほとんど焼けていなかったが、庫裏は西側半分が焼けたらしく、その部分だけが、再建されて真新しい。

宗重と玄三は、それぞれ梅の木陰で息を殺し、山門の方を窺《うかが》った。

玄三は傘を足元に置き、十手を手にしている。尾行者の様子次第では、飛び出すつもりでいるのだろうか。

「早まるなよ」

宗重に囁《ささや》かれて、玄三は「はい」と返した。宗重に対し「へい」と「はい」を上手に使い分けている玄三だった。「へい」には親密感があり、「はい」には忠誠感がうかがえる、と宗重は捉えていた。この男は絶対に信頼できる、と思ってもいる。

二人が木陰から山門を注視していると、足音も気配も感じさせずに三十過ぎに見える男が現われた。役者絵から抜け出たような、色白の女形《おやま》っぽい男前だった。

「あいつ……」と、宗重が呟《つぶや》く。日本橋南通り中橋広小路の小間物店『紅玉屋』の主《あるじ》、平六であった。振売稼業から紅玉屋を立ち上げた遣《や》り手だ。

「奴を御存知で？」と、玄三が囁いた。

宗重が「あとで……」と、唇の前に人差し指を立てる。

紅玉屋平六は山門の下に立って、境内を見回した。宗重は、彼の目つきが初対面の時とは著しく違っていることに気付いた。木陰から遠目に見ても、〃射るような目つき〃と判る。

平六の視線がこちらに向けられたので、宗重と玄三は木陰から出していた顔半分を、そっと引っ込めた。

平六が梅林に向かって歩き出し、彼の足の裏で敷き詰められた白い玉石が鳴った。

玄三が十手を持った右手を静かに胸の位置まで上げ、それに対し宗重が（よせ……）と首を横に振った。

平六の足が、梅林の手前で止まり、「チッ」と舌を打ち鳴らした。見失った、とでも思ったのであろうか。

彼は踵《きびす》を返し、山門から出て行った。

「用心のためだ玄三。少し此処にいよう」

「そうですね。あの野郎、のっぺりとした男前の割に、只者でない目つきをしておりやしたが、若様御存知の野郎で？」

「うむ。昨日、顔見知ったばかりなんだが」

「どちらで、とお訊《き》きしても、よろしゅう御坐いますか」

「中橋広小路に紅玉屋という小間物屋があってな。そこの主《あるじ》で平六というのだ。芳が志野流香道の免状を貰《もら》ったと言うので、髪挿《かんざし》でも買ってやろうと昨日、芳と二人でその紅玉屋を訪ねたという訳だ」

芳つまり相州屋との関係については、昨日のうちに玄三へ納得のいく説明を充分に済ませてある。

「さようで御坐いましたか。ですが若様、この玄三、紅玉屋という名を耳にした事がありませんが」

「なんでも十七、八年振売稼業を続けて、半月程前に店を開いたらしいのだ。行商の頃は、相州屋へも出入りを許されていたと聞く」

「半月前に開業じゃあ、私《あっし》が知らないのも無理ありませんね。それにしても若様、あいつの目つき……」

「目つきだけではないぞ玄三。紅玉屋を訪ねた時に目にとまった、あの男の両手の竹刀胝《しないたこ》、とても町人のものではない。ヤットウを相当遣《や》ると見た」

「竹刀胝、と申しますと？」

「そうか知らぬか。剣術の練習のために竹を割って棒状に束ねたものだ。打ち込まれた時の衝撃をやわらげるための工夫だが、そのまま使う場合と、棒状のそれを皮など袋状のもので包んで用いる場合とがあってな」

「へえ。剣術と言えば木刀による練習とばかり思っておりましたが、竹を割って束ねた竹刀というのもあるのですか」

「木刀で出来る胝と、竹刀で出来る胝は微妙に違うのだ。こればかりは剣術に長く打ち込んできた者でないと、なかなか見分けがつかない」

「ですが若様、私《あっし》も見回りの途中で、あちらこちらの町道場を覗《のぞ》き見ることは御坐いますが、竹刀による練習というのは見たことがござんせん」

「うむ。竹刀を練習に用いる流派は非常に限られているからな。しかし、竹刀剣法が流行出《はやり》すのは、そう先のことではないだろう」

　確かに四代将軍徳川家綱の時代、竹刀剣法はまだ世に知られてはいなかった。後世の史書によれば、竹刀剣法を世に出したのは正徳《しょうとく》の頃（一七一一年～一七一六年）の直心影流《じきしんかげ》長沼国郷《ながぬまくにさと》によるとか、宝暦《ほうれき》の頃（一七五一年～一七六四年）の一刀流中西子武《なかにしつぐたけ》によるとか、諸説がある。しかし、どの説にも〝竹刀剣法の祖〟としての確たる証拠がある訳ではない。織田信長・豊臣秀吉の安土桃山時代には、竹刀の祖形をなす袋撓《ふくろじょう》というものがすでに出現し、剣術の修練に用いられていたことから、竹刀は江戸期に入って間もなく、一般的ではないにしろ各地の諸流で用いられていた可能性がある。

「なるほど。そうしますと若様。紅玉屋平六の素顔というのは、町人ではなく侍ということになりましょうか」

「町人か侍かよりも、なぜ我等の後をつけて来たか、の方が気になるな」

「おっしゃいます通りで。野郎の日常を私《あっし》がちょいと目を付けておきまして、何か摑《つか》みましたら駿河屋寮へお報《し》らせに上がります」

「うん。そうしてくれ」

「じゃあ、そろそろ次の場所へ参りますか」

二人は辺りに注意を払いながら、浄土寺をあとにした。

が、二人が次に足を止めたのは、ほど近くの広大な屋敷、それも徳川御三家の一つ、紀伊国和歌山の初代藩主従二位大納言徳川頼宣《よりのぶ》（一六〇二年〜一六七一年）の真新しく再建された上屋敷（現、赤坂御用地・迎賓館）の門前近くであった。

玄三が、しみじみとした調子で言った。

「私《あっし》ら十手持ちは御府内見回りという御役目を頂戴しておりますんで、初めて拝見する御屋敷ではございませんが、こうして改めて眺めますと凄《すご》いものでござんすね若様」

「いかさま凄いものよな。良きにしろ悪《あ》しきにしろ御三家というものの底力が知れるわ」

「ゆっくりと歩きましょうか。足を止めていると怪しまれます」

「うむ」

二人が歩き出そうとした時、大納言邸から三人の侍が現われ、宗重と玄三に背を向けるかたちで足早に遠ざかっていった。

「身なりは小綺麗《こぎれい》ですが、紀州藩士という印象では御坐いませんね」

「あれは浪人だな」

「後をつけてみますか」

「気取《けど》られぬよう用心してな。私は暫くこの辺りを見回ってから、一つ二つ立ち寄り先があるので、屋敷へ戻るのは夜に入ってからになるだろう」

「承知いたしました。では……」

宗重は、離れていく玄三の後ろ姿を見送りながら、表情を暗くした。

彼は大納言邸の塀に沿って、玄三とは反対の方向、いま来た道を戻り始めた。

玄三の調べによれば、「本妙寺の再建に力を貸したのは紀州藩らしい」のだ。

つまり宮大工甚吾郎を動かし、再建に必要な資金も支援した、ということらしいのである。本来なら、大火の火元の本妙寺をどうするこうするは幕府の寺社管理権限（支配権）によってなされるべき職務であった。その職務に何ら権限の無い紀州藩が徳川御三家の立場を利用してか割って入った、ということになる。

この情報は、玄三が宮大工甚吾郎の下で働いていた職人の一人に接触して酒を振舞い、直接聞き出したものだった。情報の信憑性《しんぴょうせい》を損なわぬため、職人の五体に酒が回り切らぬ早目に話の大方を聞き出したという。さすが玄三であった。宗重は大納言邸の塀に沿って歩きながら、考え込んだ。もし玄三の調べ通り、紀州藩が自藩に関わる何らかの事情を優先させ勝手に本妙寺を再建したのであれば、幕府との間に激しい衝突が生じた筈《はず》である。しかし今のところ、そのような噂《うわさ》は御府内に流れてはいない。

また宗重も、父酒井忠勝や老中稲葉正則、そして将軍家剣術・兵法師範柳生宗冬らから、そのような話を聞かされたこともない。ひた隠しにしている、という気配を感じ取ったこともなかった。

ただ宗重の脳裏には、気になることが一つ頭を持ち上げていた。それは不世出の大剣客として天下六十余州にその名を轟《とどろ》かせた、柳生十兵衛三厳が急逝した翌年に勃発《ぼっぱつ》した『慶安事件』と呼ばれる大事件である。

今から七年前の慶安四年（一六五一年）七月に生じたその大事件は、幕府を震えあがらせた。四月に三代将軍家光が死に、十歳になる家綱の四代将軍宣下（八月予定）の準備が整う直前の勃発であったから、幕閣が受けた衝撃は強烈なものだった。幕府開設以来はじめて将軍支配にわずかな空白を生じた、その間隙《かんげき》を突かれたのだ。

その大事件というのは、神田連雀町《れんじゃくちょう》で軍学塾を開く由比正雪《ゆいしょうせつ》、もと加賀藩士で宝蔵院《ほうぞういん》流槍術皆伝者の丸橋忠弥《まるばしちゅうや》らが中心となって浪人を蜂起《ほうき》させようとした、大がかりな幕府転覆計画であった。浪人の加担数は二千人とも五千人とも推測されたが未だはっきりしておらず、謀叛《むほん》そのものは直前の密告によって危うく制圧されたものの、完全な落着を見たのは二か月後の九月十八日である。それでも大事件の割には、早い落着と言えた。

この反幕事件の背後にあったのは、巷《ちまた》にあふれる浪人達の政治への不満であった。

そこで幕府は、それに対応する諸策を打ち出し、この七年の間に、大名・旗本の改易《かいえき》・減封《げんぽう》を激減させて浪人増加に強固な歯止めをかけるなど、世情の安定に努めてきた。すでに幕府機構は家光政治によって不動の基盤を築きつつあったから、事件への対応と諸策の打ち出しには、迅速かつ的確なものがあった。その最前線で睨《にら》みを利かせたのが、集団指導体制の要《かなめ》であった宗重の父大老酒井讃岐守忠勝である。

宗重は今、この慶安事件の最も不可解な部分を、脳裏に甦《よみがえ》らせつつ、大納言邸の白い土塀に沿って歩いていた。それは、この大事件に、従二位大納言徳川頼宣の関与が疑われ、大老酒井忠勝に厳しく詮議《せんぎ》されたことであった。徳川御三家の一つを詮議するのであるから、酒井忠勝としては幾通りもの物的証左、状況証拠を揃えて大納言に詰め寄ったが、「知らぬ知らぬ……」と首を横に振られ、結局うやむやのまま今日に至っていた。

この〝うやむや〟が、江戸城中でいつの間にやら〝解決〟という雰囲気で包まれてしまっていることを、酒井忠勝は一度だけだが、駿河屋寮での夕食の席で宗重にポツリと漏らしたことがあった。「情けなや……」と。

そう呟いた時の父の見たこともない苦渋の表情を、宗重は年月《としつき》過ぎた今も忘れてはいない。

大納言が「家臣団充実のためよ」と嘯《うそぶ》いて、大勢の浪人を召し抱えたことは、はっきりとしていた。由比正雪が「紀州家の者……」と称して、駿府茶町《すんぷちゃまち》（静岡市）の紀州藩指定宿『梅屋』に常宿していたことも、調べ尽くされている。

正雪の遺品の中からは、大納言の書き判（花押《かおう》）入りの書状も見つかっていた。

それらの証左の全てを「知らぬ知らぬ……」と拒絶した、徳川頼宣であった。現在の御年《おんとし》五十六歳。未だ矍鑠《かくしゃく》として揺らぐことなき大藩の支配者である。

宗重は視線を足元に落とし、胸の中で呟いた。

（東照大権現（徳川家康）の十男として生まれ現将軍の大叔父に当たる頼宣公は、しかし将軍になれるかどうかの立場からは決して近くはなかった。当人も、そのことは自覚していた筈。とすれば頼宣公を慶安事件の首謀者に位置付けた場合、その心中で煮えたぎっていたと考えられる感情は、純粋な反幕思想。その反幕思想が現在も生き続けていたとすれば……）

宗重の脳裏に、号令を発している頼宣の姿が浮かびあがった。「江戸の町を火の海にせよ」と号令している姿であった。

宗重は立ち止まり、天を仰いで溜息《ためいき》を吐《つ》いた。いつの間にか広大な大納言邸を一回りして、表御門の手前まで来ていた。

「もし、お武家様……」

六尺棒を手にした辻番の老爺《ろうや》に遠慮がちに声を掛けられて、宗重は「ん？」と相手を見た。

「先程もお見かけしましたが、こちらの屋敷に何か御用がお有りで御坐います
か」
人の善《よ》さそうな老爺であったが、目に警戒の色があった。
「いやなに、このような曇り空が好きなもので、ぶらぶらと散歩しているのだ。
気にしないでくれ」
「へえ、陰気な曇り空がお好きとは、変わっていらっしゃいますね」
「人それぞれよ」と、宗重は微笑んだ。
町家区域に番小屋（自身番）があるように、大名旗本の屋敷区域にも辻番という
のがあった。寛永六年（一六二九年）頃、夜中に町々で凄腕の辻斬《つじぎ》りが出没し、侍、
町人を問わず震えあがった。これに対処するため、大名旗本の屋敷の一角や表門
脇に設けられた警備所が辻番である。ただ、大名旗本屋敷に権限が及ばない町奉
行所は辻番管理には関与せず、それぞれの屋敷持ちのかたちになっていた。凄腕
の辻斬りが横行した寛永の頃は、屈強の若者が辻番に勤めたものであったが、世
の中が落ち着くにしたがって、安い給金で済む老爺が詰めるようになり、〝辻番
は生きた親爺の捨て所〟という言葉が生まれさえした。

老爺が眉間《みけん》に深い皺《しわ》を刻んで言った。

「そろそろ殿様がお出かけの頃で御坐います。間違いがあっては困りますので、立ち去ってくださいましな」

「そうか。では立ち去ろう」

頷《うなず》いた宗重が足を一歩踏み出そうとした時、表御門が開いて辻番が素早く正座をし頭を下げた。

宗重は何歩か表御門から離れつつ塀際まで退がって、次に取るべき作法に備えた。落ち着いた表情だった。

表御門からゆっくりと現われたのは、前後を数名の侍に警護された大名駕籠《かご》であった。駕籠には葵《あおい》の御紋があり、かつぎ役（陸尺《ろくしゃく》）の着物が黒絹の羽織でしかも腰に脇差を佩《は》いていることから、参勤交代で江戸詰の徳川頼宣本人が乗っているに相違なかった。

この時代、かつぎ役の陸尺が黒絹の羽織と脇差を許されているのは、将軍駕籠と御三家の駕籠だけである。

宗重は、「はて？」と思ったが直ぐ其処まで近付いて来た行列に、軽く頭を下げた。

登城するにしては貧相な行列であり、その先頭に立つ大柄な中年の侍が、きつい視線を立ったままの宗重に流した。

大名駕籠が、宗重の目の前に差し掛かる。

「止めよ」

駕籠の中で、不意に重々しい声がした。

宗重はここで腰を下げ、地に片膝《かたひざ》ついてその膝先に視線を落とした。

供侍が駕籠の中から命ぜられて、簾《すだれ》を上げる。

従二位大納言徳川頼宣の冷やかな眼差《まなざ》しを、宗重は感じた。

「その方、何者じゃ」

「素浪人にござりまする」

宗重は穏やかに答えた。言葉の響きに畏敬《いけい》の念を込めたつもりであった。

「わざとらしく神妙にせずともよいわ。顔を上げい」

「は……」

宗重は、頼宣と視線を合わせた。

「もう一度訊ねる。その方、何者じゃ」

「素浪人にござりまする」

「素浪人に見えぬから訊《き》いておる。正直に申せ。申さぬとあらば……」

警護の侍のうち三人が、宗重に静かに近付き左手で鯉口《こいぐち》を切った。

「これといった職にも就かず、正真正銘、毎日を遊び暮らしておりまする。それ以外に申し上げようが御坐いませぬ」

「素浪人でも名はあろう。名乗れ。名乗れ」

「私ごとき不逞《ふてい》のやからの名前など……」

「よい。名乗れ。但し偽りの名を告げて後日それと判明したる時は、只では済まぬと思え」

「然《さ》れば申し上げまする。私、酒井讃岐守忠勝を父に置き、小父に柳生飛騨守宗冬を頂いて水道橋の駿河屋寮なる小屋敷に棲《す》み、名を宗重と名乗っておりまする」

大納言の返答は無かった。黙って真っ直ぐに宗重を見つめるのみであった。供侍達も息を殺したかのように、動かない。重苦しい静寂がその場にのしかかっていた。慶安事件の時、関与を疑われた大納言頼宣は大老だった酒井忠勝に厳しく詮議されているのだ。いわば御三家の面目を徹底的に潰《つぶ》されているのである。

やや経って頼宣は「行け」と供侍に命じ、供侍が「お発《た》ちぃ……」と駕籠の簾を下ろした。

「一度、大納言様の御屋敷へ是非にもお招きを戴《いただ》きたく……」

動き出した駕籠に宗重は力《りき》みなく声を掛けた。

返事はなかった。

遠ざかっていく行列を、宗重は立ち上がって見送った。どう考えても、登城するには貧弱過ぎる行列であった。御三家の権威というものが、まるで感じられない。

（登城の習慣や権威主義に背を向けることで、反幕の姿勢を見せているつもりなのか）と、宗重は首をひねるのだった。

## 二

宗重は四谷寺町へ引き返すと、天台宗寺院の脇にある小さな甘酒屋の床几《しょうぎ》に腰を下ろし、甘酒と豆腐田楽を注文した。この時代の甘酒は餅米《もちごめ》の粥《かゆ》に麹《こうじ》を加えて、とろ火で五、六時間あたため煮したもの。豆腐田楽は豆腐を焙《あぶ》って薄塩を振っただけのものだった。甘酒とこの豆腐田楽の相性がすこぶる良いことから、宗重の好みの一つとなっている。甘酒を酒に置き替えると、尚のこと旨い。

宗重は運ばれてきた二品の味を久し振りに楽しみながら、右手向こうへ視線を注いだ。

そこには宮大工甚吾郎の住居《すまい》があった。

店の中から、若い女客達の澄んだ笑い声が聞こえてきた。何処かの寺へ参拝に行った帰りでもあるのだろうか。寺院が数多いこの界隈であったが、飲み食いの出来る店はこの甘酒屋の他に、あと一軒蕎麦《そば》屋があるだけだった。紀伊大納言邸(上屋敷)、尾張大納言邸(上屋敷)に加えて、松平家、青山家、脇坂家、甲府宰相など有力諸家の屋敷が多かったこともあって、振売が流すことは御構い無しであったが、飲み食いの店を構えることについては吟味が厳しかった。

宗重は床几に座って半刻近く、宮大工甚吾郎の家を見張っていたが、これといった動きが無いので、甘酒代五文、豆腐田楽代四文を合せ置いて腰を上げた。

「また御立ち寄りくださいまし」と言いながら、店の中から老婆がにこやかに出て来た。

「美味《おい》しかったぞ」

「有難うございます」

宗重が腰を折った老婆に背を向けて歩き出した時、甚吾郎の家から三人の侍が現われて、宗重の足が止まった。紀州大納言邸から出てきた、浪人と覚しきあの三人の侍だった。間違いなかった。

彼等は宗重に背を見せて、その先すぐの辻を右へ折れて見えなくなった。すると、付近の小陰《こかげ》に潜んでいたらしい玄三が姿を見せ、彼等の後を追って辻を折れた。

宗重は甚吾郎の住居《すまい》の前まで行って、立ち止まった。

「構《かま》へんから玄関にも門の外にも、塩を撒《ま》いとき。遠慮せんでええから思いっきり」

「へい、棟梁《とうりょう》」

若くなさそうな男の嗄《しゃが》れ声と、若そうな男の声が、冠木門の向こうから聞こえてきた。

宗重が立ち尽くしていると、やがて若い男が冠木門の外に現われ、塩を撒きかけて宗重に気付いた。

「何があったのだ。塩を撒け、と苛立《いらだ》ったような声が聞こえてきたが」

「い、いいえ。べつに、どうってことは……」

若い男は言葉に詰まった。一徹で生真面目《きまじめ》そうな印象の、明らかに大工に見える男だった。

「今し方、浪人らしい三人がこの家から出ていったが、それが原因の塩撒きではないのか」

「とんでも御坐いません」

「塩を撒けと命じた言葉は、京・大坂言葉のように聞こえたが……」

「は、はあ。あのう……うちの棟梁は京の出なもんで」

「棟梁？……大工だと言うのか」と、宗重は初めて知ったかのように演じた。

「はい。棟梁も私も宮大工で御坐いまして」

このとき「どうしたんや」と玄関先で声がして五十半ばに見える中肉中背の男が姿を見せ、宗重を認めて腰を低くした。

「これはお侍様。うちの若い者《もん》が何か失礼を？……」

「いやなに。塩を撒こうとしていたので、一体どうしたのだ、と訊いたまでのこと」

「さようで御坐いましたか。実は私共は宮大工をしていますもので、ときどき住《す》居《ま》《い》を清めるため塩を撒くという習慣を持っておりまして」

「拙者は、今し方この家から出ていった浪人らしい三人に原因があるのかと思ったのだ。もしそうなら、これより三人を追いかけて少し懲《こ》らしめてやろうかなと」

「滅相もありません。そのような思い違いは、下手をすると私共に大迷惑が及びます。また、お侍様にも迷惑が掛かりましょう。どうぞお控え下さりませ。何とぞ……」

　さすが宮大工の棟梁甚吾郎。動じる事のない受け答えだった。

「さようか。出過ぎたことを、訊ねたようだな」

　宗重は二人の宮大工に背を向けて歩き出した。

　甚吾郎が半歩踏み出して、「私は甚吾郎と申しますが、お差し支えなければ、お侍様もお名前をどうか……」と声を掛けた。

　宗重は立ち止まりも振り返りもせずに、答えた。

「寺院の再建とやらに絡んで大納言頼宣様に謁見する機会があれば、訊《き》いてみるとよい。おそらく頼宣様は御存知のはず」

「え……」

　甚五郎の顔つきが硬くなった。若い方の宮大工は、宗重の言葉の意味深さが判らないのか、さして変わらぬ表情だった。

　宗重は大外濠川に沿うかたちで溜池に出、池沿いの道を急がず進んで汐見《しおみ》坂に入った。

　彼は立ち止まって振り返り、溜池を眺めた。気持酔う、なかなかな景色であった。蓮も揺れれば、水鳥も戯れるこの溜池は、上野の不忍池に負けず劣らずの広さを持ち、北に向かっては四谷、市ヶ谷、牛込方面へ堀川と化して伸び、そのウンと先で隅田《すみだ》川とつながっていた。また東に向かっては虎《とら》の御門、新《あたらし》橋、幸《さいわい》橋、汐留《しおどめ》橋を経て、脇坂淡路守《わきさかあわじのかみ》の上屋敷に沿うかたちで江戸の海（現、浜離宮庭園あたり）に流れ注いでいる。溜池を〝核〟として、大きく〝両手〟（堀川）を広げるかたちで江戸城を護っているのだ。

浸食谷が多い武蔵野《むさしの》台地の末端に位置する江戸の町には、石神井《しゃくじい》川、小石《こいし》川、江戸川、神田川、渋谷《しぶや》川、目黒《めぐろ》川など川が多く、主として西から東へと流れていた。浸食谷の多さは、日比谷《ひびや》、渋谷、四谷、市ヶ谷、千駄ヶ谷《せんだがや》、雑司ヶ谷、世田《せた》谷《や》、鶯谷《うぐいすだに》、茗荷谷《みょうがだに》といった地名にも表れている。これらの内の幾つかの谷が、濠に応用・改造されていた。

しばらく日を浴びて輝く溜池に見とれていた宗重は、再びゆるやかに歩き出した。この溜池は築造池であって、慶長十一年（一六〇六年）に、当時の和歌山城主浅野《あさの》紀《き》伊守幸長《いのかみよしなが》（一五七六年～一六一三年）が手がけて完成させたものだった。因《ちな》に徳川家康の関東入国は天正十八年（一五九〇年）で、征夷大将軍に補任され幕府を開いたのは慶長八年（一六〇三年）である。

宗重は、徳川家康が関ヶ原の役の戦勝を祈願した愛宕山《あたごやま》・愛宕神社（現・港区愛宕一丁目あたり）の下を抜けて、将軍家の菩提寺《ぼだいじ》である浄土宗関東大本山・増上寺《ぞうじょうじ》にほど近い柳生家の門前に立った。

しかし彼は、そのまま直ぐには門を潜らず、いま来た道を引き返すかたちで辺りをぶらついた。柳生家になるべく迷惑を及ぼしたくない、という意味から、尾行者の有無を念入りに確かめようとしているのであろうか。柳生新陰流の宗家に対してと言えども、紀伊大納言が本気で動き出せば、大波乱は避けられない。常に沈着さを忘れぬ柳生宗冬がそれに耐えようとしても、おそらく柳生衆の面々は黙ってはいまい。

宗重としては、そういった波乱はなるべく避けたかった。とは言え、悲劇の幼子お福はすでに柳生家に引き取られているのだ。

暫《しば》し後、宗重は柳生家の門を潜って、枯山水の庭に面した居間に通された。

「すまぬ。客があってな」と飛騨守宗冬が座敷に入ってきたのは、四半刻（三十分前後）ほど待たされてからである。

「ご多忙のところ、お邪魔して申し訳ございませぬ」

「なに、よいのだ。色々と話したいこともあるので、今日は泊まっていかれよ」

「有難うございます。ですが、日が暮れますと母と小者だけの駿河屋寮を、そのままにはして置けませぬので」

「心配致すな。柳生衆の目が、日夜行き届いておるわ」

「なんと、誠で御坐いますか」

宗重は驚いて、目を見開いた。

「ほほう。宗重殿ほどの剣客が、それに気付かなんだとは」

宗冬が柔和に笑った。宗重が恥じたように「いやはや……」と頭の後ろに手をやる。本当に気付かなかったのだ。

「ところで、お福の様子は、いかがでしょうか」

「女中の余根にすっかり懐《なつ》いておるようじゃ。心が潤《うるお》うには今少し時が経つのを待たねばならぬだろうが、大丈夫、任せておきなさい」

「宜しく御願い致します」

「うむ。で、今日訪ねて参ったのは、お福に会うためかな。いや、おそらく他に大事な用がおありなのであろう」

「はい……お福に会うのは、あの子の心が充分に潤ってからに致します。暫くは、余根に任せておいた方がよう御坐いましょう。実は小父上、今日参りましたのは、お訊きしたき事が一つ二つありましたからで」

「遠慮なく申されよ。言葉を改めず気楽な調子でよい」

「はい。七年前の慶安四年七月に起こった幕府転覆事件についてですが、わが父酒井忠勝が大納言徳川頼宣公を詮議したと聞いております。これについて……」

「待たれよ。いま宗重殿は〝聞いております〟と申されたが、その話誰から聞かれたのだ。お父上からか」

と、宗冬の表情が打って変わって険しくなった。

「父忠勝は小父上も御存知のように、口の固い人間です。私や母の面前で御役目について漏らすことなど全くと申してよいほど御坐いません。ですが、あの事件については町役人や町人達の間に様々な噂が飛び交いましたし、なかでも〝御三家が絡んでいるらしい〟という噂はかなり強く人々の間に根を張っておりました」

「うむ……」

と、宗冬は頷いた。それらの噂が相当な勢いで町々に漏れ流れたことは、承知していた。

「そういった噂の中には〝大老酒井讃岐守忠勝が御三家の一つを詮議した〟というのもあり、それを証明して見せるかの如く、私や母の面前での父忠勝には深い苦悩の翳があったので御坐います」

「宗重殿もうよい。判った」

宗冬は腕組をすると、目を閉じ眉間に縦皺を刻んで沈思黙考に入った。常に将軍家綱の身近に位置する有力者の一人として、発する言葉の一つ一つに叡知《えいち》と慎重さを忘れてはならない立場にある。

その宗冬が、長い沈黙を解いて口に出した言葉に、宗重は大きな衝撃を受けた。

「あの幕府転覆事件で紀州大納言頼宣公が疑われたことは事実。その大納言殿を当時大老の職に在《あ》られた酒井様が手厳しく詮議したのも事実。そして、その詮議の翌日、酒井様は何者とも知れぬ一団の襲撃を受け、ほんの軽い手傷を負わされはしたが危ういところで救われなすった」

「なんですと、父がですか……」

宗重は、思わず背筋を反らせた。父が襲われて負傷していたなど、はじめて知ることだった。大老の職にある時は、自らを律して駿河屋寮を訪れることを控えていた父である。それだけに宗重にとっては、知らぬ部分が多い父ではあった。

宗冬の言葉は続いた。

「あの日、下城しての帰り道、酒井様は市ヶ谷の尾張大納言邸（現、防衛省）へ密かに立ち寄られ、二代藩主徳川光友《みつとも》公（一六二五年～一七〇〇年）にお会いになり、紀州大納言頼宣公の詮議について詳しく説明なさった。むろんこの訪問は幕閣合議の上で決定されたことであり、したがって小石川の水戸藩上屋敷（現、小石川後楽園）へは、老中松平伊豆守信綱（一五九六年～一六六二年）様が赴かれた。二度と同じ事が御三家であってはならぬ、という釘を刺す意味での訪問だった」

「父の危ういところを救ってくださったのは、どなたでしょうか」

「尾張藩上屋敷にはあの日、大納言光友公の兵法師範である尾張柳生の柳生厳包（一六二五年～一六九四年）が滞在しており、日が落ちて帰宅となった酒井様に、光友公の命を受けてこの厳包が同行したのだ。結果的にはこれが、酒井様の危機を救うことになった」

「左様で御坐いましたか。尾張柳生の柳生厳包様が父を……」

「厳包は〝血を見ては騒ぎが大きくなる〟と判断して、刀の峰で刺客に立ち向かい、四、五人の手足を叩き折ったという。つまり相手は逃げ遂《おお》せた訳だが、しかし厳包の判断は間違ってはいなかった。血を見ずに済んだこの襲撃事件を知っているのは、現在《いま》でも限られたごく少数の者だけだ」

宗重は頭の下がる思いで聞いた。本気で斬りかかってくる刺客集団に、刀の峰で応戦するなど、よほど自分の腕に自信がない限り出来ることではない。

江戸柳生の祖はすでに亡き総目付（大目付）柳生但馬守宗矩。対する尾張柳生の祖はこれもすでに亡き柳生兵庫助利厳。

但馬守宗矩は柳生新陰流の流祖柳生宗厳《むねよし》（一五二九年〜一六〇六年）を父とし、兵庫助利厳は宗厳を祖父としている。

幼少の頃から剣の上達著しかった柳生厳包は、この兵庫助利厳の三男であった。齢《よわい》、三十三歳。宗重とは四つ五つしか開いていない。

「小父上、その厳包様ですが、現在も江戸に御滞在なのでしょうか」

「うむ、常に大納言光友公の身近に付いているのでな。今も尾張藩上屋敷だ」

「私がきちんとした側室の子であるなら、厳包様にお会いして一言お礼を申し上げたいところですが、隠し妾の子の立場では、そうも参りませぬ」

「さような言い方、宗重殿らしくないぞ。聡明《そうめい》で品位ゆたかな母上を悲しませることになる。気を付けられよ」

「はあ。申し訳ありません。ですが正直な気持です。べつに自分を卑下している訳ではありません」

「ならよい。ところで、なにゆえに七年前の慶安の変に関心を持たれたのか」

「ある調べの結果と、つながっているような気がして参ったからです」

「なに……」

宗重を見つめる飛騨守宗冬の目つきが、一瞬だが鋭くなった。

「その調べとやらを、話してみられよ」

「死者十万とも言われております昨年の大火の原因ですが、本郷丸山本妙寺の失火によるもの、と江戸の人々には伝えられ、またそう信じられてきました。そこへ起きたのが先日の、お福を悲劇の子とした事件です。そこで私は信用のできる町方を動かして、大火についての幾つかの疑問点につき調べさせました」

「その疑問点とは？」

「本郷丸山の本妙寺ですが、火元であるにもかかわらず処罰を受けた様子がなく、他の多くの寺院に見られるように移転されてもおらず、それどころか元の場所に立派に再建を済ませております。この事実はむろん、将軍のお傍《そば》近くにおられる小父上なら御存知で御坐いましょう」

「知っている」

「小父上、本妙寺はなぜ何の処罰も受けなかったのでしょうか。それとも内々《うちうち》の処罰は下されていたのでしょうか」

「私への問い掛けは控え、話を先へ進ませるがよい」

「失礼致しました。私は本妙寺再建にどうしても納得がいかなかったものですから住職に会ってみましたが、訊きたいことがあるなら寺社奉行松平出雲守《いずものかみ》勝隆様を訪ねよ、という答えしか返ってきませんでした。そこで如何《いか》なる力が作用して再建を果たしたのかを町方に調べさせました。すると紀州大納言頼宣公が再建に必要な費用を出し京《みやこ》出の甚吾郎なる宮大工が手がけたらしい、と判って参りました」

「宗重殿」

「はい……」

「その方、慶安の変で幕府転覆計画をしくじった紀州大納言頼宣公が、再び御府内を騒乱状態に陥《おとしい》れんとして手先に命じ本妙寺に火をつけさせた、と読んでおるな」

「違いましょうか」

「この前、老中稲葉様と私は上様からこのように言われた。宗重は一向に登城せぬし水野事件の報告を持ってこぬが一体どうなっておるのか、稲葉と柳生で近々にも宗重を連れて参れ、とな。上様は、是非その方《ほう》に会いたいと申しておられる。お会いして、大納言頼宣公にかかる調べを報告してみたいか？　どうじゃ」

「さあ……それは……」

「躊躇《ちゅうちょ》すると言うのか。躊躇するとすれば何故《なにゆえ》じゃ」

「大納言頼宣公は天下騒乱《そうらん》に関し一度は疑われた御方《おかた》。再び重大な疑いをかけられたとすれば、かけた方は今度は本気で身構えましょうし、かけられた方もおそらく必死で防禦を固めましょう。下手をすれば戦《いくさ》となり、大勢が命を落とすことになりかねません。それだけは……」

「それが政治というものだ。政治なんぞというものは腰の弱い情けないものよ。また政治を扱っている連中も、それ以上に腰の弱いものよ。判るか」

「うーん。正直よくは判りません。幕閣には鉧々《そうそう》たる顔ぶれが揃っている、と思って参りましたから」

「なるほど錚々たる顔ぶれには違いないわ。だが、その顔ぶれが常に〝錚々たる意思〟を決断しているとは限るまいぞ」

言ってニヤリとした宗冬であったが、直ぐに真顔に戻った。

「もしや小父上、父忠勝も小父上も、いや幕府自体、紀州大納言頼宣公の何もかもを全て承知しているのではありますまいか」

「答えられぬな」

「え?」

「答えられぬ、と申しておる。それが政治じゃ」

「やはり……さようで御坐いましたか」

「宗重殿」

「はい」

「酒井様の隠し妾の立場にあったそちの母上が身籠《みごも》られたとき、総目付として天下の諸大名旗本の動静に睨《にら》みを利かせていた我が父但馬守宗矩は、品性汚れなき賢相《けんしょう》の誉《ほま》れ高かった酒井様から相談を受け、そちの母上に会って酒井様擁護を決断したと伝えられている」

「私の母に会って？……」

「そちの母上の品性、教養、美しさ、といった点にいたく感心したのであろう。素晴らしい若子《わこ》が生まれてくる、と予感したのかも知れぬ。人を鋭く見抜くことに優れていた父の判断は、間違ってはいなかった。上様は宗重殿を一目見て『あやつは信頼できる』と気に入られた。その上様の役に立たねばならぬ時がいよいよ訪れた、と自覚なさるべきではないか」

「今回《このたび》の紀州大納言頼宣公への疑いを、私一人の力で収拾してみせよ、と申されるのでしょうか」

「どうするかは、自分で判断なさるがよい。悩みに悩んでな」

「判りました。よく考えてみます。ところで小父上、わが母阿季について一つ教えて戴きたきことが御坐います」

「なんなりと」

「母はなぜ酒井家の、きちんとした側室の座に就かなかったのでしょうか」

「そこに、そちの母の心の美しさがあるのじゃ。阿季殿は常に町人の生き方を失わぬようにと心がけておられた。権力には無縁な町人の生き方の中にこそ、人間としての真の生き様《ざま》がある、という信念のようなものを持っておられた。大権力者酒井様に大事にされる立場にあらばこそ、その信念を失ってはならぬと御自分に言い聞かせておられたようじゃ。宗重殿は、母上が酒井家のきちんとした側室であってほしかったのかな」

「そうではありませぬ。町人の出とは申せ母ほどの女性《にょしょう》が、なぜ側室の地位を望まなかったのかと、ずっと不思議に思って参ったものですから」

「だからこそ酒井様は昔も今も阿季殿を大切になさっておられる。その子宗重殿もな」

「はい」

　宗重は、紀州大納言邸の門前で、頼宣公に出会って言葉を交わしたことは、宗冬に打ち明けなかった。いずれ次の機会にでも、という考えだった。

「のう宗重殿」と、飛騨守宗冬の口調が少しばかり、しんみりとなった。

「は……」

「その方が如何なる動き方を選ぼうが、酒井様は実の父として身を張ってその方を護ろうとなさるであろう。そして、この飛騨守宗冬もまた然りじゃ。安心いたせ」

「お、小父上……」

　宗重は下唇を噛《か》んで、視線を落とした。紀州大納言徳川頼宣公へ個人として如何なる接し方をしても護ってやる、小父上はそう言って下さっていると宗重は解した。胸が熱くなった。

「以上で、話題をそらせてもよいかな」

「はい。結構で御坐います」

「私はこれより一刻ばかりの間、上様に明日お見せする書類書状を整えねばならぬ。その間、久し振りに道場を覗いてみてはどうじゃ。そなたの来訪を知って、ある御方が会えるのを楽しみに待っておられる」

「どなたで御坐いましょうや」

「ま、道場へ行ってみられよ」

「は。では……」

宗重は丁重に頭を下げて、座敷を下がった。

三

庭に沿った長い廊下を二度折れたあと、渡り廊下を渡ると道場であった。

今日は修練の日ではないのか、撃剣の音、気合が聞こえてこない。

宗重は、静まりかえった道場へ入った。

上座、師範が座す位置に、小柄な老僧が黙然と正座していた。

「こ、これは御上人様《こうべ》……」

宗重は少し頭を下げた姿勢で上座の前まで足を運び、正座をして丁寧に両手をつき深々と上体を沈めた。

上座の老僧の顔が、ほころんだ。剣聖として世に知られる宗重の恩師観是慈圓の兄慈節上人であった。慈圓ほどの大剣客が、どうしても勝てぬ相手である。

「もう会えぬかと思うておったが、よう参られた」

「もう会えぬ……と申されますると」

「ここ暫く柳生家の世話になっておったが、明日にでもまた旅に出ようと思っていたところじゃよ」

「さようでありましたか。お目にかかれて、よう御坐いました」

「お福もどうやら元気そうじゃ」

「はい。小父上からも、先程そのように聞かされております」

「母様《かかさま》も、おすこやかか?」

「変わり御坐いませぬ。また是非とも駿河屋寮へお立ち寄りくださりませ」

「うむうむ。阿季殿の手料理、誠に美味であったからのう。この次は御世話になりましょうぞ」

「お待ち申し上げております」

「宗重殿……」

「はい」

「この柳生屋敷へ参られる途上で、何かありましたな」

「御上人様……」と、宗重の表情が変わった。

「よいよい。話しとうなければ、それでもよい。飛騨守殿も、きっとそう思っておられるであろう」

宗重は胸を突かれた。なるほど小父上ほどの人に対し隠し事が出来る訳がない、と思った。紀州大納言頼宣公と言葉を交わしたことは矢張り打ち明けるべきだった、と後悔した。

(それにしても何たる眼力……)と、宗重は慈節上人と目を合わせた。

「御上人様のご推察通り、ここへ参る途中である身分高き御方《おかた》と出会い言葉を交わしました」

「ほっほっほ。そうじゃろう。宗重殿の目が、そう言っておったわ」

「恐れ入りました」

「どうじゃ宗重殿。儂《わし》と立ち合うてみぬか。旅発ちの良き思い出にしたいのでな」

「願ってもないこと。喜んで、お相手させて戴きまする」

「但し真剣じゃ」

「え……真剣」

「そう、真剣じゃ。怖いかな」

「真剣そのものを怖いとは思いませぬが……」

「ほっほっほ。なにも宗重殿と本気で斬り合うことを望んでいる訳ではないわ。それに神聖なる道場を血で汚す事になってはならぬ。だから、寸止めじゃ」

「ですが、寸止めとは申せ、万が一手元が狂うということも御坐いますれば」

「寸止めに自信がなければ、殺す気で斬りつけてきてもよいぞ」

「そのように詰め寄られまするると……」

「立ち合わぬ訳にはいくまいて」

慈節上人は「はははははっ」と破顔して立ち上がると、背後の刀掛けにあった一振りの真剣を手に取った。

宗重は、こちらに向いた其の刀の鍔《つば》に、柳生家の家紋が彫金されているのを、はっきりと認めた。家紋入りの大事な刀を、飛騨守宗冬が他人に易々《やすやす》と貸す筈がない。真剣によるこの立ち合いは小父上も承知していなさるな、と宗重は読み取った。

「それでは、お教え戴きまする」

宗重も立ち上がった。

「襷掛《たすきが》けなどは必要なかろう。常《つね》の着《き》のままがよい。何事もな」

「同感です」

二人は道場の中央で、正眼に構えた大刀の切っ先が触れ合うか合わぬか、の間を置いて向き合った。慈節上人が手にするのは、飛騨守宗冬の愛刀の一つ大和国《やまとのくに》大和伝・当麻国行《たいまくにゆき》の作。対する宗重が手にするのは、相模国備前《さがみのくにびぜん》伝・一文字助真《いちもんじすけざね》の作。

共に鎌倉時代の刀匠三大勢力（備前系、大和系、山城系）の一翼にあって、優劣つけ難い名刀である。そして相州伝・五郎入道正宗が恐るべき輝きを発し始めるのも、この鎌倉期だ。

対峙《たいじ》した慈節上人と宗重は、動かなかった。双方、瞼《まぶた》下がりて微睡《まどろ》むが如く、呼吸《いき》止まりて死せるが如く、不動に徹して巨木の如し、であった。二つの切っ先には一揺れも無い。

長い静かな無言の対峙が続いた。何事もなき時の経過は目に見えぬ疲労という点で老剣僧にとって負担である筈。しかし慈節上人の五軀は大地に根を張ったかの如くであった。

(すごい……)

宗重の脳裏に、感動とも言うべき小さなひと揺れが生じた刹那《せつな》、大和伝・当麻国行が音もなく風のように斬り込んできた。面、小手、面、小手、面、面と宗重にひと息さえ与えぬ連続攻撃を、一文字助真がキン、ガチンと鋼の音を打ち鳴らし火花を発して受けた。二つの足は一歩も退かず、上体を前後左右に流し一文字助真を相手の刀に吸い付かせていくような能動的防禦だった。これが恩師観是慈圓から叩き込まれてきた〝揺れの刀法〟である。別名〝風の刀法〟とも言って、観是慈圓が念流外伝として編み出した防禦剣法だった。

攻め切れぬと解したのか慈節上人が、数尺を滑るようにして退がる。

だが宗重の擦《す》り足は、それを許さなかった。打ち込まれた最初の間合《まあい》を崩さず、そのまま老剣僧を追い込むかたちで、面、小手、胴、小手、面、小手、胴とまるで矢を放つかの如く激烈に斬り込んだ。

今度は大和伝・当麻国行がそれを鮮やかに受け止め、ぶつかり合った鋼と鋼の間から青白い星屑《ほしくず》が飛び散り、甲高《かんだか》い音が響いた。

崩せない、と解した宗重が両脚をバネとして一気に飛び退がった時、大上段に振りかぶった慈節上人が追うようにして宙に躍った。それを叩き落とさんとするかのように、一文字助真も瞬時に宗重の頭上に振り上がる。僅かな猶予さえも相手に与えようとしない、連続対連続の真っ向うからの激突だった。

双方が心魂《しんこん》を集中させて打ち下ろした大和伝・当麻国行と、備前伝・一文字助真が、ギーンと大きな音を立てて打ち合った途端、双方の名刀は真っ二つに折れた。

刀身半ばから先が、不思議な絡まり合いを見せて空《くう》に舞い、老剣僧と宗重の手元に残った刃は、共に相手の眉間に触れていた。だが、斬り傷は与えていない。これぞ寸止めである。まこと驚くべき寸止めであった。

宗重は構えを解いて数歩退がると、正座をして深々と頭を下げた。

「有難う御坐いました。多くを教えられまして御坐いまする」

「おう。そうか、そうか……」

慈節上人は目を細めて頷いた。柔和な表情に戻っていた。

「ほんの少しじゃが、息を乱しておったな宗重殿」

「申し訳ありませぬ。御上人様に圧倒される余り……」

「それにな、立ち合っている最中に、相手の凄さに感心などしてはいかんぞ。スキをつくることになるからのう」

「こ、これは……」

頭の後ろに手をやった宗重は、何もかも見ぬかれていることに戦慄《せんりつ》した。己れの膝頭に微《かす》かな震えがあると知ったのは、この時である。力量《ちから》の差があり過ぎる、と思わざるを得なかった。

「やれやれ、飛騨守殿の大事な刀を折ってしまったわい。宗重殿にも、すまぬことを致したのう」

「とんでも御坐いませぬ。名刀の三本や四本とは比べものにならぬ大事を、お教え戴きました」

「そのうちに、この老骨の目で選んだ一振りを送って進ぜよう。しばらく待って下され」

「有難きお言葉。ですが、どうぞ御気遣い下さいませぬよう」

宗重は、二つに折れた大和伝・当麻国行を手に道場から出て行く老剣僧の後ろ姿に、もう一度深々と頭を下げた。下げながら、彼は悟っていた。もし殺《や》るか殺られるかの勝負であったなら、自分は間違いなく一刀両断にされていた、と。

まさに「剣神」であると思った。

廊下に出た慈節上人の足は、飛騨守宗冬の居室に向けられていた。

老剣僧は目を細め、口元に優しい笑みを浮かべて満足気、いや嬉《うれ》しそうであった。

渡り廊下を渡り、長い廊下を左へ折れた部屋の前で慈節上人の足が止まった。

「お邪魔かな宗冬殿」

「なんの。どうぞ御遠慮なく」

「それでは少しばかり話をさせて下され」

折れた名刀を手に慈節上人が座敷へ入ると、宗冬が「おやおや」という顔つきになったあと、苦笑した。

「矢張り折れてしまいましたか」

「折れもうした。あの若者の剣には、疾風怒濤《どとう》というものが、まるで御坐らぬ。あるのは光じゃ、閃光じゃ、矢のような一撃じゃ。とても老骨の手に負えぬわ。ほっほっほ」

顔いっぱいに笑みを広げる老剣僧であった。

「観是慈圓殿が育《はぐく》んで下されたのです。賢相と言われた酒井様の品格を擁護し続けた亡き父も、あの世で喜んでおりましょうぞ」

「まこと但馬守宗矩殿の眼力よのう。すでに大剣客の誉れ高い尾張柳生の柳生厳包が立ち合うても、おそらくは勝てまい」

「御上人様は、そう見なされまするか」

「うむ。そう見る。引き分けとは、なるまいて」

「厳包と宗重殿の年の差は、確か四つ五つ。したがって体力的には五分と五分」

「じゃが慈圓が宗重殿に教え込んだ不思議な防禦剣法を打ち崩すのは、難しかろう。攻める太刀筋は五分と五分であったとしても、あの並はずれて優れた防禦剣法がたぶんに勝敗を分けましょうぞ」

「ほう。ではそのうち、私も一度立ち合《お》うてみましょう」

「そうなされい。それにしても、あの子は、いい子じゃ。孫のように思えるわな」

「酒井様からも阿季殿からも、早く嫁の世話を、と急《せ》かされておりまするが、肝腎の当人が私の話にもう一つ乗って参りませぬのでな」

「誰か好きな娘子《むすめご》がいるのじゃろ。それに、あれほど引き締まった顔立ちの若者を、若い女子《おなご》達が放ってはおきますまい」

「お、それは宜《よろ》しくありませぬな。悪い虫が付かぬうちに、何とか致さねば」

「天下の柳生新陰流も、宗重殿の嫁選びには苦戦じゃな」

「まことに……」

二人は顔を見合わせて、静かに破顔した。

「折れてしもうた大和伝・当麻国行に代わるものとして、そのうち一振りお送り致すでな。暫し、お許しくだされや」

「なんの。どうか御放念ください」

「お仕事をなさっておられたようじゃの。お邪魔になったじゃろ」

慈節上人が腰を上げようとするのを、宗冬が「まあ、まあ……」と軽く右手を上げて制した。

「宗重殿も見えていることですし、庭でも眺めながら、これより三人で盃を交わしませぬか」

「おお、それはよい。酒に浸《ひた》るには、まだ外は明るいが、なあに時には宜しかろ」

二人は、また静かに破顔した。

# 第六章

## 一

翌日の午《うま》ノ刻（正午頃）少し前に柳生屋敷を出た宗重は、日本橋呉服町の豪商駿河屋へ立ち寄り、母阿季の実父でありしたがって自分の祖父に当たる善左衛門《よしざえもん》に、「鎌倉一文字助真を修練中に折ってしまった」と詫《わ》びを入れ、水道橋の駿河屋寮へ足を向けた。

可愛い孫に一文字助真を贈った善左衛門は、「そうですか、そうですか。ではその内また、いいのを選んで差し上げましょう」と笑みを崩さず、折れた原因《わけ》など訊《き》きもしなかった。

宗重が駿河屋寮の近くまで戻って来ると、屋敷内から出入りの魚屋が天秤棒《てんびんぼう》を肩に威勢よく姿を見せて、向こうへ小走りに去っていった。

父忠勝が見えているな、と宗重には判った。立ち去った魚屋は、生きの良い大ぶりな平目を届けてくれることで、父忠勝のお気に入りだった。

宗重が冠木門を潜ると、母阿季が待ち構えていたように玄関口まで出迎えた。

「父上がお見えですね」と、宗重は自分の方から切り出した。

「あなたの部屋でお待ちです。何かお話がありそうな御様子ですよ。それから、相州屋より刀が届いております」

「昨夜《ゆうべ》は母上……」

「柳生様の御屋敷で泊まられたことは、ご使者が見えて承知しております。早く離れへ参りなさい。御酒《ごしゅ》を温めてお持ちしますから」

「真っ昼間から酒は要《い》りませぬ。私は冷たい水で結構です」

「あなたと飲みたいと申しておられるのです。お付き合いして差し上げなさい」

「では母上。私の銚子《ちょうし》は水で薄めてください」

「はいはい」

阿季は優し気な苦笑をチラリと覗《のぞ》かせると、台所の方へ入っていった。

宗重は、自分の座敷がある離れ屋へ向かった。向かった、とは言っても柳生家とは比べものにならぬ小屋敷だから、玄関口からさほど隔たりがある訳ではない。

父忠勝は、縁側に敷いた座布団の上に姿勢正しく正座をし、川の流れを眺めていた。

「お出なされませ。お待たせして申し訳ありません」

宗重も縁側に正座をし、川面を眺めている父の横顔に挨拶《あいさつ》をした。

「うむ」と父は頷《うなず》いたが、川面を見たままであった。

「昨夜《ゆうべ》は父上……」

「柳生家の世話になったそうじゃの。だが、これからは、なるべく母をこの屋敷に一人にしておかぬ方がよいぞ宗重」

「は。さよう心得ます」

「母が淋《さび》しがるからのう。すまぬが、この父が不在の時は、父に代わって色々と話し相手になってやってくれ」

「さよう努めておる積もりで御坐いますが」

「そうか。ならばよい。ところで父の座敷の畳や天井が真新しくなっておるが、一体どうしたのじゃ」と、川面を見たままの姿勢をまだ変えない。

「天井には、いささかの黒黴《くろかび》が、畳は日焼けが目立つようになりましたゆえ……」

「それで気を利かせ、父のため真新しくしてくれたか」

「は、はあ……」

宗重は、背中に冷や汗をかいた。が、生死を賭《か》けた凄《すさ》まじい乱戦があったことは、矢張り言うつもりはなかった。言わずとも、父はそのうち知るだろう、という覚悟は、むろんあった。

阿季と賄《まかな》い女中が、銚子と肴《さかな》をのせた盆を運んできた。

酒井讃岐守忠勝は、ようやくのこと宗重に向き直った。

「ここでよい」

忠勝が右手人差し指で縁側をトントンと突つき、二つの盆は二人の男の間に置かれた。

女中はうやうやしく頭を下げて母屋へ戻って行ったが、阿季はにこやかに座敷の端に座った。父と子が顔を揃えてくれたことに、何やらほのぼのとしたものでも感じているのであろうか。これこそが家族、とても感じているのであろうか。

「注《つ》いでくれ」と、忠勝が息子の方へ自分の盃を出した。

「はい」、と頷いた宗重が父の盃へ手を伸ばす。

「おいおい。目上の者が、注《つ》いでくれ、と頼めば、自分の盃にある銚子で注ぐものだ。それが作法であろう」

「こ、これは失礼いたしました」

自分の銚子は水で薄めてくれと母に頼んだだけに、宗重は困った。

阿季が「それ御覧なさい」と言わんばかりに形よい唇の隅で、そっと笑う。

宗重は仕方なく、自分の銚子で父の盃を満たした。

忠勝が、それを物静かに、だが一息で飲み干した。

「うむ。軽くて淡麗ないい味じゃ。燗《かん》の頃合もよし」

忠勝が満足そうな笑みを見せ、阿季が堪《こら》え切れなくなったのか、クスリと漏らした。

「なにが可笑《おか》しい」

「べつに可笑しくなど御坐いません」

「いま確かにクスリと笑ったではないか」

「御殿様が余りに美味《おい》しそうに、お飲みになりましたゆえ、つい……」

「そうか」

忠勝は今度は自分の盃の銚子で、自分の盃を満たし、宗重の盃へも注いだ。

宗重は口元へ盃を運びながら、さり気ない上目遣いで父を見守った。

忠勝は二杯目も、一息に飲み干した。

「ん？　これは一杯目に比べ随分と濃醇《のうじゅん》な舌ざわりではないか。品違いを揃えてくれたのか阿季」

「御殿様の好みを心得ている賄の者が、気を利かせたので御坐いましょう。のちほど聞いてみまするが、御殿様はどちらが気に召されましたか」

「私は濃醇がよい。舌ざわりが、しっかりとしておる」

「私は淡麗が好きですね」

宗重がそう言うと、これ以上付き合っているとまた笑ってしまう、とでも思ったのか阿季が腰を上げ静かに去って行った。

後に残された父と子は、暫く黙って川面を眺め、自分の銚子に入った酒をゆったりと飲んだ。

「のう宗重よ……」と、父が手にした盃を、盆に置いた。

「はい？」

宗重は父の表情が改まっているのに気付き、銚子に触れかけていた手を戻した。

「この父はな、お前に、すまない、と思うておる」

「すまない、とは何がで御坐いましょうか」

「お前は実に堂々たる息子に育ってくれた。お前がまだ生まれる前の話だがな、身籠《みごも》っていた阿季に初めて会うた今は亡き柳生但馬守宗矩殿が、きっと素晴らしい若子《わこ》が生まれましょう、と幾度も言うてくれた。そして、その通りになった」

「父上……」

「まあ聞け。私は、お前のことを小浜藩十一万三千五百石を背負って立つに相応《ふさわ》しい人物である、と思うておる。まれに見る名君になるのでは、と確信してもおる。だが、お前を藩主に推すことは、余程のことがない限り出来ない相談じゃ」

「その点については、心得ております。酒井家本邸に優れた後継者が在《おわ》すことについては、元服前より母上から聞かされ承知しておりますこと。あまり御心配下さいますな父上。私は自由奔放をこの上もなく楽しんでおりまするから」

「宗重。お前は実に、本物の侍《もののふ》よのう」

酒井讃岐守忠勝の目が、みるみる潤み出した。

「どうか父上、今のような話は二度となさって下さいまするな。もしも本邸の御嫡男の耳にでも入らば、穏やかならざる事態になりかねません。くれぐれも、お言葉には御用心を」

「そうだな。そうであった」

「それよりも父上。本日この駿河屋寮へは、幾人の供を連れて参られましたか」

「二人じゃ」

「二人……」

「安心せよ。二人とは申せ、小浜藩きっての手練《てだれ》でな。人間としても信頼できる」

「して、今その二人は？」

「もう帰したわ。お前が私を本邸まで送ってくれれば、たとえ四、五十人の刺客に襲われても不安なかろうが」

「お帰りは明日ですね」

「うむ。今のところ、そのつもりでおる」

「大老の職を辞されたとは言え、父上は未だ幕閣に対し、隠然たる影響力を有しておられるのです。幕府要人であるとの自覚をお捨てにならず、外歩きには充分に注意なさってください」

「刺客が動き出す気配がある、とでも言うのか」

「念のために、申し上げたのです。七年前、慶安の変について詮議《せんぎ》の最中、父上は何者とも知れぬ集団に襲われ、危ういところを尾張大納言様の兵法師範柳生厳包殿に救われたというではありませんか」

「その事を誰から、いつ聞いて知ったのか」

「聞かせて下された方を、お咎《とが》めなさるお積もりですか」

「父はそれほど小心者ではないわ。むしろ、知ってくれるのが遅すぎたと驚いておるのじゃ。飛騨守殿（柳生宗冬）か美濃守殿（老中稲葉正則）が打ち明けたのであろうが、矢張り二人は口が固いのだのう。二人のいずれかが、もう遠い昔にお前に話してくれているものと思うておったわ」

「知ったのは、昨日のことで御坐います」

「柳生家でか」

「はい」

「尾張大納言様の兵法師範柳生厳包の剣は見ものじゃった。ほんに凄《すご》かった」

「斬《き》り掛かってくる刺客に、刀の峰で立ち向かったと、柳生の小父御から伺いました」

「またたく間に、四、五人の手足を叩き折りおったわ。まるで神業よ」

「父上の命の恩人である柳生厳包殿には、機会があれば会ってみたいと思うております」

「会うてどうする？　すでに七年が過ぎたる事について、礼を述べるというのか」

「そのように考えも致しましたが、しかし礼を述べる立場に正しく在《あ》られるのは、本邸の御嫡男。私には出過ぎた真似は、許されませぬ。ですから、剣客として単純な気持でお目にかかることが出来ればと」

「そうよなあ。柳生厳包とお前とでは、どちらが強いかのう」

「ともかく、外歩きには用心なされませ。同じ事が再び起こらないとは言い切れぬ世の中で御坐いまするから」

「宗重お前、例の水野事件について突っ込んで調べておるのか」

「いいえ。これと言って、べつに……」と、宗重は首を横に小さく振って偽った。今は、あれこれ父に知られ過ぎたくない、という気持が強かった。

「昨日、わが上屋敷へ何の予告もなく、いきなり紀州大納言頼宣《よりのぶ》様が訪ねて参られてな」

「なんですって。紀州公がですか」

「慶安の変に絡む紀州公と、当時の父との確執は、もう知っておろうな」

「当時の御府内には、父上が御三家の一つを厳しく詮議しているという噂《うわさ》が流れておりましたし、それについては柳生の小父御からも昨夜はっきりと聞かされました」

「その紀州公が昨日な、この父に向かって、すまなかった、と申されたのじゃ」

「え……」

「神妙なご態度であった。すまなかった、と二度もな」

「で、ほかには?」

「それだけじゃ。客間で人払いをして二人だけで向き合ってな」

「すると、直ぐお帰りになられたのですね」

「帰られた。茶菓をお出しする暇《ひま》もなく、帰られた」

「七年前の確執を詫びた、ということでしょうか」

「判らぬな。もしそうなら、紀州公は慶安の変に関与していたことを、自ら認めたことになる。これは捨ておけぬ大事《おおごと》じゃ」

「ですが、何について詫びたのか、はっきり致しませぬ。只、すまなかった、と申されただけでは」

「だからな。放《ほ》うっておくことにした。父も、もう年じゃ。面倒臭いのは御免だわ」

「そうなされませ。それがよう御坐います」

「本当に、そう思うか」

「思います」

「よし決めた。大切なお前が、そうせよ、と言うてくれるのじゃ。ここは一つ従おうぞ」

「さ、父上。お飲みなさいませぬか」

宗重は、自分の銚子を父の前に差し出した。いつもは巌《いわお》のように見えた父が、今日は身近に感じた。

父の盃に、宗重はなみなみと酒を注いだ。

父も自分の銚子で、息子の盃を満たした。

二人は、盃を呷《あお》った。

「うまい」と讃岐守が目を細め、そして続けた。

「水で薄めた酒も、時にはいいものだな」

「あ。お気付きでしたか」

「馬鹿め。この父を誰と思うておるか」

父と子は顔を見合わせ、天を仰ぎ、甲高《かんだか》く笑った。

讃岐守の目から、何を思うてか大粒の涙がひとつハラリとこぼれ落ちた。

それと気付かぬ宗重であった。

## 二

酒井讃岐守忠勝は駿河屋寮に二日滞在し、三日目の雨降る朝五ツ半頃（午前九時頃）、宗重と共に屋敷を出た。二人とも、服装は目立たぬ質素なものだった。

シトシトと糸のような雨がひっそりと降る中、番傘をさした父と子は肩を並べて歩いた。十一万三千五百石の大名で元大老が、警護の侍も付けず駕籠《かご》にも乗らず傘さして往来を行くなど、普通では有り得ぬことだった。その有り得ぬことを、いま酒井忠勝は表情やわらかに心の底から楽しんでいる風であった。ゆったりとした足取りにも、それが表れていた。

「なんとも言えぬ、いい雨じゃの宗重」

「はい。まるで天から無数の絹糸が垂れているように見えます」

「ほんにのう。上様もこの雨を眺めながら、和歌《うた》などを詠んでおられるやも知れぬ」

「上様の和歌《うた》は、如何《いか》がですか」

「なかなかな御才能のようじゃ」

　宗重は、臨済宗長安寺に於いて将軍家綱から直々に書院番士を命ぜられたことを、まだ父には打ち明けていなかった。打ち明ければ父は直ちに将軍に謁見《えっけん》し、城勤めを固《かた》めてしまうと思ったからである。悠々と自由を楽しみたい宗重は、将軍直々の命とは言え、まだ書院番士に就く決心がつきかねていた。しかし一度は登城し、将軍に会う必要があろうと、覚悟はしている。

「上様はな、宗重」

「はい」

「幼少の頃に赤癜（はしか）をひどく拗《こじ》らされたことで、体があまり御丈夫でない。だが、それを撥《は》ね除《の》けようとなさる気力は大変なもので、文武に一心不乱、打ち込んでいなさる」

「武道にも御熱心なのですね」

「飛騨守から教わる柳生新陰流はもとより、弓道にも乗馬にも大層積極的でおありじゃ。その修練なさる量は四代将軍のなかで随一。いや、以後に就かれる将軍の中にも、修練の量で現将軍に太刀打ちできる方《かた》は、おそらくいらっしゃるまい。

それ程じゃ」

「驚きです。心身共に、ひ弱な御方《おかた》、という噂が御府内に無きにしも有らずでしたから」

「噂などというものは、いい加減なものよ。言い触らす者に都合がいいよう、組立てよるわ。真実《まこと》を知りたければ先ず会って話を交わしてみることが大事じゃ。さすれば自《おの》ずから人柄も能力も知れようぞ。どうじゃ宗重、そのうち上様にお目に掛かることを経験してみぬか」

「いえ、私は自由奔放を好みますゆえ」と、ひとまず退がる宗重であった。

「うむ。お前には、自由という水の中で泳ぐことが、合っているのかのう」

忠勝は誠に上機嫌であった。表情も言葉の響きも、足の運びまでが〝父〟であった。宗重のためにか、父であることを心から演じ、それが楽しくて仕方がないようであった。

二人は牛込御門を大外濠川の左手向こうに見て、小屋敷が立ち並ぶ通りを右に折れた。

絹糸のような雨は、音もなく降り続いていた。

「あれを見い」

忠勝が顎《あご》をしゃくった先、神楽坂《かぐらざか》（現、神楽坂二、三丁目辺り）の坂下に真っ白な毛並の子猫が一匹、絹雨に打たれて丸くなっていた。

「野良《のら》でしょうか」

「哀《あわ》れじゃ」

「はい」

父と子は真っ白な子猫の傍へ近付いた。子猫は小刻みに震えていた。傘《からかさ》に当たる雨の音が、急にうるさくなる。

宗重が子猫をそっと取り上げると、忠勝は黙って手を差し出した。

「如何がなさるお積もりですか」

「今日はすこぶる気分がよい。この子猫は幸運であったのう」

「それでは父上……」

「うん」

忠勝は目を細めて頷くと、びしょ濡《ぬ》れの子猫をそのまま懐に入れた。着物の懐のあたりが、たちまち水を吸って黒くなっていく。

雨が、また弱まって、絹雨になった。

宗重は柳生家に預けられている、お福を思い出した。

「大事に飼ってやってください父上」

「よしよし」

矢来下通り《やらいしたどおり》（現、早稲田通り）の酒井家本邸（若狭小浜藩上屋敷）の手前で、二人の足は止まった。

「それでは此処で失礼いたします」

「帰り途《みち》、臨済宗長安寺へ立ち寄るのかな」

「直ぐ其処で御坐いますから」

「慈圓先生に宜《よろ》しく伝えてくれ」

宗重は父が屋敷内へ入るのを見届けてから、踵《きびす》を返した。

向こうから二人の侍が、傘を手に近付いてきた。その二人のことを、駿河屋寮を出た時から宗重は気付いていた。

二人の侍が道の端によって、威儀を正した。

宗重は彼等の前をゆっくりと通り過ぎつつ、「ご苦労様。父のこと、くれぐれも御願い申す」と言葉を残した。

二人の侍は黙ったまま、深く腰を折って応えた。十一万三千五百石の明主《めいしゅ》酒井讃岐守忠勝の警護の侍達であった。おそらく駿河屋寮の近辺から、昼夜片時も離れなかったのであろう。その二人の侍を、駿河屋寮を密かに護ろうとする柳生衆の鋭い目が、さらに見守っていたに違いない。

この普通でない状態を、早く元の自然なかたちに戻す必要がある、と宗重は思っている。

そのためには、刺客だの暗殺だのを一刻も早く鎮め切る必要があった。

宗重は矢来下通りを右へ折れて少し歩き、臨済宗長安寺の山門前に立った。父が子猫を救ったこともあって、宗重の気分は和《なご》んでいた。

しかし、その気分は山門を一歩入って、吹き飛んでしまった。

彼は境内を左から右へと見回した。明らかに、いつもとは違った気配があった。いずれも茅葺《かやぶき》の金堂、講堂、庫裏、宝物殿などの建造物には別段変わりはない。絹雨のなか、静けさも、いつもの通りであった。

それでも宗重の直感には、針の先のようなものが触れていた。

彼は石畳を庫裏に向かって進みながら、まわりの地面を注意深く眺めたが、変事につながりそうな足跡は一つもなかった。土は絹雨で湿っていたが、綺麗《きれい》に掃き清められていた。

ところが……

庫裏へ入って傘を入口脇に立てかけた宗重は、左手を五郎入道正宗の鯉口《こいぐち》に触れた。板の間から廊下にかけて、幾つもの足跡が乱れ続いていた。相当な人数の何者かが、土足で侵入したことは明らかであった。

宗重は鶯《うぐいす》張《ば》りの長い廊下を庫裏の奥に向かって進むのを避け、傘を差さずに庭へ出た。

色とりどりの花が咲き乱れて芳香漂う庭伝いに、宗重は恩師の居間を目指した。

(なんと!)

彼は想わず声を上げるところであった。思いもしない光景が、恩師の居間の縁側にあった。

観是慈圓が左上腕部に、若い女性《にょしょう》の手によって白布《はくふ》を巻いて貰っている。

その女性というのが、筋違御門内須田町の豪商、米問屋伏見屋の一人娘咲《さき》であった。界隈《かいわい》の若い者の間《もん》で、伏見小町と騒がれているあの美しい娘である。

白布に血が滲《にじ》んでいると判って、顔色変えた宗重は「どうなされたのです先生」と、縁側へ走り寄った。

「おう宗重。来ていたのか。傘も差さずに、どうしたのじゃ」

「傘は庫裏の玄関に……血が出ているようですが、大事ありませぬか」と、宗重は縁側に上がった。

「なあに、ちょっとした擦《す》り傷程度。血はすでに止まっておる。安心いたせ」

「一体何が御坐いました？」

「何者とも知れぬ覆面の七、八名に、朝方早く踏み込まれてな。うち一人の切っ先が左腕を僅《わず》かに掠《かす》めたのじゃ。不埒《ふらち》な奴にしては、田宮流《たみやりゅう》剣法を心得た、なかなかの手練であったわ」

「田宮流ですと……田宮流と申せば先生」

「うむ。尾張大納言光友公に尾張柳生あるが如く、紀州大納言頼宣公に田宮流ありじゃ。けれども迂闊《うかつ》なことを口にしてはならぬぞ宗重。夜盗や浪人、町人の中にも、探せば田宮流の剣術上手は一人や二人いようからのう」

「ですが……」

「同じことを言わせるでない。迂闊なことを口にしてはならぬ。よいな」

「は」

厳しい恩師の目に、それ以上のことを言えぬ宗重であった。

田宮流剣法は田宮平兵衛重正《へいべえしげただ》を流祖とし、厳しい精神的修養を必須とする反面、ひとたび敵と対峙すれば閃光《せんこう》の如く相手を倒す〝一瞬斬撃《ざんげき》〟の技法を大事とした。つまり多くの剣技を重視する中で、抜刀術（居合）の比重が軽くない流派として知られている。

いま紀州大納言徳川頼宣に藩剣術師範として召し抱えられているのは、流祖から数えて三代目、田宮平兵衛長家《ながいえ》である。田宮の姓をもって流名を唱えることを許したのも、大納言頼宣であった。

「で、先生。その七、八名は無傷で立ち去ったので御坐いますか」

「いや。私に手傷を負わせた者を除いては、手脚肩の骨が木刀で打たれ、おそらく折れておろう。当の田宮流は私に手傷を負わせると、誰よりも早く逃げ出しおった」

慈円が、ここで破顔した。

雨がフッと止《や》み、雲が切れて庭先が明るくなった。

「何の目的で、先生を襲ったのでしょうか」

「判らぬな。それよりも、若い娘御の前じゃ、話題を変えなされ」

「あ、はい。されば、御報告が遅れてしまいましたが、実は慈節御上人にお目にかかる機会が先日来、二度ございました……」

「その話も後まわしでよい。お前は、この女性《ひと》を存じておろうな。名は咲《さき》さん、とおっしゃるようじゃ」

「存じております。いつでしたか山門近くで、私に近付き過ぎると面倒に巻き込まれるぞ、と注意も致しましたが」

「その注意が、この娘さんを心配させることになったらしいのじゃ」

「は？」

「は？　ではないわ。お前のひと言が、咲さんを心配させることになった、と申しておるのじゃよ。咲さんは、お前の身に万一の事があらば身を挺《てい》してでも助けなければ、と思い詰めてな」

慈圓が、また破顔した。切れた雲の間から日が射し出し、庭先が一段と明るくなった。

宗重は唖然《ぼかん》となり、白布を結び終えた伏見小町は項垂《うなだ》れて頰を染めた。

「私を助ける？」

「咲さんは、お前の身が心配でならず、この寺を訪れて私が自分で傷の当て布を替えているのに気付き、手伝ってくだすったのじゃ」

「そうでしたか。それはどうも……」

宗重は、伏見小町に向かって、とまどい気味に頭を下げた。伏見小町はますます頰を赤らめて、矢張り小さく頭を下げた。

「しかもこの娘さんは、つい何日か前に親御さんと一緒に茅場町の山王神社へ御参りに訪れ、そこで大変な光景に出喰《でくわ》しているのじゃ」

「あ……すると、私が何者かに襲われるのを、見てしまったのですね」

伏見小町が頷いた。頰は赤くとも真剣な表情になり切っていた。一層の美しさであった。

「咲さんが、お前を助けようと思わず駈け出しかけた時、町役人が飛び込んできたので、そのまま見守ったらしいのじゃよ。ま、宗重も咲さんも、ちょいと道場へ来てみなさい」

慈圓がやおら立ち上がったので、宗重と伏見小町はその後に従った。

宗重の表情は、訝《いぶか》し気であった。それもそうであろう。伏見小町と剣術道場は余りにも不釣合であった。

にもかかわらず剣僧慈圓は、宗重と咲を道場の中央に向き合って立たせた。

二人の間は、およそ一間半（約二・七メートル）。

「宗重、脇差を」

「はい」

師に求められて、宗重は脇差を差し出した。

すると慈圓はそれを黙って咲に手渡し、宗重を驚かせた。

「宗重よ。この美しい娘さんにな、剣の怖さというものを教えてあげなさい。さすれば身を挺して、お前を助けようとする無茶は考えぬであろうからな」

「それならば竹刀で立ち合う方が」

「真剣でよい」

「私が大刀を用いるのですか」

「寸止めで教えてあげるのじゃ。だから刀の大小など問題ではないわ」

「はあ」

「着ているものも、そのままでよろしい。襷《たすき》もいらぬ。さ、始めてみよ」

慈圓は、そう言って退がった。

宗重は仕方なく、大刀を抜き放った。

咲も脇差を抜き、鞘《さや》を着物の腰帯に差し込んだ。物静かな動作であった。

二人は構えて向き合った。

とたん、宗重の表情が硬くなった。

（こ、これは……）

と、彼は驚愕《きょうがく》した。半身正眼に身構えた咲の脇差は、色白な眉間《みけん》から鼻筋にかけてピタリと乗るが如く静止し、切っ先に微塵《みじん》の揺れも見せない。しかも五体のどこにも、針の先ほどのスキさえない凛《りん》たる構えであった。

（小野派一刀流小太刀《こだち》の構え、二《ふた》ツ勝《がち》……なんと見事な）と、宗重は驚愕の次に訪れた感嘆を抑えられなかった。

宗重が五郎入道正宗をスウッと上段に振り上げてみると、咲は半身千鳥足で一足一刀の間合に入ってきた。宗重に打たせる誘いであった。まぎれもなく〝二ツ勝〟の呼吸である。その誘いに乗れば、咲は瞬時に飛び込みざま喉《のど》を突いてくるだろう、と宗重は読んだ。

宗重は、咲の着物にも注目した。普通の立ち居姿を一見する限りでは、どこにでもある着物であった。しかし剣を手に半身正眼に構えたことで、それが袴《はかま》のかたちを取り入れた中割れの着物と判った。つまり不意の変事に対して、両脚が機敏に即応できるように作られた着物、ということである。明らかに剣客としての心構えであった。

宗重は二歩退がって構えを解くと、「恐れ入った」と丁寧に腰を折った。剣客が剣客に対してとった心からの礼儀であった。

咲は脇差を鞘に収めると、「有難う御坐いました」と小さな声で言った。

「ははは。どうじゃな娘さん。これが自分で自分を護れる男、と判ってくだされたかな」と、剣僧慈圓はにこやかだった。

「はい。申し訳ございません」

「なになに。これのことを気に掛けてくだされて、こちらこそ御礼を申さねばならぬ。どうも有難うな」

「あのう、先生……」と、宗重は恩師の横に立って口を挟んだ。

その宗重に咲は脇差を返し、着物の裾前を恥ずかしそうに直した。

「先生は、この女性《ひと》が剣術をやると御存知だったのですか」

「知る訳がなかろう。今日はじめて出会ったのじゃから」

「では矢張り一目で見抜かれたのですね。私はこの女性《ひと》と会うのは初めてではありませんのに、剣術をやるとは今の今まで気付きませんでした」

「それは精神の修練が不足しているからではないぞ。お前は充分に修業しておる。だがな、この娘さんのことをお前は頭から女性《にょしょう》としてしか見ていない。しかも、近付かないでおこう、とする頑《かたく》なな姿勢で眺めておる。だから見落としたのじゃよ」

「は、はあ……」

「一言で言えば、女子《おなご》好きになれぬような男には油断が多い、ということじゃ」

「そ、それは余りです先生……」と、宗重が苦笑《にがわら》い。

「早く嫁を貰え宗重。わっはっはっは……」

慈圓は甲高く笑った。腕の傷が老師の心身に何ら影響を与えていないと知って、宗重はひとまず胸を撫で下ろした。

三人は、居間へ戻って、慈圓が茶を立てた。

庭に咲き乱れている花の香りが、座敷にまで漂ってくる。

「先生が手傷を負わされましたること、寺社方《がた》と町方《かた》へ知らせるべきでしょうか」

「無用じゃ。この寺へは二度とはやって来《こ》まい」

「万が一、という事も御坐いますれば……」

「懲りずに二度やって来るようなら、今度は斬る。だが私の木刀で砕かれた不埓《ふらち》者《もの》の手脚肩の骨は、容易には治るまいて」

「関節を打たれたのですか」

「うむ」

「では治っても、刀を振り回すことなどは出来ますまいね。少し安心いたしました」

三人は、それぞれの湯飲みに注がれた茶を、静かに味わった。

庭先でメジロが囀《さえず》った。

三

剣僧慈圓は、四半刻（三十分）ほどして宗重と咲を庭先から送り出したあと、縁側に湯飲みを置いて正座したまま長いこと動かなかった。庭の花々を眺める眼差《まなざ》しは穏やかで、早朝に襲い掛かってきた数人を叩き伏せた者とは、思えない。おそらく勝負は、一瞬の内についたのであろう。

「いい娘《こ》じゃ」と、剣僧は思い出したように呟いて目を細めた。あの美しい咲がどういう家庭の娘であるのか、慈圓は自分の口からは訊ねなかった。なぜ女の身で剣術を心得ているのか、何処で習ったのかも訊かなかった。そういうことは宗重に任せておけばよい、という考えであった。宗重は咲とすでに面識あるらしかったから、この縁が花を咲かせてほしいとも願った。

「どれ……」

剣僧は湯飲みに残っていた茶を飲み干すと、立ち上がって黒光りしている廊下を庫裏の玄関の方へ向かった。はじめは殆《ほとん》ど目立たなかった廊下の足跡が、玄関へ近付くにしたがって次第に鮮明になっていく。

腰をかがめた慈圓は、点々と残っている幾つもの足跡を、じっと見つめた。

「どう見ても、これは忍びではないわい」

そう漏らして（単なる押し込みか……）と思う慈圓であった。駿河屋寮へ忍び侍が集団で押し入ったことは、宗重からではなく兄慈節上人からすでに聞いている慈圓であった。

「忍びではないが、この打ち揃った爪先立は一応、集団による押し込みには馴《な》れておるな」

やれやれ、といった感じの溜息を吐《つ》いた慈圓は、庫裏を出て、東から西へと並び建っている茅葺《かやぶき》の金堂、講堂、宝物殿を眺めた。つい先程までの絹雨が嘘《うそ》であったかのように、日が境内一面に降り注いでいる。

「よくぞ焼けずに残ってくれたものよのう。御仏《みほとけ》がお護りくだすったのじゃろ」

呟いて慈圓は、ひとり頷いた。この上もなく気に入っている茅葺であった。けれども大火のあと寺社奉行所から、防火のため全て瓦屋根に葺替えることを告げられていた。むろん費用は、幕府から出るという。

工事がいつ始まるかの通知は、まだなかった。

この寺の茅葺屋根は四代将軍家綱も、いたく気に入っていたが、防火という重要施策《しさく》のためには、いかに将軍と言えども個人的好みを優先させる訳にはいかない。

慈圓は、創建時からの本尊が安置されている金堂へ、鶯張りの回廊を鳴らしながら入っていった。

正面に高さ三尺ばかりの正観音菩薩《ぼさつ》像が三体並んでいたが、彫られてから相当な年月を経ているのか、いたいたしいばかりに煤《すす》けて見える。

が、実はこの仏像、純金づくりなのであった。盗難よけのため、わざと煤けたように偽装してあるのだ。

高さ三尺の黄金の仏像を潰《つぶ》して小判を鋳造《つく》れば、それこそ大変な額となる。

夜盗の類《たぐ》いが、狙わぬ訳がない。それでなくとも、大火のあと、御府内の治安は揺れている。

（ひょっとして、この寺に黄金の仏像あり、という噂が町々に広まっているのかも……）

慈圓はそう思って、暗い顔つきになった。押し入って一度慈圓に叩きのめされると、懲りて二度とやっては来まいが、別の新手《あらて》が押し入ろうとすることは充分に考えられる。

「罰当たりな困った世の中じゃ……」

慈圓は、また溜息を吐いて、金堂から出た。

彼の足に踏まれて鶯張りの回廊が、再びひときわ鋭く鳴った。静寂に包まれたこの寺では、回廊の鳴き音は昼間でも庫裏の居間まで届く。夜なら尚のこと。

慈圓は次に、宝物殿へ足を向けた。

境内の落葉を掃き集めていた老爺二人が、遠くから慈圓に腰を折った。さほど近くから通ってくれている、実直な寺男たちであった。あと、午ノ刻（正午）過ぎには近在の農婦が矢張り通いでやって来て、庫裏内の掃除や賄《まかない》をやってくれる。

小僧は置いていない。夜には、広い寺域に慈圓ひとりとなる。

宝物殿の扉には鍵が掛かっていて、異常はなかった。中に入っているのは経典や仏具のほか、名刀と言われる太刀、刀が数振りであった。太刀と刀は町人たちの間では同義語として用いられることが多いが、厳密には違っている。

およそ六十年近くも続いた南北朝の動乱（一三三六年〜一三九二年）の時代が終りを告げようとする頃、それまでの太刀は構造的に刀に変わろうとし始めていた。太刀と刀では佩刀《はいとう》の仕方が全く異っており、太刀は武士の左腰に吊り下げるかたちとなる。つまり吊環《つりわ》を用いて吊り下げる訳で、したがって刃は下に向く。

これに対し刀は、武士の左腰へ抜刀しやすく刃を上にして差し、より腰反りの加わった実戦的な武器。太刀に比べ、はるかに対人戦に適している。

また、刃文《はもん》にも明らかな相違があった。太刀は小乱《こみだれ》もしくは丁字乱《ちょうじみだれ》を基調とし、刀はのたれ乱もしくは互《ぐ》の目乱を基本としている。ただ、刀のことを太刀と修飾して表現する場合もあることから、余り固苦しく分別することもない。

慈圓が庫裏へ戻ると、五十前くらいに見える農婦が濡《ぬ》れ雑巾で廊下を拭《ふ》いていた。

「和尚様、この足跡は一体どうしたんですよう」

「おう、それか。近在の若い者達《もん》が読み書きを教えてくれと、朝の早うからやって来ての。その者達の足が汚れておったようじゃな」

「なんとまあ和尚様に向かって罰当たりなこって。近頃の若い者《もん》は礼儀を知りませんよってに」

「なになに。それが元気というものじゃ。許しちゃれ許しちゃれ」

「ほんに和尚様は、お人が善《よ》ろしいから。もうちいと口うるさく、なさいませんと」

「ほいほい」

慈圓は、にこにこ顔で居間に入っていった。早朝の乱入者数名を、たちまちの内に木刀で叩き伏せた剣僧慈圓。その手がもし真剣を握っておれば、おそらく乱入者達の命はなかったであろう。この長安寺の和尚が、それほどの大剣客であろうことなど、家事手伝いの農婦も二人の寺男達もむろん知らない。せいぜい「お経《きょう》が上手で剣術も好きな風変わりな和尚さん」と、微笑《ほほえ》ましく眺めている程度であった。

# 四

長安寺を出た宗重と咲は、肩を並べて歩いたが、どちらも無言であった。宗重の脳裏には、咲の半身正眼に構えた姿が鮮やかにまだ残っていて、それが彼を黙らせていた。その構えを突きつけられた時の驚きと感嘆は、今も尾を引いている。

咲は伏し目がちに、宗重が話しかけてくれるのを待っているかのようだった。抜けるような色の白さと女性にしては高い背丈、長い睫《まつげ》に通った鼻すじ、気品ただよう口元。どこから見ても商家の娘には見えぬし、小野派一刀流を心得ているようにも見えない伏見小町であった。

神楽坂あたりまで来た時、二人の頰に冷たいものが当たって、宗重が空を仰いだ。

「また降って参りました」と、咲が手にしていた傘を開こうとし、宗重が「狐の嫁入りだな」と呟いた。絹雨がまたしても落ち始めていたが、二人の頭上には青い空があって、日も照っていた。ただ西の空の彼方には、まだ灰色の雲が広がっている。

咲が自分の傘を恥ずかしそうに宗重に差しかけ、「有難う」と答えた彼はこの時、長安寺の庫裏に傘を置き忘れていたことに気付いた。

「私が……」と宗重は傘を咲から受取り、彼女に差しかけた。

「宗重様の左の肩が濡れますから、どうぞ傘をそっとそちらへ」

と蚊の鳴くような、咲の小声だった。表情も声も初々《ういうい》しく、とてもとても小野派一刀流を心得た娘とは思えない。

二人の肩を濡らすほど絹雨は深刻ではなかったが、それでも二人は、お互いの肩を気遣うように寄り添った。

「ところで、そなたの小野派一刀流の技倆《ぎりょう》、初伝は超えていると見たが……」

「先月の末に、中伝のお許しを頂戴《ちょうだい》いたしました」

と、咲は悪戯《いたずら》を見つけられた幼子のように、耳を赤くした。

「そうであろうな。あの小太刀・二ツ勝の身構えは、相当な域に達しておった」

「でも私《わたくし》には、宗重様が大岩のように見えました。非常に静かな切っ先に感じましたのに、心臓が凍ってしまいました」

「私の構えを、そのように捉えるところが並ではない。で、何処の道場で修練を？」

「甲州流兵学者小幡景憲先生の御屋敷の庭先が私の稽古場《けいこば》で御坐います」

「なんと、あの大兵学者の御屋敷で」

「はい」

水野事件を調べてきた宗重は無論、至誠館で修練してきた徒目付水野善蔵の死を把握しているが、表情には出さなかった。

「いい先生について学んでおられる。道理《どうり》で構えに品格が備わっておった」

「そんな……」と、咲は傘の下で、叱られたように項垂れてしまった。

「剣術とは、そのようなものだ。師の姿勢というものが、その下で学ぶ者の太刀筋に必ず品格として現われてくる」

「宗重様は、小幡先生にお会いになったことが御坐いますか」

「いや、お会いしたことは、まだないが、お人柄などの噂は耳に入っている」

「八十六歳の御高齢ですが、未だ高弟を相手に引けは取っておられません」

「それにしても、そなた女の身で、なぜ剣術を？」

「女であるからこそ自分の身は自分で護らなければ、という父の考えで、四歳の頃から稽古を始めております」

「ほう。音に聞く大商人の伏見屋傳造《でんぞう》殿が、そのような考えを持っていたとは……」

「私《わたくし》の母は、私が一歳半の頃に、参詣《さんけい》していた神社の境内で、何処の者とも知れぬ酔った浪人に絡まれて斬り殺されたそうです」

「なんと……」

「乳母に抱かれていた私は無事でしたけれど……それ以来、父は私の身の安全を……」

「なるほど……そのように悲しい事があったとは」

「その時の乳母が、私の今の母で御坐います」

「優しい人？」

「はい、とても優しくて、まるで仏様のような人です」

「それはよかった。亡くなられた母者も、あの世でホッとなさっておられよう」

「乳母……今の母と、亡くなった母とは、とても仲が良かったそうですから」

「そなたが小野派一刀流中伝の腕ともなると、伏見屋傳造殿もひと安心であろうな」

「それでも免許皆伝までいくようにと、口やかましゅう御坐います」

「それほど、そなたのことが心配なのだ。普通の親なら、娘が女だてらに剣術などやることを隠したがるだろう」

「父もさすがにその点は心配したらしく、それで甲州流兵学塾の至誠館道場ではなく、小幡景憲先生の御屋敷での稽古を御願いしたようです」

「うむ、大商人だからこそ出来た、無理な御願いだな」

「申し訳ございません」と、咲は視線を落とした。

「なにも、そなたが謝ることはない」

宗重は、笑った。二人の足は、筋違橋の方へ向かっていた。宗重は、咲を伏見屋まで送り届ける積もりであった。

「すると、そなたが剣術を心得ていることは、町の人達に余り知られてはいないな」

「知られていないと思います。父と母のほか店の者で知っているのは、長く私の世話を焼いてくれている口の固い老爺の忠助だけです」

「うん。あの老爺なら信用できよう」

「でも近頃では、小幡先生に連れられて、至誠館道場で稽古する機会が増えて参りました。道場の人達は今のところ小幡先生に遠慮して、私の素姓を詮索することは控えているようですけれど、そのうち……」

「自然と判ってしまうだろうな。でも、別によいではないか」

「宗重様は、そう思ってくださいますか」

「思うとも。一生懸命、修練を積みなさい」

「そのお言葉を聞いて、なんだか心の底から安心いたしました」

咲が控え目に微笑んだ。明るい表情であった。

「どれほど進歩したかは、時に私が長安寺で立ち合うて検《み》てあげよう」

「え、本当で御坐いますか」

余程嬉しかったのか、咲の左手が思わず宗重の着流しの袂《たもと》を摑《つか》んだ。

宗重の頭の中で、いつも甘えてくる相州屋の末娘芳と、いま袂を摑んで離さぬ咲の顔とが重なった。

「私が長安寺の剣道場へ参るのは、いついつと決まっている訳ではないが、だいたい一日置きだ。気が向いたら参られるがよい」

「はい。必ずお訪ね致します。それから、あのう……一つお訊《き》きしても宜《よろ》しゅう御坐いますか」

「なにかな」

「宗重様は、長安寺の御住職と思われるあの御老人のことを、先生、と呼んでおられましたけれど、あの方《かた》に剣術を教わっていらっしゃるのでしょうか」

「そう。あの御住職が、私の心身を鍛えてくださっている」

「では、お強いのですね」

「なんだ。先生は、そなたに名乗りもされなかったのか」

「ええ。私の名を、お訊《たず》ねにはなりましたけれども、ご自身のことは何一つ……」

「先生の御名《おな》は観是慈圓。念流の頂点に立ち諸流派の長老達から剣聖ともいわれているお方《かた》だ」

「それでは、あの御住職が……」と、咲が二重《ふたえ》の切れ長な目を見張り、傘の下で立ち止まった。

「先生の御名を存じておったか」

「至誠館道場の高弟達の間で一度か二度、話題にのぼったのを耳に挟《はさ》んだことが御坐います。とにかく凄いお方らしい、と囁き合っておりましたのを……」

「まさに、凄いお方だよ。で、高弟達は慈圓先生の所在について、知っていたようであったか」

「いいえ。それについては見当さえついていないような感じに思われましたけれど……」

「さようか。慈圓先生は、そなたも見たように俗世を離れ、孤高の中にいらっしゃる。したがって何者であっても、先生の超然たる生き方の邪魔をすることは許されない。このことを、よく承知しておくことだな」

「はい。慈圓先生にお近付きになれましたこと、決して他言は致しません」

二人は、また歩き出した。

「その先生を早朝に幾人もで襲うなど、一体何者なので御坐いましょうか。宗重様は御心配ではないのですか」

「私は先生が真剣を手にされた時の強さを、存じておるから」

「でも、仏に仕えていらっしゃいます慈圓先生は、余程のことがない限り真剣を手に取ろうとはなさらないので御坐いましょう」

「うむ。だから木刀で打ち据《す》えなさった」

「大丈夫なのでしょうか。凶悪な侵入者を相手に、木刀などで」

「先生の木刀は、時には真剣にも優る。心配ないだろう」

「私、明日も慈圓先生の傷の御様子を見に参っても宜しゅう御坐いますか」

「構わぬが、一人で出歩くことはなるべく止した方がよい。今日は、あの老爺はどうしたのだ」

「忠助なら昨日今日《きのうきょう》、風邪で臥《ふ》せっております」

「それで一人、こっそりと屋敷から抜け出してきたという訳だな」

「はい」

「仕方のない御嬢様だ。でも夜の一人歩きだけは気を付けなさい。大火のあと、治安のよくない状態が続いておるからな」

「心得ております」

咲は、宗重の着流しの袂を、まだ摑んだままであった。

五

北から南に向かって京橋を渡り、銀座町一丁目辺りの角を左へ折れると、堀川（大外濠川）にかかった紀伊国《きのくに》橋に出る。

その橋の直ぐ向こう木挽町《こびきちょう》一丁目（現、銀座二丁目辺り）に、紀州藩の下屋敷（のち移転する）があった。江戸湾口や河岸にある大名家の下屋敷は、国元から船で送られてくる物資を受入れることから、いわゆる蔵屋敷の役割を負っている。

宗重と咲が絹雨落ちるなか、一つの傘の下で寄り添って歩いている頃、紀伊国橋の脇に浮かべた猪牙船《ちょきぶね》から釣り糸を垂らしている男二人がいた。二人とも職人法被《はっぴ》を着込み菅笠《すげがさ》をかぶって、一心に川面のウキを眺めている。

そう誰にも見えるのだが、実際には菅笠に隠された二人の目は、向こう岸の紀州藩下屋敷へ向けられていた。一人は町奉行所隠密方同心の高伊久太郎、もう一人は腕利きの大工で十手持ちの玄三であった。

四代将軍のこの時代、外濠川（内外濠川）にかかった呉服橋を江戸城に向け渡った所に南町奉行所（現、大手町二の六辺り）があって、作事奉行および長崎奉行を経験した千八百石取りの大身旗本神尾備前守元勝が奉行として詰めていた。

隠密方同心の高伊久太郎は、この南町奉行神尾元勝の直属同心である。

同じく内外濠川にかかった常盤橋（現、日本橋本石町・新常盤橋交差点辺り）を江戸城に向けて渡ると、北町奉行所があって、先手頭《さきてがしら》および目付を経験した千五百石取りの大身旗本石谷《いしがや》左近将監《さこんのしょうげん》貞清《さだきよ》が奉行の職に就いていた。

江戸町刑事機関としての町奉行所がその近代的基盤を確立させるのは、寛永八年（一六三一年）に役宅（役所）が与えられたことによってである。この当時に町奉行に就いた二人のうち堀式部少輔《しきぶのしょう》直之《なおゆき》へは呉服橋門内の前関東総奉行島田利正《しまだとしまさ》の屋敷が、そしてもう一人の加々爪《かがつめ》民部少輔《みんぶのしょう》忠澄《ただすみ》には常盤橋内にあった名家牧野信成《まきののぶしげ》（一六四四年、下総国関宿一万七千石入封）の屋敷が、はじめて町奉行所役宅として支給された。

それ以前は十八年間に亘って関東総奉行に就いていた島田利正がほぼ一人で、

江戸町奉行職のほか江戸の寺社支配をも忙しく統括し、さらには幕閣の一人として政治にも関与するなど、職務機能は余りにも雑然としていた。

この島田が寛永八年（一六三一年）に病気で辞職し、堀直之、加々爪忠澄の二人が町奉行に任命されたことで、ようやく刑事警察の近代化が始まったのである。

また幕藩官僚機構が、合議制と月番制の安定化を図ったのも大体この頃。正確には寛永十一年（一六三四年）十一月の〝将軍諸職直轄制への再編〟を契機としてであった。

町奉行所も文字通り、呉服橋と常盤橋が、ひと月交替。

この月は南町奉行所、つまり隠密方同心の高伊久太郎や十手持ちの玄三が忙しい月だった。

「来ました。あの三人です」

川面のウキを注視する振りを見せ乍《なが》ら、玄三が囁いた。南八丁堀の方角から、人相のよくない浪人三人が傘も差さずにやって来る。

「間違いじゃないいな。よっく確かめろよ」

「今日まで、つけ回した相手ですから間違いありやせん。それに、あっしは目がいいんです」
「あの連中が宮大工の棟梁甚吾郎を、日がな一日、と言ってよいほど揺すってい
たと言うのだな」
「へい。甚吾郎の下で働いている若い者《もん》が、ゆうべ重い口をようやく銚子三本で
開いてくれやした。棟梁にはくれぐれも内密に、ということで」
「そうか……」
「あの三人の浪人は、紀州藩上屋敷へしばしば出入りし、上屋敷を出た後は必ず
宮大工の棟梁宅へ立ち寄って酒代を揺すり取り、あの紀州藩下屋敷へ潜り込むん
でさあ」
「あ、いま下屋敷へ入ったぞ。あのような風体の連中が、紀州藩邸へ自由に出入
りできるってのは、矢張り普通じゃねえなあ」
「あの連中、昨年の大火と関わりあるんでしょうかねえ」
「早まって迂闊《うかつ》なことを人前で口にするんじゃねえぞ。そのような噂が御府内に
広がってみろい。幕府と紀州藩とは一触即発状態になる。噂の出所《でどころ》が俺たちだと
判れば、それこそ打ち首ものだ。家族もろともな」

「どうせ、あの下屋敷では、素浪人やごろつき中間《ちゅうげん》が額を寄せ合って、博打《ばくち》なんぞをやっているんでござんしょ」

「どこの大名家の下屋敷も、中間博打は当たり前ってことになっているらしいからなあ」

「ありゃ。いま入った連中、今度は傘を手に門から出て来やしたぜ。お、新顔が二人、加わっていやがる」

「全くはじめて見る顔か、あの二人」

「はじめてです。こっちへ来ました。どうやら紀伊国橋を渡るつもりです。何処へ行くんでしょうかね」

「つけるか、玄三」

「ようがす。ごく自然に釣り糸を引き上げやしょう」

「うん」

二人は落ち着いた動作で釣り糸を引き上げ、竿に巻き付けた。

難しい顔つきの五人の浪人は橋を渡り切ると、銀座町通りに出て、南方向へ向かった。かなりの早足だった。

職人法被を着込んだまま、高伊久太郎と玄三は釣り竿を肩に、前を行く五人の後を付かず離れず用心深く尾行した。

絹雨は、ほとんど止《や》みかけていた。

やがて五人は新橋を渡って西へ折れ、堀川（大外濠川）に沿って溜池方面へ向かい始めた。

江戸城は連結する多くの堀に護られており、それを地勢的に理解するには少しややこしい。城の直近にあるのはよく知られている内堀で、数寄屋《すきや》橋、鍛冶橋、常盤橋、神田橋等がかかった日本橋川を用いた堀が外濠（内外濠川）である。但し、江戸城はその外側を溜池堀川、神田川、浅草川（隅田川）を結んだ長大な水路（大外濠川）で更に囲まれ、赤坂御門、四谷御門、牛込御門、小石川御門など多くの御門を設けて堅固に防備されている。

つまり三重の堀川によって護られている、ということになる。

「一体何処へ行くんでしょうかね」と、玄三が囁いた。

「この先に奴等不良侍の溜まり場があるのかも知れんぞ。なにしろ溜池に向かっているようだからな」

「旦那ぁ、冗談を言っている場合じゃあ……」

「それだけ緊張しておるのだ、許せ」

「奴等が溜まり場とやらへ入るのを見届けやしたら、それをひと区切りとして、駿河屋寮の若様に報《し》らせた方が、よござんしょね」

「そうしてくれ。俺は見張りを続けているから、若様に現場へ来て戴いたらどうだ」

「へい。承知致しやした」

「すまぬが玄三。こちらへ戻って来る時にな、俺の腰の大・小を持って来てくれぬか。腰にあるべきものがないと、矢張り心細いや」

「判りやした。大・小を帯びる迄は、決して奴等へ近付き過ぎないように気を付けてくださいまし」

「そうだな」

　高伊久太郎も玄三も、なるたけ堀川を眺め眺め歩いた。釣り場を探している風に見せかけるためだった。前を行く連中が、いつ不意に振り向くか知れないからだ。

時には玄三が堀川岸を指差して、「あの辺りはどうですかね」と小声を漏らし、高伊久太郎が視野の端で五人を捉えながら、「釣れそうだな」などと適当に答える。

溜池で採れた大量の蓮根を積んだ猪牙船が、堀川を川下へと下っていった。船頭が櫂《かい》を操りながら、絹雨が止みかけた空を仰ぎ仰ぎ、いい声で船歌を口ずさんでいる。丸々と太い蓮根が沢山採れて、機嫌がいいのだろうか。

「季節外れだってえのに、蓮根があんなに採れてますぜ旦那」と、玄三が猪牙船を顎《あご》でしゃくって首をひねった。

「ほんになあ。嫌なことが起こらなければいいが」

「驚かさないで下さいよ」

「季節外れの蓮根は格別旨いが、騒ぎを招くって言うぜ」

「本当ですかい」

四半刻（三十分）ほど歩いて虎の御門（現、虎ノ門）近くまで来ると向こうに溜池が見え出した。この時代、御府内で代表的な池と言えば、上野の不忍池、麴町の千《ち》鳥ヶ淵《どりがふち》、そして溜池の三池であったが、しかし千鳥ヶ淵はすでに内堀化が終ってその形状を大きく変えていた。

虎の御門というのは江戸城の南側に位置し、徳利のような形に膨らんだ溜池の海への流れ口、つまり池東側のちょうど絞り口に当たる。

「玄三……」

高伊同心が不意に、玄三の左腕をわし掴みにして、松平大和守の屋敷の陰へ引っ張り込んだ。尤《もっと》もこの時代、屋敷のほとんどに表札など掛かってはいなかったから、高伊にも玄三にも松平大和守の屋敷とは判らない。

二町ばかり先、溜池のほとりにある小屋敷へ、四人の浪人が入っていき、最後の一人が警戒でもするかのように辺りを見回してから、四人に続いた。それにしても古い屋敷であった。

土塀も茅葺の屋根も傷みが激しく、まるで化物屋敷だった。それと同じような傷みのひどい屋敷が、ほかにも二、三見られる。

実は大火を免れた溜池の南側に当たる一部では、幕府によって埋立てが行なわれ桐畑が造られつつあった。

決して大規模な埋立てではなく、工事も何故か隔月ごと、という悠長なものであったから、その意味では余り目立つことのない造成であった。桐材は軽くて湿気を防ぐ特性があることから、家具、下駄、琴などに用いられることが多い。大火で痛手を受けた幕府としては、城中の家具の材料くらいは自前で、と今後に備えて考えているのであろうか。

この埋立地域に接するかたちで、三つ四つの下級武士（御家人）の屋敷が在った訳だが、それらの住人は他所《よそ》へ移され、したがっていま残っているのは薄気味の悪い傷みひどい無人屋敷であった。いずれは取り壊されて、桐畑となる。

旗本と下級武士である御家人との境目は、例外はあるものの大体二百石であった。また一朝有事の際には、旗本は配下の手勢を率いて親衛隊として将軍のもとに駆けつけるが、御家人は配下の戦人《たたかいびと》を有していないため、自分一人が押っ取り刀で馳《は》せ参じる。

「あれは無人の屋敷だった筈だな玄三」

「へい。あの辺りの三、四軒には、今は誰も住んではいません。確か……」

「新橋方面の新しい屋敷へ移された、と聞いている」

「その通りで」

と、さすが奉行直属隠密方同心の高伊久太郎と十手持ちの玄三、御府内の事情には通じている。

「あの屋敷内には、いま入った五人のほかにも仲間がいるかも知れませんぜ」

「過去に、よからぬ事を起こしたか、これから起こそうとする連中だとすれば十人や二十人、とぐろを巻いているかも知れんな」

「こいつあ旦那、駿河屋寮の若様のお耳へは入れず、御奉行に先ず耳打ちした方が、よくは御坐いませんか」

「うむ。若様に怪我でもさせちゃあ……と考えると、先に御奉行に報告した方が無難かも知れん。しかし玄三、御奉行の耳へ入れたとしても、相手は五十五万五千石の御三家紀州大納言邸へ自由に出入りしている連中だ。町方《まちかた》は簡単には動けんぞ」

「じゃあ、やっぱり若様ですかい」

「若様とて、お父上の酒井様は名門だが十一万三千五百石でいらっしゃる」

「ですが長く大老の職に在《あ》られた大変な実力者ですぜ旦那」

「うーん……よし、判った。俺はこれから奉行所へ戻って神尾様（南町奉行）に耳打ちしよう。とも角お前は水道橋駿河屋寮まで走ってくれ」

「がってんで……」

遠くの空に、青い稲妻が走って消えた。

六

伏見屋の手前で宗重と咲は足を止め、傘を畳み顔を見合わせた。

いつの間にか、絹雨は止んでいた。

「一つ訊《き》いておきたい。そなた、私が職を持たぬ貧乏浪人だと判っていて、私の後を付けたりしていたのか」と、宗重は小声で訊ねた。

「宗重様が大身の御旗本であろうと職をお持ちにならぬ御浪人であろうと、今この瞬間のわたくしにとっては、どちらでも宜しいことなのです。長安寺でお見せ戴きました、あの剣術の凄さささえ、お教え下さいますれば」

「ふーん……では、私の素姓には、あれこれと関心を持ち過ぎたりはしないと言うのだな」

「水道橋のお住居《すまい》はすでに存じあげましたから、それだけで、安心致しております。これからは、宗重様が御不快になったり御迷惑をお感じになることが無いよう、常に控え目ということを心がけるように致します」

「それがよい。では、その内にまた会おう」

「はい」

「忠助に、体を厭《いと》え、と伝えてやってくれ」

「有難う御坐います」

宗重は手にしていた傘を咲に手渡して、踵を返した。咲が口にした「……剣術の凄ささえ、お教え下さいますれば」という言葉が、まだ脳裏に残っていた。それが真に本心であるならば、咲を免許皆伝に推し上げるまで、厳しく稽古をつけてやってもよいと思った。身分素姓を知られた上で女として近付かれ過ぎるのは、いささか面倒であった。

とにかく剣と、それに自由であることが好きな宗重であった。子供が一人や二人いてもおかしくない年齢《とし》に達している彼の青春が、その剣と自由だった。

宗重は駿河屋寮へ戻る積もりで、筋違橋を渡り大外濠川に沿って水道橋へ足を向けた。

今日は浅草川（隅田川）へ向かって下る猪牙船が、目立った。大外濠川と浅草川が交差する辺りでは現在、本所・深川の開発に本腰を入れる目的で大橋（のち両国橋）の架橋工事を始めるための、橋脚を中心とした調査工事が幕府の手で進められつつある。

本工事開始を来年度（万治二年・一六五九年）とし、工事期間を二年と予定して一六六一年度中に開通させる計画だった。

この大橋の開通によって周辺地域に一大歓楽街がそれこそ爆発的に誕生するなど、江戸の人々はまだ予想すらしていない。

駿河屋寮の近くまで戻ってきた宗重は、「はて？」と呟いて歩みを緩めた。

自邸の門前に、がっしりとした体つきの身なり正しい中年の武士が一人、佇《たたず》んでいたからである。屋敷の中を気にかけている風ではなく、冠木門に背を向けるかたちで立っており、べつだん怪しいという様子でもない。

宗重が近付いて行くと、やや向こうを向いていたその侍の視線がこちらへ直り、宗重に気付いて明らかに威儀を正した。

宗重は相手と向き合って、立ち止まった。相手の顔に、見覚えがあった。

「私に御用がお有りと見ましたが」

「突然にお邪魔致しましたること、何とぞ御容赦ください。私《わたくし》……」

「お顔は存じております。確か先日、紀伊大納言様の御駕籠の警護に付いておられましたな」

「はい。私、紀州藩江戸目付頭宇多川三郎兵衛と申しまする。よろしく、お見知り置きくださりませ」

「わが屋敷内の誰かと、すでに会われましたか」

「いえ。この場にて、宗重様が屋敷から出て来られるか、あるいは出先から戻られるかの機会を待つように、との指示を受けて参りましたもので」

「長くお待ちに？」

「半刻ばかりかと」

「それはどうも。ま、小さな住居《すまい》ですが、どうぞお入りください」

「それが、なるたけ急ぎ宗重様をお連れするように、との指示を受けて参ったものので御坐いまするから」

「紀伊大納言邸まで足を運んで戴きたい、と申されまするか」

「御意」

「大納言様ご自身のお招きでありまするならば、喜んで」

「わが殿、直々のお招きであることに相違ござりませぬ」

「判り申した。では御案内ください」

「お先を失礼つかまつる」

丁寧に一礼して、紀州藩江戸目付頭宇多川三郎兵衛は宗重の先に立って歩き出した。

御三家紀州藩の御目付役は、本国和歌山に十名程度、江戸に三、四名が配置され司法職を主任務とし、藩内外の監察と藩士・領民の非違取締に当たっている。そして配下に、御徒目付、御徒押、御小人《こびと》目付、御小人押などを置いて、なかなかの権限を手にしている役職であった。

二人は大外濠川にかかった水道橋を渡ると、中小の旗本屋敷が建ち並ぶ番町の通りを、右へ折れ左へ折れたりを繰り返すかたちで斜めに抜け、尾張大納言邸と紀伊大納言邸のほぼ中間に位置する四谷御門を出た。

このころから空模様がまたしても怪しくなり、雨こそ降らなかったが黒雲が低く広くたれ込めて、一気に夕闇《ゆうやみ》が訪れたかと思わせた。

紀伊大納言邸の表御門に着いてみると、立ち並んでいた数人の若侍達が無言のまま頭を下げて宗重を出迎えた。御三家大藩の武士が、酒井忠勝の血を引いているとは言え素浪人の立場にある宗重に頭を下げたのだ。

おそらく江戸目付頭宇多川三郎兵衛の配下の侍達なのであろう。

宗重は、「これは油断ならぬ」と思った。彼等の頭の下げ方は、慇懃《いんぎん》過ぎた。

屋敷玄関を一歩入ったところで、宗重は腰の大刀を、そばに寄ってきた若侍に黙って差し出した。

「お預かり致します」と、これもまた慇懃であった。

宗重は目付頭のあとに従って、廊下を進んだ。戸外が夕方のように暗くなってしまったことで、屋敷内にはすでに明りが点《と》もされていた。

大名家の上屋敷は一般に、表の部分と、奥向の部分とに、分かれている。

表の部分の主な部屋は、接客のための御広間、御書院、御小書院、御座の間、そして大番所、伺候《しこう》の間、記録所、台所などで、藩主や江戸家老以下が政務を執る役所の機能を有していた。奥向には、徳川将軍家に忠誠を誓う証として江戸定住（事実上の人質）を義務づけられている藩主の妻女（正室）や子女が住んでいる。

幕臣としての身分を持たぬ宗重が目付頭に案内されたのは、伺候の間でも御座の間でも御広間でもなく、御書院であった。

「直ぐにお見えになりましょう。この御書院にて暫しお待ちくだされ」

そう言い残して、目付頭は障子を閉めて退がった。藩主以外でこの御書院へ入れるのは、藩格によっても違ってくるが、家老及び用人といったところである。それ以下の侍が藩主に拝謁できる場所は普通、大広間（御広間）だ。

宗重は、大納言が一対一で会おうとしていることを、予感した。

廊下の足音がこちらに向かって来たので、宗重は少し背筋を伸ばした。

障子が開いて、先日の葵《あおい》の御紋入りの御駕籠の人、大納言徳川頼宣が入ってきた。

そして静かに障子を閉める。

宗重は作法を欠かさなかった。幕臣の身分なき彼であったが、如何《いか》なる場所でも通じるだけの教育は、幼少の頃から叩き込まれてきている。

「固苦しい作法はよい。顔を上げよ」

床の間を背に座って、重々しい声を発した徳川頼宣五十六歳であった。

宗重は顔を上げ、上体を伸ばし涼しい目で相手を見た。

大納言も若い相手を見返したが、今日の目つきは、先日のように冷やかで威嚇的ではなかった。

「そなたの父に会うたわ、先日な」

「さようで御坐いましたか」

「父から聞いておらぬのか」

「はい。父は本邸より水道橋の駿河屋寮へ参ることがありましても、私とは余り話を交わしませぬから」と宗重は偽った。

「それにしても驚きよ。寛永の賢相と言われた清廉潔白な讃岐守（酒井忠勝）に、そなたのように凛々《りり》しい隠し子がいたとは迂闊《うかつ》にも知らなんだわ」

「恐れながら、言葉を飾らずに話をさせて戴いて、宜しゅう御坐いまするか」

「固苦しい作法はよい、と申した筈じゃ」

「では、お訊ね申し上げます。いま大納言様は、酒井忠勝に私のような子がいたとは知らなんだ、と申されましたが、真実《まこと》知らなかったので御坐りましょうや」

「予が偽りを申していると?」

「そうでは御坐いませぬ。非常に大事なことゆえ、非礼を承知で、念の為お確かめ申し上げました」

「うむ、真実《まこと》知らなかった。そなたのこと、そなたの母阿季のこと、駿河屋寮なる小屋敷のこと、豪商駿河屋との関わりなどについて、当藩江戸家老が目付頭を使って密かに調べ終えたのは、つい三、四日前のことじゃ。御三家などというのは御山の大将になりがちで、他の大名のことになど関心が薄い。そなたのことを知らなかったのは本当だ」

なるほど調べ終えてから、大納言は先日父忠勝に会ったのだ、と宗重は解した。

彼は穏やかな表情で言った。

「本日はお招き戴きながら、私の方が口数多き無作法を重ねておりまするが……」

「構わぬ。許す。自由に話すがよい」

「ならば申し上げます。ここ最近、私は何者とも知れぬ者の襲撃を執拗《しつよう》に、受けておりまする。これについて紀州藩は心当たりが御坐いませぬか」

「無礼な。もう一度申してみよ」と、大納言の目がきつくなった。

「いま、自由に話すがよい、との御許しを頂戴したばかりで御坐いまするが」

「その方が襲われたのは、襲われるような理由を背負っているからではないのか」

「背負っていると、お知りでありましたか」

「言葉尻を取るでない。襲われるような理由を背負っているなら、予に判るよう順を追って話してみよ」

真剣過ぎる大納言頼宣の顔つきであった。宗重は、これはひょっとすると、と思った。

「私は、私を襲った者は紀州藩に関わりある者ではないか、と疑って本日の御招きを受けさせて戴きました。さらに申せば、私の素姓を知った上で襲撃を企てたのではないか、と疑いも致しておりまする」

「いまし方申したであろう。当藩の江戸家老が目付頭を使って、その方の身辺を調べ終えたのは、ついニ、四日前のことじゃと。その調べの内容については、予の他には江戸家老と目付頭しか知らぬ。一体いつ頃どのような風体の連中に、襲われたのじゃ」

「では、それを申し上げる前に、是非ともお聞かせくださりませ。如何なる理由があって、紀州藩江戸家老様は御目付頭殿を使って、私の身辺を調べたので御坐りましょうや」

「その方の身辺を調べたのではないわ。はじめは駿河屋寮について調べるのが目的であった。ところが調べが進むにつれ、その方の存在が浮き上がって参ったのだ」

「では、なぜ駿河屋寮について、調べる必要があったのでしょうか。どうぞ、お聞かせ下さりませ」

「それは言えぬ」

「言って戴けませぬか」

「その方とは無関係だ」

「ということは、大納言様と父忠勝との関係、に於いて調べられたので御坐いましょうか」

「それも言えぬ」

「父忠勝の弱みを探らんとして画策するうち偶然、駿河屋寮に辿《たど》り着き、本格的な調べになっていったのでは御坐いますまいか」

「くどいっ」

大納言が言葉を荒らげ、襖《ふすま》が閉じられた背後の部屋から、ミシリとした人の気配が伝わってきた。殺気であった。

隣室で何者かが息を潜めていることは、先刻承知の宗重である。

彼は脇差を鞘ごと腰帯から抜くと、大納言の方へ静かに滑らせた。

「脇差もお預かりくださりませ。そのかわり隣室で刀の鯉口を切っている者に、退去をお命じくださりませぬか」

大納言が「ん?」という顔つきになった。そうとは、知らぬようであった。

大納言が舌を打ち鳴らして立ち上がろうとするのを、宗重は軽く右手を上げて制した。

「御殿《おんとの》を大事と思う御役目熱心なれば、お叱りなく、この場にて退去をお命じに……」

大納言は思わず苦笑した。これが宗重に見せた、はじめての笑いであった。

「そこに控えている者あらば退がるがよい。客は丸腰じゃ」

野太い声でそう命じながら、脇差を宗重の方へ押し戻した大納言であった。

隣室から消えていく人の気配を宗重は「二人……」と読み、可能性があるのは御目付頭宇多川三郎兵衛と、藩剣術師範の田宮流・田宮平兵衛長家ではないか、と思った。

「のう宗重……」と、大納言の表情が沈んだ。

「はい」と、宗重がやわらかに応じる。

大納言の視線が、宗重の背の向こう、隣室を気にする動きを見せた。

「ご懸念には及びませぬ。今はこうして、二人だけでござりまする」

「そうか、うん」

大納言は今度は天井を仰いだ。そして小さな溜息を吐いた。

「予を余り追い詰めてくれるな宗重……」

「滅相も御坐りませぬ。私は一介の浪人でありま……」

「よせ」と大納言が、宗重の言葉を途中で切った。

「浪人とはな、そなたのように恵まれた立場の者を指しはせぬ。浪人の生活というのは、実に無残なものじゃ。私は一介の浪人、などと軽々しく口にしてくれるな。そなたはまぎれもなく、寛永の賢相酒井讃岐守忠勝十一万三千五百石の血を受けた息子じゃ。大実力者の息子じゃ。それも抜きん出て文武に秀でた、まれに見る優れた人物と見た」

「大納言様……」

宗重の胸に突き刺さる言葉であった。彼は深く頭を下げて平伏した。まぎれもなく酒井忠勝の子、と御三家・大納言に言われたことがさすがに嬉しかった。自分も矢張り只の人の子だ、と思った。

「顔を上げよ宗重」

「申し訳ございませぬ。いま暫く……」

「涙か……」

「恥ず……恥ずかしながら」

「なんの」

大納言がゆっくりとした動きで膝を崩し、宗重が指先で目頭を拭《ぬぐ》って顔を上げた。

「もう一度申すぞ宗重。予を余り追い詰めてくれるな」

「こうして二人だけで御坐りますれば何卒《なにとぞ》、お聞かせ戴きたき事が、あと一つ二つ……」

「その方にとって、どうしても必要なことか」

「はい」

「その内容次第では、その方、生きてはこの屋敷から出られぬ。それでも、よいと言うか」

「もとより覚悟を決めて、大納言様にお目にかかっておりまする」

「判った。申せ」

「昨年の大火の火元となりました本郷丸山の本妙寺。寺社奉行所より厳しい処罰を申し渡された様子もなく、元の位置に再建を済ませております。私が人を用いてその点について調べましたるところ、紀州藩の多大なる御支援により京《みやこ》出身の甚吾郎なる宮大工が再建を手がけたらしい、と判りました」

「知らぬ、なんの事だ」

「今日《こんにち》まで徳川史を学んで参りました私は、大納言様が藩政に手腕を発揮なされているお方であることを、よく存じております。また、浪人救済と家臣団の充実・精鋭化を目的として、諸国の浪人を厳選して積極的に登用なされてきたことも、存じ上げております。七年前の由比正雪の乱についてては、お訊ねする積もりはありませぬが、昨年の大火につきましては……」

「是非にも答えよ、と言い張るか」

「是非にも……」

「知らぬ。答えよと強情を張られても、何一つ答えるものなど持ち合わせてはおらぬわ」

「もしや大納言様の御存知なきところで、藩が登用した元浪人達、その浪人達と関わりのある侍崩れなどが勝手に、法を犯す振舞をしたという疑いは御坐いませぬか」

「つまり、放火をか」

「はい」

「大納言様が御覧になりまして、国家老様、江戸家老様は登用した元浪人達の活用について、上手く管理できていると思われまするか」

「国家老も江戸家老も、常に一生懸命じゃ。役目によく励んでおるわ」

「私がこうして執拗にお訊ねするは、大納言様のお立場を危うくしようと思っての事では断じてありませぬ。ある幼子《おさなご》の身の安全を、ひたすら願ってのこと。ただただ、それのみ」

「幼子?」

「幼子という私の今の言葉に、思い当たる節《ふし》が御坐りまするか」

「ない。幼子の身の安全とは、どういう事じゃ」

「真実《まこと》に御存知ありませぬか」

「くどい」

「矢張りそうで御坐いましたか。こうしてお目にかかって、お話しさせて戴くうち、もしや、という思いが頭を持ち上げてはおりました」

「宗重……」

「知らぬ、と幾度かお答え戴きましたが、それらのお言葉を、失礼ながら全て信じることは出来ませぬ。ですが幼子の件につきましては、恐らく御存知ないのでは、という思いが強う御坐ります」

「回りくどい講釈などはいらぬ。聞かせてくれ、その幼子とやらのこと」

「はい」

宗重は、福の母親が斬り殺されてから、福が柳生家に預けられるまでの経緯を丁重な言葉で、簡潔に話して聞かせた。

聞き終えて大納言頼宣は、自分の膝先を見つめ唇を真一文字に結んだ。

かなりの時間《あいだ》、沈黙が二人を包んだ。

そして、その沈黙を先に破ったのは、苦し気な表情の大納言であった。

「大藩の経営を背負って立つ現在《いま》の予が口に出来ることは、数少ない。心当たりがある事についても、推し量れる事についても、その万分の一さえ素直には口に出来ぬ立場じゃ。判ってくれい」

「承知している積もりで御坐います」

「したがって、その万分の一を除いた部分くらいは、そちに申し伝えねばなるまいのう。だが、文武に抜きん出て秀でたる、そちの全人間を余程信じぬことには、出来ぬ業《わざ》じゃ。信じてよいのか宗重」

「お信じ下さりませ。何卒……」

「うむ」

再び沈黙が二人を包んだが、今度は短いものだった。やはり大納言がそれを破った。

「目付頭の調べによれば、その方は剣術は念流、柔術は竹内流を極めておるそうじゃが、この調べに間違いはないか」

「極めた、などと自惚《うぬぼ》れてはおりませぬが、長く修練を積み上げては参りました」

「一人で幾人の刺客と対峙できるのか」

「お答えするに難しい御質問で御坐ります。刺客の一人一人の腕にもよりますれば……」

「刺客に襲われた時は、さぞかし竦《すく》みあがったであろう」

「よくは覚えておりませぬ」

「のう宗重よ……」

「はい」

「予は確かに浪人救済と家臣団の充実・精鋭化を目的として、諸国から多くの浪人を募った。しかし、この政策は成功したとは思っておらぬ。登用した者を一皮むいてみると、能力に欠ける者、粗暴な性格の者が少なくなかった。人物を見極めるとは、まことに難しいことである、と幾度反省させられたことか」

「その能力に欠ける者、粗暴なる性格の者、は現在《いま》も紀州藩士で御坐いまするか」

「いや。御役ご免とし、いくばくかの手当を与えて縁を切った。多くは大人しく諦《あきら》めて生国へ戻り百姓などをしているようじゃが、不満のかたまりと化す連中もいてのう」

「不満のかたまりは、大勢で御坐いましょうや」

「二、三十名は、いようか。剣術の皆伝者や長門《ながと》・周防《すおう》から出てきた世鬼《せき》一族の四人、杉之坊明算《すぎのぼうみょうさん》の末裔《まつえい》五人など、なかなかの腕達者ばかりじゃが、それだけに扱いが難しくてな」

「世鬼一族と杉之坊明算の末裔……」と、宗重の表情が変わった。

「存じておるか」

「いずれも忍びの士、としては優れた一族ではありませぬか。武術及び学問に於いても研鑽《けんさん》を怠ることなき精鋭の士、と長きに亘って伝えられてきた筈で御坐りまする」

「そう思えばこそ登用したのじゃ。しかし如何に優れた血族と言えども、なかには二人三人と困った連中が混じっているのが世の常というもの。予も家老達も登用に際して、その世の常の部分を見極め切れなかった、ということになる。誠に、だらしなき大納言よ」

大納言頼宣公が自嘲《じちょう》的に言った。眉間に深い皺を刻んでいる。

世鬼一族と言えば十六世紀、毛利元就《もとなり》（一四九七年〜一五七一年）を中国の覇者にまで推し上げる大貢献を果たした〝忍び侍〟達である。一方の杉之坊明算は矢張り十六世紀、紀州根来《ねごろ》流忍法の流祖及び射撃の名手として津田《つだ》明算監物《けんもつ》の名で知られた人物だ。

「その困った不満のかたまり達とは、誠に縁を切ったので御坐いまするか」

「切った。いや、切れと家老達に強く命じた」

「腐れ縁が依然として尾を引いている心配は、御坐いませぬか」

「う、うむ……予には、判らぬ、とだけ答えさせてくれ。すまぬ」

「大藩になればなるほど、責任ある上に立つ者の見通せる範囲は、狭《せば》まって参りまする。切った筈の不満のかたまり達が、現在《いま》も紀州藩と一心同体の積もりでおるならば、そのうち重大事を招きましょうぞ」

「予の不安はそれにある」

「在府の不満のかたまり達の居所は、摑めておるのですか」

「江戸家老の報告によれば、溜池南側岸の桐畑の中にある無人の小屋敷だとか……」

「溜池の南側岸あたりと言えば、確か今も桐畑に造成されつつある筈……」

「そうらしい」

「居所が判っているならば、紀州藩として何故、強く御対処なさいませぬ」

「紀州藩だから、強く出られぬのじゃ」

「強く出れば、隠していた古傷が顔を出す、と御心配でありまするか」

「だから、予の不安はそれにある、と先程正直に申したであろう」

大納言頼宣が、力なく肩を落とした。下唇を噛んでいた。

宗重は、これ以上追い詰めてはならぬ、と思った。追い詰め過ぎれば、紀州藩士相手に丸腰で闘わねばならぬ危険が出てくる。

宗重は、自分と大納言との間に横たわっていた脇差に黙って手を伸ばし、腰に差した。

「幼子の福とやらをな、護《まも》ってやってくれ宗重」

大納言が、ぽつりと言った。

「むろん、で御坐います」

「柳生屋敷に対して不埒者達がもし動き出せば、大変なことになる」

「柳生衆が黙ってはおりますまい。そうなれば幕閣も、御三家紀州大納言様に対してと言えども腰を上げねばならなくなりましょう」

「そうさせてはならぬ。幕府が紀州に対して身構えれば、紀州も反撃の身構えをせねばならぬ。予が止めようとしても、藩全体の意思はその方向へ強く流れよう」

「私も、さように思いまする。そうなれば大勢の血が流れましょう」

「なんとかならぬか宗重」

「あと一つ、お聞かせください。紀州藩の剣術師範は田宮流の田宮平兵衛長家様と承知しておりまするが、他に田宮流を極めている者、藩士の中にいましょうや」

「目付頭の宇多川三郎兵衛と、その下にいる徒目付の植田誠之進の二人が先頃、田宮流の免許皆伝を授かったが」

「さようで御坐いましたか」

「田宮流に何か気になることでもあるのか」

「剣術をやる者として、お聞きしたまでのこと。ふた心は御坐りませぬ」

「そうか。ところで、その方の額に、うっすらと切り傷の跡のようなものがあるが、それはどうしたのじゃ」

「未熟にも、修練中につけてしまった傷で御坐います」

「厳しい鍛練の毎日なのであろうな」

「はあ、まあ……それでは大納言様、今日のところはひとまず、これにて退がらせて下さりませ」

「もう一度申す。不満のかたまり達、なんとかならぬか宗重」

「しばし考える時間《とき》を頂戴いたしたく……」

宗重は深々と頭を下げたあと、もう一度大納言としっかり目を合わせてから、御書院を退がった。

# 七

紀州大納言邸の外にはすでに、夜の帳《とばり》が下りていた。

宗重は門の外まで見送りに出た宇多川三郎兵衛が「どうぞ、これを……」と差し出す提灯《ちょうちん》を、「月が出ておりますから」と丁寧にことわって歩き出した。大納言邸に着いた時は夕闇が訪れたような空模様であったのに、今は月が皓々《こうこう》と照り星がまたたいていた。

宗重は、大納言との対話がはじまった時に隣室に感じた二人の人の気配を、誰であったのかと考えながら青白き光降る月下を歩いた。

江戸家老と目付頭宇多川か、それとも剣術師範田宮と目付頭宇多川か、あるいは目付頭宇多川とその配下の徒目付植田誠之進か……その組合せまでは摑み切れていない宗重であった。

大外濠川に沿って、町家が目立つ四谷御門あたりまで来たとき宗重の歩みが緩んだ。

川向こうの四谷御門を背にするかたちで、人影が一つあった。

月明りのなか相手の視線を感じた宗重は、ゆったりとした歩みで距離《へだたり》を詰めた。

相手が腰を折った。身なり正しい小柄な中年の武士と判った。

二人は一間《けん》(約一・八二メートル)ほど空けて向き合った。宗重にとっては、見知らぬ相手であった。

「私に御用がお有りと見ましたが」

「待ち構えていたが如き非礼、お許し下されい。拙者、紀州藩剣術師範田宮長家と申しまする」

「おう、あなたが田宮先生で御坐いましたか。先程、紀伊大納言様にお目にかかりまして、大納言様のお話の中に先生の御名が出て参りました。私……」

「あ、いや、御容姿も御名も御素姓も存じ上げた上で、こうしてお待ち申し上げておりました」

実直な人柄の人物である、と宗重は思った。御三家剣術師範、という居丈高なところが全く無い。小柄な体つきから受ける印象は、むしろ弱々しいものであった。真の刺客の怖さが、そこにある。ひとたび剣を抜き放てば、この大人しそうな田宮長家の双眸《そうぼう》は恐らく爛々《らんらん》たるものに変わるに違いない。

「お聞き致しましょう。どうぞ先生、ご用件をお話しください」

「宗重様。どうか紀州藩をお救いください。御三家でありながら、いや、御三家であるがゆえに、紀州藩は動きたくても身動き出来ませぬ」

「田宮先生……」

「私は多くを語れる立場には在《あ》りませぬ。したがいまして、お救いください、としか申し上げられませぬ。何卒、藩の危機を……」

田宮平兵衛長家は、ひれ伏さんばかりに深々と頭を下げた。

「田宮先生、どうか顔をお上げになってください。このような月夜には、人目が御坐いまするから」

「私は藩剣術師範を辞し、自由の身となって単身、藩の危機に立ち向かうことを考えました。しかしながら、御殿《おんとの》と御家老がそれと察せられ厳しい口調で、自重せよ、とお命じになりました」

「たとえ藩剣術師範を辞したところで、先生が紀州藩に大切にされていた事実につきましては、直ぐに誰彼に判りましょう。大納言様と御家老の、自重せよ、は正しい判断であったと存じまするが」

「申し訳ありませぬ。恥ずかしい考えであった、と反省致しておりまする……」

「田宮先生が私に望まれておられる事は、確かにお聞き申し上げました。軽々しく御返事できる事ではありませぬゆえ、ともかく今夜は、このままお引き揚げ下さいませぬか」

「御殿《おんとの》も私と同じ願いを口になされた筈……」

「はい。申されました」

「さようですか。では私は、これで引き揚げまする」

「私と大納言様とが御書院で話を交わそうとした時ですが、田宮先生は隣室に控えていらっしゃいましたか」

「いいえ。その時刻、私は御門近くの大番所に詰めて若い藩士達を監督する仕事に就いておりました。したがって宗重様の御来訪をこの目で見届けております」

「そうでしたか」

「御書院の隣室に誰か控えて居たようで御坐いまするか」

「先生がこうして私を待っておられましたゆえ、お聞きしたまでのこと。深い意味は御坐いませぬ」

「そうですか。それでは私はこれで失礼させて戴きまする」

立ち去る田宮平兵衛長家の後ろ姿が、夜の向こうに消え去るまで宗重は見送った。あと味のさわやかな武士である、という思いが残った。

(では、御書院の隣室に潜んでいた二人は、誰であったのか……)と、想像を巡らせながら宗重は駿河屋寮へ足を向けた。御家老が潜んでいたとは、考え難《にく》かった。御家老は田宮長家に、自重せよ、と促した慎重な人物である。大納言が命じもせぬのに、勝手に隣室に潜むとは思えなかった。

だとすると今のところ可能性として、目付頭宇多川三郎兵衛と徒目付植田誠之進しか怪しめぬ宗重であった。

「お侍さま……」

背後から声が掛かったので、宗重は足を止め振り返った。

ひと目で夜鷹《よたか》（娼婦）と判る優しい顔立ちの若い女が、ユラリと立っていた。

「私、いい体をしていますよ。抱いてくださいましな」

「いらぬ」

宗重は、やわらかく拒んで歩き出した。

「好きなところを触わってくださいまし。好きなことをしてくださいまし。だから、ね……」

女が追ってきたが、宗重は黙って振り切った。それまでの猫撫で声とはガラリと変わった罵声《ばせい》が返ってきた。その声が辺りに響き渡って、そこかしこで姿見えぬ女の含み笑いが生じた。

四谷御門近くのこの界隈は、多数の寺院と町家、そして武家屋敷が混在している。その間を縫《ぬ》って走っている南北の通りには、夜鷹の住居《すまい》が多いとして知られていた。もう一か所、本所吉田町《ほんじょよしだちょう》辺りもそうであった。

江戸の夜は暗い。真っ暗である。それだけに皓々と月明りの降る夜は、この巨大な暗い街は様相を一変させる。夜鷹の出没が、その一つであった。

幾らも行かぬうち今度は人相の悪い髭面の町人が、「旦那……」と宗重の前に立ちはだかった。二十五、六というところだろうか。

「これ、安くしときますぜ。どうです、一、二冊」

男が宗重の顔の前に差し出したのは、男と女が淫らに絡み合う春画（枕絵）を綴《つづ》ったものであった。実は、これが明暦の大火後に、はじめて出版された春画絵本、つまり大衆本であったのだが、如何に学問熱心な宗重でも、色事の世に関しそこまで判る筈がない。

彼に春画絵本を突きつけた髭面の町人も、やがて『江戸枕絵史』を開花させる春画の大流行が訪れようとは、このとき予想だにしていなかったであろう。

尤《もっと》も、肉筆の枕絵そのものは、全十二態の交合図をもって安土桃山時代から、すでに伝えられてはいた。

「なかなか上手く描けてはいるが、いらぬな」

「へ？　滅多に手に入りませんぜ。関心ありませんかい」

「ない」

「それじゃあ旦那、これからひと風呂浴びるってのは、どうです？　とびっきりいい娘《こ》を御世話しまさあ」

「風呂なら屋敷へ戻って浴びるわ。湯女《ゆな》はおらぬがな」

苦笑しながら男を押しのけて、宗重は歩き出そうとした。

髭面の町人は、素早くまた立ちはだかった。目を凄ませている。

このとき左手町家の陰から飛び出してきた人影が、「なにしてやがんでい、この枕絵野郎がっ」と怒鳴った。右手に持った十手が、月明りを吸って光っていた。

「あ、親分。こ、これは……」と、髭面が頭の後ろに手をやって首を竦《すく》めた。

現われたのは大工の玄三であった。人相悪い髭面の町人を前にして、なかなかの貫禄である。

「てめえ、この御方に何か無礼を働いたんじゃねえだろうな」

「め、滅相も。ちょいと声をかけただけでして」

「また下らねえ枕絵を押し売りしようとしやがったな、この野郎」

「すみやせん、あっしも女房《かかあ》を食わせていかねばならねえもんで」

「ふざけるない。てめえが独《ひと》り身だってことは先刻承知之助だ」

「ひい。すみやせん」

「すみやせん、すみやせんで世の中が渡れると思ってやがんのか、この唐変木め。いいか、よっく聞けよ。高伊の旦那と俺にとって、このお武家様は大事な大事な御方なんだ。今後町中《まちなか》で出会って御用を申しつけられるような事があったら、二つ返事で御引受けするんだ。判ったか」

「へ、へい。二つ返事で御引受け致しやす」

「よし。今夜はあれこれ問わずに大目に見てやる。消えろ」

「あのう、玄三親分……」

「なんだ」

「お詫びに、ひと風呂ご馳走させて下さいやし。いい湯女を……」

「馬っ鹿野郎。風呂なら女房《かかあ》と入らあ、このど阿呆《あほ》が」

「へい……」

髭面が腰を低くして月夜を走り去り、宗重は声を殺して口を開《あ》け笑った。

「申し訳ございやせん若様。あの野郎、何か失礼を」

「いやなに、私に春画絵本や湯女を勧めよったのだ」

「選《よ》りに選って若様に春画や湯女を勧めるたあ、なんてえ馬鹿野郎だ。いえね、あの男、夜鷹の権次《ごんじ》と言いやして乱暴者《もん》で誰彼に嫌われているんで御坐んすが、どこか憎《にく》めねえんですよ。高伊の旦那もそう言っていやしてね、ひとつ、今夜のところは許してやっておくんなさいまし」

家綱将軍の時代に於ける湯女というのは、江戸の風呂屋で雑用に就く女、というよりは風呂屋抱えの娼婦を指していた。むろん、そのような商売を幕府が許す訳がない。許されないままやっていた非合法の色事風呂屋であり、昨年まで御府内には二百軒以上も存在した。湯女風呂が最初に顔を出したのは、寛永の末頃で、次第に乱立し始めたため、幕府は慶安元年（一六四八年）の二月と五月に禁止令、慶安五年（一六五二年）六月に制限令を出したが、「一軒当たり三人以上の湯女を置くなよ」といった程度のもので、営業停止の実力行使にまでは踏み切っていなかった。

だが昨年（一六五七年）一月十八日の大火により、諸国の荒くれ職人が江戸再建のためドッと流れ込んでくると、幕府は同年六月、二百軒を超える湯女風呂に対して営業停止を厳命した。したがって、以降は湯銭七、八文のいわゆる清潔な公衆浴場しか存在しない筈であった。

ところがどっこい。娼婦風呂がそう易々《やすやす》と姿を消す筈がない。表向き、清潔を重んじた公衆浴場をやっている振りをしながら裏へ回れば、いる所には、ちゃんと湯女はいた。

暴れ者《もん》の権次が宗重に勧めようとした湯女はつまり、その〝裏へ回れば〟である。

玄三たち町方もどの辺りに〝裏へ回れば〟が存在するか摑んではいたが、よほどあくどい事をやらない限りは見て見ぬ振りだった。

「ところで玄三。息急《せ》き切った様子であったが、何事かあったのか」

「実は御報《し》らせしたい事がありやして、水道橋の御屋敷へ駈け参じたので御坐いますがね、門前で目つきの鋭いお侍に摑まり、若様は紀州藩邸だ、と告げられたんですよ」

目つきの鋭い侍とは屋敷を警護してくれている柳生衆だな、と宗重には判った。有難いことだ、と柳生飛騨守宗冬に対し頭の下がる思いであった。

「それで紀州藩邸へ駈けつけるところだったのか」と、宗重は辺りを気遣って小声になった。

「藩邸そばで御待ちしておれば、若様にお会い出来るかと思いましてね」と、玄三も声をひそめる。

「何事があった」

「実は若様……」

玄三は溜池南側岸の荒れ屋敷に、紀州藩邸へ出入りの浪人が入っていったこと、他に幾人もの浪人の気配があること、などを報告した。その荒れ屋敷位置については、念入りであった。

「矢張りそうか」

「矢張り、と申しますと？」

「大納言頼宣公も、そのように申しておられたのだ」

「え、大納言様に目通りなさいましたので……」

玄三は一層声をひそめて、大きく目を見開いた。

宗重は、非常に信頼のできる男、と見ている玄三に、紀州大納言及び田宮平兵衛長家と交わした話の内容を、かい摘まんで打ち明けた。

「そうで御坐いましたか。こうなって参りますと若様、溜池南側岸の浪人共いつまた、どのような大事《おおごと》を遣《や》らかすか判ったもんじゃありませんね」

「連中は揃いも揃って手練だ。一気に柳生屋敷へ襲いかかり、なんとしても福を殺そうとするかも知れぬ」

「天下の柳生屋敷へですかい。そのような事をすりゃあ、一人残らず返り討ちでしょ」

「私も初めの内は、柳生屋敷なら福も安全、と思うておった。しかし、浪人達の素姓を知って、奴等の死を覚悟した暴走が心配になってきたのだ」

「なるほど。死を覚悟した暴走ってのは、確かに厄介で御坐いますね」

「高伊さんは、どうしておる。玄三と一緒に行動しておったのではないのか」

「一緒に行動しておりやした。あっしは水道橋の御屋敷へ、高伊の旦那は南町の御奉行直属の御役目ですから神尾備前守元勝様へ御報告に」

「そうか……」

「大納言様や田宮様のお話ですと若様。溜池の浪人達に対し表立って町方を動かすのは拙《まず》う御坐いますね」

「高伊さんも、そう申しておったか」

「へい。五十五万石の御三家紀州大納言邸へ自由に出入りしている浪人を相手に、町方を迂闊には動かせない、と」

「うむ。南町奉行もおそらく、そう御判断なさるだろう」

「それじゃあ、奴等を野放しってえことに……」

「野放しになどせぬ。それよりも玄三、過日、茅場町の山王神社で私が倒した刺客だが、何ぞ身分素姓を証する物は持っておったか」

「あ、その件ですが、高伊の旦那が念入りに調べやしたが結局、何処の何者か全く判りませんでした。御報らせが遅れて申し訳ございません。あれ以来、浪人を尾行するのに懸命だったもので」

「いいのだ。気にするな」

「それから、もう一つ。例の日本橋の小間物屋紅玉屋の主人《あるじ》平六のことで御坐んすが、あの界隈を見回る際には目耳《めみみ》を研ぎ澄ませているものの、今日までのところ巷《ちまた》に妙な噂は広まっていないようでして」

「ふーん……」

「商売熱心で客当たりもよく、なかなか繁盛しておりやす。ですが若様、あっし達二人を浄土寺まで尾行して境内で見せつけた、あの鋭い目つき。あれは矢張り素人《しろうと》の目つきでは御坐いませんね」

「何者と見る」

「まだ見当もつきませんが、若様が見抜かれましたようにヤットウもやるとなると、これからも気を抜かねえよう見回る必要がありましょう。気付いたことがあれば必ず若様に御報らせ申し上げます」

「うん。そうしてくれると助かる。頼むぞ」

「お任せください。ところで若様、少しハラが減って参りましたよ。何か口へ入れるってえのは、いかがです？」

「そうだな。どこか、いい蕎麦屋なんぞを知らぬか」

「この界隈、あっしに知らない場所なぞ御坐んせんよ。少し歩きやすが、さ、御案内申し上げましょう。今夜のような月夜の晩は混んでいるかも知れませんがね」

「混んでいるのも、また面白いではないか」

二人はようやく、月明り降り注ぐ中を歩き出した。

（下巻に続く）

## 「門田泰明時代劇場」刊行リスト

ひぐらし武士道
『大江戸剣花帳』(上・下)
徳間文庫 平成十六年十月
光文社文庫 平成二十四年十一月
新装版 徳間文庫 令和二年一月

ぜえろく武士道覚書
『斬りて候』(上・下)
光文社文庫 平成十七年十二月

ぜえろく武士道覚書
『一閃なり』(上)
光文社文庫 平成十九年五月

ぜえろく武士道覚書
『一閃なり』(下)
光文社文庫 平成二十年五月

浮世絵宗次日月抄
『命賭け候』
徳間書店 平成二十年二月
徳間文庫 平成二十一年三月
祥伝社文庫 平成二十七年十一月
(加筆修正等を施し、特別書下ろし作品を収録して『特別改訂版』として刊行)

ぜえろく武士道覚書
『討ちて候』(上・下)
祥伝社文庫 平成二十二年五月

浮世絵宗次日月抄
『冗談じゃねえや』
徳間文庫 平成二十二年十一月
光文社文庫 平成二十六年十二月
(加筆修正等を施し、特別書下ろし作品を収録して『特別改訂版』として刊行)

浮世絵宗次日月抄
『任せなせえ』　光文社文庫　平成二十三年六月
浮世絵宗次日月抄
『秘剣　双ツ竜』　祥伝社文庫　平成二十四年四月
浮世絵宗次日月抄
『奥傳　夢千鳥』　光文社文庫　平成二十四年六月
浮世絵宗次日月抄
『半斬ノ蝶』（上）　祥伝社文庫　平成二十五年三月
浮世絵宗次日月抄
『半斬ノ蝶』（下）　祥伝社文庫　平成二十五年十月
浮世絵宗次日月抄
『夢剣　霞ざくら』　光文社文庫　平成二十五年九月
拵屋銀次郎半畳記
『無外流　雷がえし』（上）　徳間文庫　平成二十五年十一月
拵屋銀次郎半畳記
『無外流　雷がえし』（下）　徳間文庫　平成二十六年三月
浮世絵宗次日月抄
『汝　薫るが如し』　光文社文庫（特別書下ろし作品を収録）　平成二十六年十二月

浮世絵宗次日月抄
『皇帝の剣』（上・下）　祥伝社文庫　平成二十七年十一月
（特別書下ろし作品を収録）

拵屋銀次郎半畳記
『俠客』（一）　徳間文庫　平成二十九年一月

浮世絵宗次日月抄
『天華の剣』（上・下）　光文社文庫　平成二十九年二月

拵屋銀次郎半畳記
『俠客』（二）　徳間文庫　平成二十九年六月

拵屋銀次郎半畳記
『俠客』（三）　徳間文庫　平成三十年一月

浮世絵宗次日月抄
『汝よさらば』（一）　祥伝社文庫　平成三十年三月

拵屋銀次郎半畳記
『俠客』（四）　徳間文庫　平成三十年八月

浮世絵宗次日月抄
『汝よさらば』（二）　祥伝社文庫　平成三十一年三月

拵屋銀次郎半畳記
『俠客』（五）　徳間文庫　平成三十一年五月

浮世絵宗次日月抄
『汝よさらば』（三）　祥伝社文庫　令和元年十月

本書は2004年10月徳間文庫として刊行されたものの新装版です。

徳間文庫

ひぐらし武士道

# 大《おお》江《え》戸《ど》剣《けん》花《か》帳《ちょう》上

〈新装版〉



2020年1月15日 初刷

著者 門《かど》田《た》泰《やす》明《あき》

発行者 平野健一

発行所 株式会社 徳間書店

東京都品川区上大崎三-一-一 目黒セントラルスクエア 〒141-8202

電話 編集〇三(五四〇三)四三四九 販売〇四九(二九三)五五二一

振替 〇〇一四〇-〇-四四三九二

印刷 製本 大日本印刷株式会社

ISBN978-4-19-894525-1 (乱丁、落丁本はお取りかえいたします)